KB054292

모자

▲

모자

토마스 베른하르트
김현성 옮김

▲

문학과지성사

옮긴이 김현성

서강대학교 독어독문학과를 졸업하고 독일 본 대학에서 수학했다. 옮긴 책으로 프란츠 카프카의 『심판』, 페터 퓌츠의 『페터 한트케론』, E.T.A. 호프만의 『모래 사나이』, 어슐러 구디너프의 『자연의 신성한 깊이』 등이 있다.

문지 스펙트럼 세계 문학

모자

제1판 제1쇄 2009년 3월 19일
제1판 제2쇄 2018년 5월 31일
제2판 제1쇄 2020년 5월 8일

지은이   토마스 베른하르트
옮긴이   김현성
펴낸이   이광호
주간   이근혜
편집   박지현
펴낸곳   ㈜**문학과지성사**
등록번호 제1993-000098호
주소   04034 서울 마포구 잔다리로7길 18 (서교동 377-20)
전화   02) 338-7224
팩스   02) 323-4180(편집)   02) 338-7221(영업)
전자우편 moonji@moonji.com
홈페이지 www.moonji.com

ISBN 978-89-320-3626-7 03850

이 도서의 국립중앙도서관 출판예정도서목록(CIP)은 서지정보유통지원시스템 홈페이지
(http://seoji.nl.go.kr)와 국가자료공동목록시스템(http://www.nl.go.kr/kolisnet)에서
이용하실 수 있습니다.(CIP제어번호: CIP2020016653)

차례

일러두기

1. 이 책은 Thomas Bernhard의 *Prosa*(Suhrkamp Verlag Frankfurt am Main, 1967)와 *Midland in Stilfs. Drei Erzählungen*(Suhrkamp Verlag Frankfurt am Main, 1971)에서 작품을 선별하여 우리말로 옮긴 것이다.
2. 인명, 지명 등 고유명사의 외래어 표기는 국립국어원 외래어 표기법에 따랐다.
3. 이 책의 각주는 모두 옮긴이 주이다.

두 명의 교사

점심시간에 산책을 하는 것은 내겐 이미 습관이 되었다. 새로 온 교사는 지금껏 함께 산책을 하는 동안 말을 한 적이 없었다. 그러나 오늘 그는 처음부터 나와 이야기를 하고 싶어 하는 듯했다. 오랫동안 아무 말도 하지 않는 것이 자신이나 자신과 관련된 모든 사람을 불안하게 만드는 크나큰 결함이라는 걸 갑자기 깨달은 사람처럼, 그는 갑자기 흥분해서 사실 자기는 늘 이야기하고 싶었지만 할 수 없었다고 설명했다. 그는 어떤 사람들 앞에서는 말하는 게 불가능한 그런 사정을 나도 잘 알 것이다……, 그가 내 앞에서 이야기하는 게 힘들고, 무슨 말이든 꺼내기가 겁이 나는데, 이유는 모르지만 곰곰이 생각해볼 수는 있다, 그러나 이런 긴장이 아마 앞으로도 오랫동안 자신을 괴롭힐 것이라고 말했다. 그런데 새 학기가 시작되는 바로 이때에, 규율에 적대적인 수백 명의 학생들의 중압감을 느껴야 하는 지금, 점점 더 황량해져가는 이 계절에, 그는 아무리 작은 곤혹스러움도 견딜 수 없게 되었다는 것이다. "나는 이제 내 마음대로 하는 것이 아무것도 없습니다" 하고 그는 말했다. "나는 온통 내 개인적인 어려움에 사로잡혀 살아가고 있어요." 그에겐 내가 가장 공감을 불러일으키는 사람인 것 같았지만, 또는 바로 그 때문에 내 앞에서는 늘 기껏해야 우스꽝스럽고 곤혹스러운 말밖에 할 수 없거나 완전히 침묵할 수밖에 없었는데, 그것이 늘 괴로웠다는 것이다. 수 주일 동안 우리는 나란히 걸어가며 산책을 했지만 이제까지 한 번도 대화를 하지 않았다. 새로 온 교사인 그와, 예전부터 이곳에 있던 교사인 나는 사실 그 순간까지 어떤 대화도 할 수 없었다. 갑작스러운 날씨의 변화나 색채, 이기적인 자연, 알프스 북쪽 산악 지방의 돌연 난폭해지는 자연의 광포함, 읽은 책들, 읽지 않은 책들, 계획들, 또는 아무 계획도 없음에 대해, 모든 학생들이 공부에 대해 갖는 끔찍한 혐오감, 우리 자신의 혐오감, 음식이나 수면, 진실과 거짓, 특히 담당자들이 무책임하게 방치하는, 우리가 걸어가고 있는 숲속의 오솔길들에 대한 언급은 대화라고 할 수 없다. 우리가 하는 언급들은 우리의 대화 욕구를 파괴한다. 그의 표현대로 '이야기하기 위한 시도'들인 우리의 언급들은 대화라는 개념과는 아무 상관이 없는 것들이다. 여기 뮌히스베르크에서 우리는 걸어가며, 생각하며, 각자 자신 속에 침잠하여, 수백 가지 언급들을 하지만 대화는 한 번도 한 적이 없다. 우리는 대화를 견디지 못한다. 우리는 바로 우리이기 때문에 대화의 주제가 없는 것은 아니지만, 그런 주제들을 순전히 환담을 목적으로 사용하지는 않는다. 새 학기가 시작된 이후부터 우리는 끔찍한 학교 건물들을 지나 함께 나란히 산책하지만 대화는 한 번도 하지 않았다. 우리는 대화를 혐오해서 대화하지 않았다. 가장 우스꽝스러운 인간의 비참함에 대한 표현으로서의 대화는 우리에게 불가능했다. 대화에 관한 한 우리는 둘 다 완전한 광기에 빠지는 치명적인 공포를 모면하기 위해 대화를 피해야만 하는 사람들이다. 오늘도 대화는 전혀 이뤄지지 못했다. 우리는 도시 한가운데를 지나 도시 외곽 훨씬 밖으로, 알프스 석회암 지역의 기괴한 나무들 사이를 지나면서 계속 비판적인 관찰을 했다. 우리는 우리에게 편안한 대화를 허용하지 않았다. 사실 새로 온 교사는 오늘 산책 중에 그가 고백하는 동안 아예 내가 끼어들지 못하게 하려고 처음부터 자신의 말이 고백으로 간주되기를 바랐지만, 한두 마디 하자마자 그의 이야기는 다시 언급에 불과한 것이 되어버렸다. 그러나 오늘 그가 들려준 이야기는 매우 중요한 것이다. 그의 성격을 생각할 때, 무엇보다도 그와 나 사이의 관계를 고려할 때, 새로 온 교사의 이야기는 많은 것을 알게 해주었다.

새로 온 교사는 오전 수업이 끝난 후에 커다란 기숙사 창문 아래에서 나와 합류했다. 그는 과로로 얼굴이 창백했지만 불평하지는 않았다. 앞으로 급히 걸어가면서 나는 아무 욕구도 없는 그의 태도를 매우 가슴 아파하며 곰곰이 생각하고 있었는데, 마침내 양조장 담 앞에까지 갔을 때 갑자기 그가 자신의 유년기에 대해, 그리고 곧이어 그의 유년기와 매우 밀접하게 연관되어 있는 불면증에 대해 이야기하기 시작했다. 틀림없이 선천적으로 타고났을 이 불면증은 세월이 흐르면서 점점 더 심해졌는데 불면증을 낫게 할 어떤 약이나 방법이 없었다고 한다. 불면증에 시달린다는 사실을 지금 갑자기 이야기하는 것은 우스꽝스럽다, 모든 게 우스꽝스러운 일이다, 이 불면증은 두뇌와 육체를 완전히 파괴하는 것으로, 자기 죽음의 원인이 될 것이다, 하지만 이젠 더 이상 침묵할 수 없어 지금 고백하려는 이야기에 꼭 필요한 요소라고 그는 말했다.

"상상해보세요" 하고 그가 말했다. "어렸을 때부터 나는 열흘이고 스무날이고 계속 잠들지 못하고 매일 밤 지칠 대로 지쳐 침대에 누워 있어야만 했답니다. 어른이라면 이성의 도움으로 불면증에 대처할 수 있고, 불면증을 아무것도 아닌 것으로 만들 수도 있겠지요. 하지만 어린아이는 그렇게 하지 못합니다. 어린아이는 불면증에 속수무책입니다."

여느 때 우리는 새로 지은 성문 앞에서 시내를 내려다보곤 했는데 오늘은 그냥 지나쳤다. 그리고 매일 그랬듯이 성문 앞에서 왼쪽이 아니라, 오른쪽으로 걸어갔다. 그가 오른쪽으로 가고 싶어 하고 오른쪽으로 갔기 때문에 나도 오른쪽으로 갔다. 성문을 지나면 그는 늘 오른쪽으로 갔기 때문에 이젠 과감하게 왼쪽으로 가지 못한다고 나는 생각했다…… 어느 날엔가 왼쪽으로 가는 게 나의 의무라고 그러면 그도 나를 따라 왼쪽으로 갈 것이다. 그는 나보다 마음이 약하기 때문에…… 같은 이유에서 나는 벌써 몇 주 동안 그를 따라 오른쪽으로 간다…… 왜일까? 다음번엔 그냥 왼쪽으로 가야지, 그럼 그도 왼쪽으로 갈 것이다…… 습관대로 그가 오른쪽으로 가게 내버려 두고 그를 따라가는 게 그에게 도움이 될 수도 있을 시간은 지나갔다. 그가 오른쪽으로 가게 내버려 두고 그를 따라가는 것은 이제 그에게 해로울 뿐이라고 나는 생각한다…… 갑자기 왼쪽으로 갈 용기가 이젠 그에게 없다…… 오른쪽 길로 들어선 직후에 그가 말했다. "내가 불면증에 대해 당신에게 한 이야기는 아시다시피 방학 전까지 근무했던 인스브루크 학교를 사직한 이유와 관련이 있습니다. 나는 평생 끔찍한 삶을 살았습니다. 그리고 끔찍한 삶을 사는 것은 나의 권리입니다. 그리고 이 끔찍한 삶은 나의 불면증입니다…… 하지만 이제 내가 인스브루크 학교를 그만두게 된 이야기를 하지요. 나의 모든 이야기와 마찬가지로 이 이야기도 내가 잠을 자지 못한다는 사실로 시작됩니다. 나는 잠들지 못했습니다. 수많은 방법을 시도해보았지만 어떤 방법도 도움이 되지 않았습니다. 학생들과 함께 북쪽 강기슭을 따라 여러 시간 동안 달렸습니다. 모두 피곤했죠. 책을 읽음으로써 불면증에 대한 생각을 잊어보려고도 했지만 그러지도 못하고 눈을 뜬 채 평생 불면증에 내던져져 한 가지 생각에만 맹렬하게 사로잡혀 계속 혼잣말을 합니다. 학생들은 잠잔다, 나는 잠자지 못한다, 저들은 잠잔다, 나는 잠들지 못한다, 나는 잠들지 못한다, 저들은 잠잔다, 나는 잠들지 못한다…… 학생 기숙사의 이 고요, 공동 침실을 에워싼 이 끔찍한 고요…… 모두가 잠자고 있는데 나만 잠들지 못한다, 나만 잠들지 못한다…… 젊은이들 침실의 이 엄청난 힘을 생각했습니다…… 사람들에게 잠을 채워 넣고, 잠을 앗아가는 이 푄* 기후…… 학생들은 잠자고 나는 잠자지 못한다…… 심장과 정신을 말려 죽이는 이 끝없는 밤들…… 나의 불면증을 고칠 수 있는 방법은 아무것도 없다는 사실을 깊이 의식하며 나는 잠들 수 없었습니다…… 내가 벌써 몇 주 동안 잠을 자지 못했다는 사실을 상상해보세요…… 잠을 통 못 잔다고 말하면서도 잘 자는 사람들이 있습니다. 몇 주 동안 한숨도 못 잤다고 주장하면서도 늘 아주 잘 자는 사람들도 있답니다…… 하지만 나는 정말 몇 주 동안 잠자지 못했답니다! 몇 주, 몇 달 동안 말이죠! 내가 기록한 대로, 내가 묘사한 대로 나는 몇 달 동안 잠을 못 잤습니다. 불면증에 대해 기록해놓은 두꺼운 공책

---

* 산을 넘어서 불어 내리는 고온 건조한 공기.

이 있답니다. 잠을 못 잔 날은 검은색으로 선을 그어놓고 잠을 잔 날은 검은색으로 점을 찍어놓았습니다. 이 공책에 검은색 선은 수천 개나 되지만 검은색 점은 대여섯 개밖에 없답니다. 내가 불면증에 대해 얼마나 정확하게 기록해놓았는지에 대해서는, 이제 당신은 나를 잘 아니까, 의심하지 않을 겁니다. 그런데 어느 날 밤, 그날 밤을 생각하니 지금 또 갑자기 화가 나는데 당신까지 불쾌하게 만들까 봐 걱정되는군요, 학생들이 끊임없이 저지르는 참을 수 없는 어리석은 짓거리들 때문에 온통 화가 치미는 하루를 보낸 후에, 하펠레카르*의 완강하고 기괴한 암벽을 눈앞에 마주하고 나는 잠들 수 없었습니다. 정말 괴로운 온갖 방법들을 동원해도, 이젠 내게 이미 끔찍한 일이 되어버린 독서도 해보았지만 잠이 오지 않았습니다…… 완전히 혼란스러운 상태에서 나는 정신박약 증상에 효과적이라고 널리 알려진 마조히즘적인 처방전인 양, '공포와 전율' '이것이냐, 저것이냐' 등 파스칼의 단상들을 뒤적였습니다…… 그런데 갑자기, 새벽 2시쯤에 피로가 불면증을 이길 수 있었던 그 순간에, 피로가 불면증을 속이기 시작한다는 것을 갑자기 느낄 수 있었던 그 순간에 잠이 들었습니다. 당신도 아시다시피 나는 이미 오랫동안 잠들 수 있으리라는 생각을 포기했는데 정말 잠이 들었

* 알프스 산맥의 봉우리.

답니다…… 하지만 잠이 들자마자 곧 다시 깨어났는데 숲에서 튀어나온 짐승 때문이었습니다. 이런 상황은 그때까지 이미 몇 주 동안 반복되었습니다…… 몇 주 동안 잠에서 깨어나 내 창문 아래서 움직이는 짐승 소리를 들었답니다…… 눈 속에서…… 매일 밤 같은 시각에 내 창문 아래 눈 속에 있는 그 짐승 소리를 들었던 것입니다…… 무슨 짐승인지는 모르겠습니다. 일어나서 창문으로 가 밖을 내다볼 힘이 없었으니까요…… 지금도 그게 무슨 짐승이었는지 모릅니다…… 잠들지 못하다가 그래도 어떻게 잠이 들었는데 갑자기 그 짐승 때문에 깨어나버리는 과정은, 내가 불면증을 기록한 공책에서 확인할 수 있듯이 정확하게 36일 동안 되풀이되었습니다. 37일째 되던 날 밤에도 나는 잠들지 못하고, 잠들 수 없다는 생각에 정말 지독히도 비참한 기분에 빠져 있었지만 지난 36일 동안과 마찬가지로 잠이 들었던 게 틀림없습니다. 그 짐승 때문에 갑자기 깨어났으니까요. 몹시 추운 겨울에도 나는 늘 창문을 열어놓는데, 창문 아래 눈 속에서 먹이를 찾아 걸어 다니는 짐승 소리를 들었던 것입니다…… 그래서 나는 침대에서 일어나, 교사 생활을 하는 동안 늘 베개 밑에 놓아두었던 권총을 꺼내서 안전장치를 풀고 그 짐승의 머리를 쏘았습니다.”

그때 우리는 양조장 앞의 광장을 내려다보고 있었다.

“물론 모든 사람이 깨어났지요.” 새로 온 교사가 말했다. "먼저 학생들이 일어났고 그다음에 교사들, 교수들, 교장까지 일어났습니다. 나는 사람들이 총에 맞은 짐승을 우물 벽을 따라 끌어내는 것을 바라보고, 또 그 소리도 들었습니다. 교사들이 그 짐승을 건물 안으로 끌고 갔습니다. 사람들이 내 이름을 부르는 소리가 들리더군요. '명중이야.' 물론 나는 곧 그 학교를 그만두었습니다. 명중. 나는 인스브루크를 싫어했습니다. 여기 잘츠부르크에 온 지 얼마 안 됐지만 여기에서도 나는 벌써 새로운 재앙의 징후를 감지한답니다. 친애하는 선생," 하고 새로 온 교사가 말했다. "부디 용서하시기 바랍니다."

모자

인간의 병든 머리를 전문으로 연구하는 중부 유럽의 수많은 연구소를 돌아다닌 끝에, 나는 내 형의 집에서 유숙하는 것을 허락받았다. 전도양양한 미래가 약속된 나의 형은 돌연변이에 대한 연구 분야에서 자신이 발견한 것 — 이에 대해서는 유럽의 학회지에서도 정말 놀랄 만큼 열광적으로 보도했다 — 을 미국의 주요 대학에서 강연하는 중이었다. 나는 그가 아무 조건 없이 집 전체를 사용하도록 허락해준 것을 무척 고맙게 생각하고 있다. 이 집은 내 형이 반년 전에 정말 갑작스럽게 죽은 형수에게서 상속받은 것으로, 그전까지 나는 이 집을 한 번도 본 적이 없었다. 이 집은 오래되고, 그 균형이 다시 말해 무게와 크기가 보편적이고도 특별한 자연과 완전한 조화를 이루는, 내가 특히 좋아하는 유형의 집이었다. 이 집에서 살게 된 처음 몇 주 동안, 이 집은 내게 — 수년 동안 나를 너무 깊이 괴롭히고, 세포 속까지 가장 치명적으로 혼란스럽게 만들었던 모든 예감과는 달리 — 어떤 경우에라도 불확실한 내 존재에 유일한 피난처가 되었다.

아터 호수 바로 옆에 있는 이 집에서 보낸 처음 2주는 너무도 새로운 생활이어서 나는 깊은 안도의 숨을 내쉴 수 있었다. 나의 육체는 다시 살아나기 시작했고, 이미 유연성을 잃었던 나의 두뇌는 건강한 사람에게는 아마 우습겠지만, 병자인 내게는 매우 기쁘게도 다시 유연하게 활동하기 시작했다.

운터라흐 — 내 형의 집이 있는 마을 이름이다 — 에서 처음 며칠 동안 나는 벌써 적어도 맥락들을 연결 지을 수 있었고, 갑자기 세계를 다시 습관으로 생각할 수 있었으며, 아주 개인적인 개념의 일부를, 다시 활기를 띤 내 사고의 이른바 최초의 목표에 적응하도록 만들 수 있었다. 물론 공부를 한다는 것은 운터라흐에서도 불가능했다. 내 연구 분야인 산림학을 계속하는 데 빼놓을 수 없다고 생각되는 샤불라스, 디폴트, 하이젠베르크, 힐프, 리비히, 크리스차트, 아이작 뉴턴 경 등을 몇 번 시도해보다가 한탄하며 다시 물러났다. 운터라흐에서도 나는 곧 내 병든 머리에 알맞게, 다만 그림들을 찾아내고, 단순히 분석하고, 전체적인 상태사나 색채사의 커다란 실체로부터 보다 작은 실체를 끄집어내는 일에만 한정했다. 전에도 자주 그랬던 것처럼, 곧 다시 나는 기초적인 색채 관찰 학습으로 되돌아가 몰두하게 되었다. 끊임없이 나의 모든 출구를 관찰하며, 그러나 아무 출구도 찾지 못하며, 그렇다, 나는 자기 성찰과, 나 자신 속의 색채

히스테리(나 자신이 이렇게 이름 붙였다)의 가장 비참한 범주에 빠졌다. 물질 전체에 의한 과도한 긴장과, 내 머리에 의해 비롯된, 본질적으로 동물적일 뿐인 나의 존재를, 그러나 놀라운 방식으로 나는 운터라흐에서 계속 이어갔다. 이집에서 나와 함께 사는 사람들이 내 상태를 알아챌까 봐 두려워 고용인들을 모두 내보내고, 형이 미국에서 돌아와 모든 것이 예전의 질서로 되돌아갈 때까지 이 집에 들어오지 말라고 명령했다. 나는 내 병에 관해, 내 병적인 상태에 관해 어떤 의혹도 불러일으키지 않으려고 애썼다. 고용인들은 내 말에 따랐으며, 월급 이상의 돈을 받고는 만족하고 기뻐하며 떠나갔다. 그들이 밖으로 나가고 더 이상 나 자신을 억제해야 할 이유가 없어지자, 그리고 이 집과 그 사람들 틈에서, 나 자신에게도 고백하는 바와 같이, 끔찍할 정도로 끊임없이 나 자신을 억제해야 했으므로, 이제 되돌아보면 2주 동안이나 억제했으므로, 나는 곧 내 병세에 빠져버렸다. 바깥을 내다보지 않기 위해 나는 집 앞쪽 덧문을 모두 닫았다. 집 뒤쪽의 창문으로는 교목림이 보이므로 그쪽 덧문들을 닫을 필요는 없을 것 같았다. 덧문과 창문을 열어놓으면 닫아놓는 것보다 숲으로부터 더 짙은 어둠이 집 안으로 밀려들어 왔다. 나는 내가 거처하는 방의 덧문과 창문만을 열어놓았다. 예전부터 내 방에는 창문 하나를 열어놓아야 했다. 그렇지 않으면 질식할 것 같았기 때문이다. 집 안에 혼자만 남게 되자, 정말로 나는 공부를 계속하려고 다시 시도해보았다. 그러나 나는, 내가 부당하게도 등한시했던 만텔 박사의 학설에 몰두한 첫 순간에 벌써 이 시도가 실패로 끝나리라는 것을 알았다. 나는 내 두뇌의 존재 밑바닥까지 굴복하여 내 스승들과 그들의 책들로부터 물러나야 했다. 내 뒷머리에서 언제나 파멸적인 상태로 이끌어가는 이 굴복은 나로 하여금 아무것도 견디지 못하게 만든다. 언제나 완전히 미칠 지경에 이르러, 그러나 완전히 미치지는 않고, 나는 손과 발의 끔찍한 지시와 육체의 외부적인 배치만을 위해 두뇌를 제어한다. 그러나 내가 이 집에서 가장 두려워한 것은, 그리고 그에 대해서는 미국에 있는 내 형에게 한마디도 말하지 않았지만 — 나는 형에게 약속대로 일주일에 두 번씩 편지를 했는데, 오히려, 나는 잘 있고 형에게 감사하며, 건강도 나아졌고 공부도 진척되어가며, 그의 집과 주위 환경 전체를 좋아한다고 썼다 — 그러나 운터라흐에서 내가 가장 두려워한 것은 어스름한 땅거미와 곧이어 뒤따르는 어둠이었다. 지금 이야기하고자 하는 것이 바로 이 땅거미와 이 어둠에 대해서다. 이 땅거미와 이 어둠의 원인이나 원인성에 대해서가 아니라, 단지 운터라흐의 이 땅거미와 이 어둠이 내게 어떤 영향을 미치는가에 대해 이야기하려는 것이다. 그러나 내 생각에, 나는 지금 이 주제를 나에 대한 어떤 문제로서 다룰 만한 기력이 없다. 그리고 나는 암시만으로 그칠 것이다. 아무튼 운터라흐에서 내가 처한 상황에서의 나 자신과 관련하여 운터라흐의 땅거미와 운터라흐의 어둠에 대해서 이야기하는 것만으로 제한할 것이다. 또한 나는 어떤 연구를 할 만한 시간도 없다. 내 머리, 내 머리의 병이 주의를 온통 빼앗고, 내 모든 존재를 요구하기 때문이다. 운터라흐의 땅거미와 그에 뒤따르는 어둠을 나는 내 방 안에서 견딜 수 없기 때문에, 이 무시무시한 산골 분위기에 땅거미와 어둠이 스며 들어오면, 나는 방에서 뛰어나와 집 밖으로, 거리로 뛰어나간다. 그러면 내게는 오직 세 가지 가능성만이 있다. 파르샬렌 쪽으로 가든지, 아니면 부르가우 방향으로 가든지, 또는 몬트 호수 쪽으로 뛰어가는 수밖에 없다. 그러나 나는 몬트 호수로 가는 방향을 두려워하기 때문에 이제까지 그쪽으로 한 번도 가지 않았다. 나는 언제나 부르가우 쪽으로만 뛰어간다. 그러나 오늘은 갑자기 파르샬렌으로 뛰어갔다. 내 병, 벌써 4년 동안이나 나를 괴롭혀온 이 두통 때문에, 땅거미가 지자(이곳에서는 매우 일찍, 4시 반이면 벌써 땅거미가 진다!) 내 방에서 나가 앞뜰로 나서고, 어두워지자 거리로 나가, 내 머리가 암시하는 갑작스러운 신호에 따라, 지난 며칠간보다 훨씬 더 큰 고문을 내게 가하려고, 내가 운터라흐에 체류한 이후로 습관이었던 부르가우로 가지 않고, 추악한 마을 파르샬렌으로 갔다. 이제 알게 되었지만 그 마을에는 100명도 안 되는 사람들이 살고 있는데 푸줏간이 여덟 개나 있었다. 상상해보라, 주민이 100명도 안 되는데 푸 줏간이 여덟 개라니…… 오늘 나는 부르가우로 가서 지치기 보다, 파르샬렌으로 가서 훨씬 더 지치고 싶었다. 자고 싶었다. 잠들고 싶었다. 마침내 다시 한번 잠들고 싶었다. 그러나 이제, 이 글을 쓰기로 결심했기 때문에, 잠든다는 것은 생각할 수도 없게 됐다. 파르샬렌으로 가는 것이 훨씬 더 피곤할 것 같아서 오늘 나는 파르샬렌 쪽으로 뛰어갔다. 내 병은 운터라흐에서 다시 극심한 상태에 이르러서, 미국을 여행하고 있는, 내 사랑하는 형이 나를 돌보지 않는 동안에 내가 나무에 목을 매달거나 물에 뛰어들지 않을까 걱정이 될 정도로 나를 미치게 만든다. 얼음이 아직 얇게 얼어 있으니 곧 물에 잠길 것이다. 나는 수영을 못하는데 오히려 잘된 일이다…… 벌써 몇 주 동안 나는 정말 자살에 대해 곰곰이 진지하게 생각하고 있다. 그러나 내게는 결단력이 없다. 하지만 내가 마침내 목을 매달거나 물속에 뛰어들기로 결심한다 해도, 그러고 나서도 나는 또 오랫동안 목을 매달지도 물에 뛰어들지도 않을 것이다. 끔찍한 무기력, 그리고 그에 따른 아무 쓸모없음이 나를 지배하고 있다. 그런데 나무들은 정중하게 내게 팔을 내밀고, 물은 내게 알랑거리며 나를 끌어들이려 한다…… 그러나 나는 이리저리 걸어가고, 뛰어가고, 어떤 물에도 뛰어들지 않고, 어떤 나무에도 목을 매달지 않는다. 물이 원하는 것을 내가 하지 않기 때문에 나는 물이 무섭다. 나무가 원하는 것을 내가 하지 않기 때문에 나는 나무들이 무섭다…… 나는 모든 것이 두렵다…… 게다가 생각해보라, 나는 단 하나밖에 없는 저고리를 입고, 그것은 여름옷인데, 외투도 입지 않고, 조끼도 없이, 여름 바지를 입고여름 구두를 신고 다니는 것이다…… 그러나 나는 추위에떨지 않는다. 오히려 그 반대로, 내 안에 있는 모든 것이 끊임없이 끔찍한 열에 들끓는다. 내 머리의 열이 나를 몰아댄다. 완전히 발가벗고 파르샬렌으로 뛰어간다 해도 나는 얼어 죽지 않을 것이다. 다시 이야기로 돌아가서, 나는 미치지않기 위해서 파르샬렌으로 뛰어갔다. 미치지 않으려면 집밖으로 나가야 했다. 그러나 사실은, 나는 정말 미치고 싶다는 것이다. 나는 미치고 싶다. 정말로 미치는 것이 가장 낫다. 그러나 앞으로도 오랫동안 내가 미칠 수 없을까 봐 두렵다. 나는 마침내 미치고 싶다! 미칠까 봐 두려워하지만 말고, 마침내 미치고 싶다. 의사 두 사람이 — 그중 한 사람은학식이 매우 높은 의사였는데 — 내가 미치리라고, 머지않아 곧 미치리라고 예언했었다. 머지않아 곧, 곧 미친다고 두명의 의사가 내게 예언한 것이다. 지금까지 2년 동안이나미치기를 기다렸으나 아직까지도 나는 미치지 않았다. 그러나 내 생각에, 어둑어둑해질 때나 갑자기 캄캄해질 때, 계속, 저녁에 내 방에서, 집 안 전체에서 아무것도 보이지 않고, 내가 만지는 것을 볼 수 없고, 많은 소리가 들리지만 아무엇도 보이지 않을 때, 들리는 것 같지만 아무것도 보이지 않을 때, 이 끔찍한 상태를 견딘다면, 어스름과 어둠을 내 방 안에서, 또는 적어도 현관에서, 또는 적어도 집 안 어디에선가 견딘다면, 정말 상상할 수 없는 고통에도 불구하고, 어떤 경우에도 절대로 집을 떠나지 않는다면, 그러면 나는 틀림없이 미칠 것이다. 그러나 나는 어스름과 갑작스러운 어둠의 상태를 결코 견디지 못할 테고, 운터라흐에 있는 동안은 언제나 또다시 집에서 뛰어나가야만 할 것이고, 내 형이 미국에서, 스탠퍼드와 프린스턴에서, 북아메리카의 모든 대학에서 돌아올 때까지, 덧문이 다시 열리고, 고용인들이 다시 집으로 돌아올 때까지, 나는 운터라흐에 있을 것이다. 나는 언제나 또다시 집 밖으로 뛰어나가야만 할 것이다…… 그리고 그것은 이런 식이다. 나는 더 이상 견디지 못해 뛰어나가고, 내 뒤의 모든 문을 걸어 잠근다. 그러면 내 옷의 주머니에 열쇠가 가득 차는데, 주머니에 열쇠가 너무 많아서, 특히 바지 주머니에 열쇠가 너무 많아서, 내가 뛸 때면 굉장한 소리가 나는데, 굉장한 소리가 날 뿐만 아니라, 열쇠들이 끔찍하게도 흔들거리는데, 내가 뛰어갈 때, 부르가우나 또는 오늘 저녁처럼 파르샬렌으로 달려가면, 집을 떠나자마자 곧 내가 매우 빠른 속도로 달리기 때문에 열쇠들이 흔들리는 내 몸에 부딪혀서 넓적다리와 내 배를 찌르고, 저고리 주머니에 있는 열쇠들은 내 옆구리를 찌르고 흉막에 상처를 입히고, 바지 주머니의 열쇠들만으로도 여러 군데 상처를 입었는데, 게다가, 특히 어둠 속에서, 무자비하게 얼어붙은 빙판 위로 자꾸 미끄러져 넘어져서, 이제는 벌써 배에 상처가 나서 곪았다. 이 길을 벌써 수백 번 왔다 갔다 했는데도 나는 자꾸 넘어진다. 그저께는 네 번 넘어졌고 지난 일요일에는 열두 번 넘어졌는데, 그때 턱에 상처가 난 것을 집에 돌아와서야 깨달았다. 머리가 너무 아파서 턱이 아픈 것을 전혀 깨닫지 못한 것이다. 아래턱 뼈 안에까지 난 깊은 상처에서 비롯되는 턱의 이 통증을 두통이 누를 정도니, 나의 두통이 얼마나 심한지 상상할 수 있을 것이다. 집에 돌아오면 방에 있는 커다란 거울을 보고 내가 얼마나 피곤한지, 육체의 피로, 정신의 피로, 내 하루의 피로, 내 피로의 정도를 곧 확인하는데, 그때 턱의 상처를 보았다(이런 상처라면 의사한테 가서 꿰매야 할 텐데, 나는 의사를 찾아가지 않았다. 나는 더 이상 의사를 찾아가지 않는다. 나는 의사들을 혐오한다. 나는 이 턱의 상처를 그대로 내버려 둔다). 처음에는 턱의 상처 자체를 전혀 보지 못하고 저고리에 피가 잔뜩 엉겨 붙은 것을 보았다. 저고리에 피가 묻은 것을 보았을 때 나는 깜짝 놀랐다. 단 하나밖에 없는 저고리에 이제 피가 묻었구나, 하는 생각이 머리를 스치고 지나갔기 때문이다. 그러나 곧, 어차피 나는 어둑어둑할 때나 캄캄할 때에만 밖에 나가니까, 저고리에 피가 묻은 것을 아무도 보지 못할 것이라고 스스로에게 말했다. 그러나 저고리에 피가 묻은 것을 나 자신은 알고 있다. 나는 또한 저고리에 묻은 피를 닦을 생각도 하지 않았다. 거울 앞에서 나는 웃음을 터뜨렸는데, 그렇게 웃다가 턱이 찢어진 것을 보았다. 몸에 심한 상처가 난 채로 돌아다닌 것이다. 거울에서 찢어진 턱을 보고, 턱이 찢어진 내 모습이 참 묘하다고 생각했다. 이 턱의 상처가 내 얼굴을 일그러뜨린 것 말고도 내 몸 전체가 갑자기 우스꽝스러운, 완전히 인간희극적인, 눈에 띄는 특색을 띠고 있었다. 그리고 집으로 돌아오는 길에 모르고 턱에 난 상처의 피를 두 손으로 얼굴 전체와 이마 위까지, 머릿속까지! 문질렀던 것이다. 그것 말고도 또 바지도 찢어졌다. 그러나 이미 말했듯이, 그것은 오늘이 아니라 지난 일요일의 일이고, 오늘은 파르샬렌으로 가는 길에 모자 하나를 주운 일에 대해 말하려 한다. 나는 지금, 이 글을 쓰는 동안, 이 모자를 머리에 쓰고 있다. 그렇다, 나는 주운 이 모자를 여러 가지 이유에서 머리에 쓰고 있다…… 두껍고, 질기고, 더러운 이 회색 모자를 이미 상당히 오랫동안 쓰고 있어서 이 모자에는 벌써 내 머리 냄새가 배었다. 나는 더 이상 이 모자를 보지 않으려고 머리에 썼다. 집에 돌아오자마자 나는 이 모자를 내 방에, 현관에 숨겨두려 했다, 그 이유는 아마 차후에도 완전히 해명되지 않을 테지만…… 집 안 전체의 어딘가에 이 모자를 숨겨두려 했지만 모자를 숨기기에 알맞은 장소를 찾을 수가 없었으므로 모자를 머리에 썼다. 나는 모자를 더 이상 쳐다보지 않았지만 또한 내버리거나 없애버릴 수도 없었다. 그리고 이제 모자를 머리에 쓴 채, 모자를 쳐다볼 필요 없이, 벌써 몇 시간 동안 온 집 안을 돌아다녔다. 지난 몇 시간 동안 내 내 모자를 쓴 채로 보낸 셈인데, 집으로 돌아오는 길에 이미 이 모자를 머리에 썼고, 알맞은 장소를 찾느라고 잠깐 동안 만 머리에서 벗었을 뿐이기 때문이다. 그리고 이 모자를 숨기기에 알맞은 장소를 찾지 못했기 때문에 나는 모자를 그냥 다시 머리에 썼다. 그러나 언제까지나 계속 이 모자를 머리에 쓰고 있을 수도 없을 것이다…… 사실 나는 벌써 오랫동안 이 모자의 지배를 받고 있다. 지난 몇 시간 동안 내내 나는 내 머리 위에 있는 이 모자 외에는 다른 아무것도 생각하지 않았다…… 모자를 머리에 쓰고 있으며, 내 머리 위에 있는 모자에 의해 내 육체, 생각해보라, 내 육체와 마찬가지로 내 정신의 아주 작은 존재 가능성들까지도 지배당하는 이 상태, 모자를 벗지 않고 쓰고 있고, 머리에서 내려놓지 않는 이 상태가 내 병과 관련 있다고 추측하고 나는 두려워한다. 오늘날까지 모두 아홉 명이나 되는 의사들이 설명할 수 없었던 이 병, 이 병과 관련이 있는 것이다. 아홉 명이나 되는 의사들, 생각해보라, 2년 전에 내가 더 이상 의사들과 만나지 않겠다고 결심하기 전, 그 몇 달 동안에 나는 아홉 명의 의사들을 찾아갔었다. 이 의사들을 만나는 데에는 상상할 수 없이 어려운 조건들이 따랐고, 말할 수 없이 엄청난 비용이 들었다. 이때 나는 의사들의 후안무치를 알게 됐다. 그러나 이제 생각해보니 나는 저녁 내내 이 모자를 쓰고 있었다. 그런데 내가 왜 이 모자를 쓰고 있는지 모른다! 그리고 나는 이 모자를 머리에서 벗지 않는데 왜 그러는지 모른다! 마치 대장장이가 이 모자를 내 머리에 끼워 넣은 것처럼 이 모자는 내게 무시무시한 짐인 것이다. 그러나 그런 것은 모두 부차적일 뿐, 나는 다만 어떻게 해서 이 모자를 갖게 됐으며, 어디에서 이 모자를 발견했는지, 그리고 물론, 왜 내가 아직도 이 모자를 머리에 쓰고 있는지에 대해서만 기술할 생각이었다…… 모든 것이 단 한 문장으로 말해지듯이, 그 모든 것이 단 한 문장으로 말해질 수도 있으리라. 그러나 아무도 모든 것을 단 한 문장으로 말할 수는 없다…… 어제 이맘때쯤에는 나는 도대체 이 모자에 대해서 전혀 알지도 못했는데 지금은 이 모자가 나를 지배하고 있다…… 게다가 이 모자는 아주 흔한, 수십만 개나 있을 법한 그런 모자인 것이다! 그러나 내가 생각하고, 느끼며, 행동하고, 또 하지 않는 그 모든 것, 내가 무엇인지, 내가 무엇을 묘사하는지, 그 모든 것이 모자에 의해 지배되며, 나에 관한 모든 것이 이 모자에 예속되어 있으며, 모든 것이 갑자기(내게는, 운터라흐에 있는 내게는!) 이 모자, 이 두껍고, 질긴, 회색 모자와 관련되어 있다. 이 마을에서는 특히 푸주한이 이런 모자를 쓰는 것을 나는 알고 있다. 반드시 푸주한이어야 하는 것은 아니고, 나무꾼일 수도 있다. 나무꾼도 이런 모자를 쓴다. 또 농부들도 그렇고. 여기에서는 모든 사람이 다 이런 모자를 쓰고 있다. 그러나 마침내 본래의 이야기로 돌아가서, 그것은 내가 좀더 가까운 마을인 부르가우로 가지 않고 더 멀리 떨어진 파르샬렌으로 달려간 데에서부터 시작되었다. 왜 하필이면 어제, 부르가우로 가지 않고 파르샬렌으로 갔는지 모르겠다. 갑자기 나는 오른쪽으로 가지 않고, 왼쪽으로 파르샬렌을 향해 달려갔다. 내 상태에는 부르가우가 더 낫다. 나는 파르샬렌에 대해 커다란 혐오감을 갖고 있다. 부르가우는 추악하고 파르샬렌은 그렇지 않다. 부르가우 사람들도 마찬가지로 추악하고 파르샬렌 사람들은 그렇지 않다. 부르가우는 끔찍한 냄새가 나지만 파르샬렌은 그렇지 않다. 그러나 내 상태에는 부르가우가 더 낫다. 그런데도 오늘 나는 파르샬렌으로 달려갔다. 그리고 파르샬렌으로 가는 길에서 이 모자를 발견했다. 무엇인가 푹신한 것을 밟았는데, 처음에 나는 무슨 죽은 짐승, 죽은 쥐나, 깔려 죽은 고양이일 거라고 생각했다. 어둠 속에서 무엇인가 물컹한 것을 밟으면 나는 언제나 죽은 쥐나 깔려 죽은 고양이를 밟았다고 생각한다…… 한편 아마도 그것은 죽은 쥐나 깔려 죽은 고양이가 전혀 아닐 것이라고 생각하고 나는 한 발짝 뒤로 물러섰다. 발끝으로 나는 그 푹신한 것을 길 한복판으로 밀었다. 나는 그것이 죽은 쥐도 깔려 죽은 고양이도 아니며, 짐승의 사체가 전혀 아니라는 것을 확인했다. 그럼 무엇일까? 짐승의 사체가 아니라면 그럼 무엇이란 말인가? 어둠 속에서 나를 보고 있는 사람은 아무도 없었다. 나는 그것을 손으로 한번 만져보고 그것이 모자임을 알았다. 챙이 달린 모자였다. 푸주한이 쓰는 챙이 달린 모자, 그러나 이 근방에서는 나무꾼이나 농부들도 머리에 이런 모자를 쓰고 있다. 챙이 달린 모자로군, 하고 나는 생각했다. 그리고 이제 나는 푸주한이나 나무꾼, 농부들의 머리에 언제나 씌워져 있는 것을 보았던 그런 모자를 갑자기 내 손에 갖게 됐다. 이 모자를 어떻게 할까? 그 모자를 한번 써보았는데 잘 맞았다. 이런 모자가 편하군, 하고 나는 생각했다. 그러나 나는 푸주한도 나무꾼도 농부도 아니니 이 모자를 쓸 수는 없다. 이런 모자를 쓰는 사람들은 참 영리하다고 나는 생각했다. 이런 추위에! 어쩌면 밤에 나무를 자르며 운터라흐에까지 들리도록 그렇게도 시끄럽게 떠드는 나무꾼들 중 하나가 이 모자를 잃어버린 것일까? 혹은 농부가? 아니면 푸주한이? 아마도 나무꾼일 것이다. 분명히 푸주한일 거다! 누가 이 모자를 잃어버렸을까, 하고 이렇게 저렇게 추측해보려니 열이 났다. 온갖 생각이 떠오르는데, 또 이 모자가 과연 무슨 색깔일까, 하는 의문까지 들었다. 까만색일까? 녹색일까? 회색일까? 녹색 모자도 있고 까만색 모자도 있고 회색 모자도 있다…… 이 모자가 까만색이라면…… 회색이라면…… 녹색…… 이 끔찍한 추측 놀이를 하면서 나는 여전히 모자를 발견한 바로 그 자리에 서 있었다. 모자가 얼마나 오랫동안 길거리에 놓여 있었을까? 모자를 머리에 쓰니 참 편하구나, 하고 나는 생각했다. 그러고 나서 나는 모자를 다시 손에 쥐었다. 모자를 쓴 나를 누군가가 어둠 속에서, 그곳을 뒤덮은 어둠, 산골 전체에 깔린, 산골 전체와 호수의 물 위에까지 온통 뒤덮인 어둠 속에서 누군가가, 모자를 쓴 나를 본다면 내가 푸주한이나, 나무꾼이나, 농부인 줄로 생각할 것이다. 사람들은 옷차림, 모자, 외투, 신발 등을 보고 얼른 판단해 버리고, 얼굴이나 걸음걸이, 머리를 움직이는 모양 등은 보지 않는다. 사람들은 옷차림에만 주의하고, 입고 있는 저고리나 바지와 신발, 그리고 물론 무엇보다도 그 사람이 쓰고 있는 모자만을 본다. 그러므로 이 모자를 쓰고 있는 나를 보는 사람에게 나는 푸주한이나 나무꾼이나 농부인 것이다. 그러므로 푸주한도 나무꾼도 농부도 아닌 내게는 이 모자를 머리에 쓰는 것이 용납되지 않는다. 그것은 사람들을 미혹하는 것이고 기만행위다! 법률 위반이다! 갑자기 사람들은 내가 산림학자가 아니라 푸주한이라고 생각하거나, 산림학자가 아니라 농부라고 생각하거나, 산림학자가 아니라 나무꾼이라고 생각할 것이 아닌가! 그러나 나는 이미 3년 전부터 산림학을 더 이상 연구하고 있지 않은데 어떻게 나 자신을 아직도 산림학자라고 부를 수 있단 말인가. 나는 빈을 떠났고 내 실험실을 떠났으며, 이미 온갖 학문적인 접촉이나 산림과의 접촉도 모두 완전히 끊어버리고, 말하자면 나 자신의 머리의 가련한 희생자로서, 빈과 더불어 산림학도 버리고 떠나야 했다. 내가 하던 놀라운 실험과 발견들을 떠나 뇌 전문의사들의 손에 굴러떨어진 지, 한 뇌 병원에서 다른 뇌 병원으로 떠돌아다닌 지 3년이 되었다. 요컨대 나는 지난 4년 동안 내 인생을 오직, 온갖 뇌 전문의사들의 손안에서, 가장 비참한 방식으로 보냈다. 그리고 이제는 더 이상 의사들을 찾아가지는 않지만, 사실 오늘날도 나는 나를 치료했던 그 모든 뇌 전문의사들의 충고에 따라 살아가고 있다. 뇌 전문의사들이 내게 처방해준 수천, 수십만 개의 약 덕분에, 이 수백, 수천 가지 약 처방 덕분에 나는 살아가고 있다! 나는 날마다 바로 이 뇌 전문의사들이 지시한 시간에 내게 나의 생존 가능성을 주입한다! 나는 주사 기구를 언제나 주머니에 가지고 있다. 아니다, 나는 이제 산림학자가 아니다, 나는 이제 연구자가 아니다, 나는 이제는 도무지 연구자적인 자질을 가진 사람이 아니다…… 스물다섯 살 나이에 나는 병든 인간 이외에 아무것도 아니다. 그렇다, 아무것도 아니다! 그럼에도 불구하고, 바로 그렇기 때문에 나는 이 모자를 쓸 권리가 없다. 나는 이 모자에 대해 아무 권리가 없다! 그리고 나는 생각했다. 이 모자를 어떻게 하나? 나는 계속 그 생각을 하고 있었다. 이 모자를 내가 가지면 도둑질이 되고, 땅바닥에 그대로 두는 것은 비겁한 짓이다. 그러므로 나는 이 모자를 내 머리에 쓰면 안 된다! 나는 이 모자를 잃어버린 사람을 찾아내야 한다고 나 자신에게 말했다. 나는 파르샬렌으로 가서 모든 사람에게 혹시 이 모자를 잃어버리지 않았느냐고 물어볼 것이다. 나는 우선 푸주한들을 찾아가서 물어봐야겠다고 생각했다. 그다음에 나무꾼들을 찾아가고, 끝으로 농부들을 찾아갈 것이다. 파르샬렌에 사는 모든 남자들에게 물어봐야 하니 얼마나 끔찍한 일인가를 상상하며 나는 파르샬렌으로 갔다. 도살장과 도살실과 외양간에서 한창 바쁘게 일하고 있을 때였으므로 사방에 불이 켜져 있었다. 모자를 손에 들고 나는 마을로 들어가서 첫번째 푸줏간의 살림집 문을 두드렸다. 아무도 문을 열지 않았다. 사람들이 도살실에 모여 있는 소리가 들렸다. 나는 두 번, 세번, 네 번 문을 두드렸다. 아무 소리도 들리지 않았다. 마침내 발걸음 소리가 들리더니 한 남자가 문을 열고 내게 무슨일이냐고 물었다. 나는 손에 들고 있는 이 모자를 주웠는데 혹시 당신이 이 모자를 잃어버리지 않았느냐고 물었다. "이 모자를 마을 어귀에서 발견했는데요, 이 모자를" 하고 나는 되풀이해서 말했다. 이제 보니 그 모자는 회색이었다. 그리고 그 순간에, 내 손에 든 이 모자를 혹시 잃어버리지 않았느냐고 내가 물은 그 남자가 바로 그와 똑같은 모자를 머리에 쓴 것을 보았다. "아, 모자를 머리에 쓰고 계신 것을 보니, 물론 당신은 모자를 잃어버리지 않았군요" 하고 나는 말했다. 그리고 나는 실례했다고 말했다. 그 남자는 나를 불량배로 생각했는지 내 코앞에서 문을 쾅 닫아버렸다. 내 턱에 난 상처도 그에게는 수상하게 보였을 테고, 근처에 형무소가 있으니 수상한 생각이 들기도 했을 것이다. 그러나 나는 이 모자를 잃어버린 사람은 분명히 푸주한 중에 한 명일 것이라고 생각하고 다음 푸줏간으로 갔다. 거기에서도 또 어떤 남자가 문을 열었는데 그 남자도 똑같은 모자를 쓰고 있었다. 똑같은 회색 모자였다. 내가 그에게 혹시 모자를 잃어버렸느냐고 물었더니 그는 자기가 머리에 모자를 쓰고 있는 것을 당신도 볼 수 있지 않느냐며, 그러니까 그런 것은 쓸데없는 질문이라고 말했다. 혹시 모자를 잃어버렸느냐는 질문에 그는 내가 무슨 술책을 쓰는 것으로 생각하는 듯했다. 시골에서 범죄자들은 아무 핑계나 대서 현관문을 열게 하는데, 알다시피 그들에게는 나중에 침입하거나 할 때를 위해 현관 안을 한번 힐끗 보아두는 것만으로도 충분한 것이다. 반쯤은 도회지 사람 같기도 하고 반쯤은 시골 사람 같기도 한 내 말투가 더욱 수상한 생각을 불러일으켰을 것이다. 그의 직업에 비해 너무 말라 보이는(이것은 잘못된 생각이다. 왜냐하면 가장 훌륭한, 즉 가장 무자비한 푸주한들은 말랐기 때문이다) 그는 손바닥을 내 가슴에 대고 나를 다시 어둠 속으로 밀어냈다. 그는 젊고, 튼튼하고, 게다가 공부까지 했으면서 일하기는 싫어하는 사람들을 미워한다고 말했다. 그러고 나서 그는 말없이 가장 푸주한다운 방식으로 모자를 조금 치켜들고 발밑에다 침을 뱉음으로써 자신이 나를 경멸한다는 것을 확실하게 보여주었다. 세번째로 찾아간 푸줏간에서는 첫번째 푸줏간에서 일어났던 것과 똑같은 일이 벌어졌고, 네번째 찾아간 푸줏간에서는 두번째 푸줏간에서 일어났던 것과 거의 똑같은 일이 되풀이됐다. 파르샬렌의 푸주한들은 모두 이 모자와 똑같은 질기고, 두꺼운, 챙이 달린 회색 모자를 쓰고 있다고 말해야만 한다. 아무도 모자를 잃어버리지 않았다. 그러나 나는 포기할 생각을 하지 않았고, 또한 가장 비열한 방법으로, 즉 모자를 그저 던져버림으로써 내가 주운 이 모자로부터 벗어나고 싶지도 않았다. 그래서 나는 나무꾼들한테도 찾아가서 물어보기 시작했다. 그러나 나무꾼들 중에 모자를 잃어버린 사람은 아무도 없었다. 문을 열어주려고 (시골에서는 어두워지면 부인들이 남편에게 문을 열게 한다) 그들이 문 앞에 나타났을 때 보니 모두 내가 주운 것과 같은 챙이 달린 모자를 쓰고 있었다. 끝으로 나는 파르샬렌의 모든 농부들에게도 찾아갔으나 그들 중에도 모자를 잃어버린 사람은 아무도 없었다. 마지막으로 어느 노인이 문을 열었는데 그 역시 똑같은 모자를 쓰고 있었다. 그는 내게 무슨 일이냐고 물었고 내가 자초지종을 말하자, 그

는 겁나는 말로, 또한 그보다 더 강압적인 침묵으로, 내게
부르가우로 가서 부르가우의 푸주한들 중 누군가가 모자를
잃어버리지 않았는지 물어보라고 강요했다. 그는 한 시간
전에 부르가우에서 푸주한 일곱 명이 파르샬렌으로 왔다
고 말했다. 그들은 모두 파르샬렌에서 도살하기에 알맞은
새끼 돼지들을 샀다는 것이다. 부르가우의 푸주한들은 파르
샬렌에서 파르샬렌의 푸주한들보다 더 값을 잘 쳐주고, 반
대로 파르샬렌의 푸주한들은 부르가우에서 부르가우의 푸
주한들보다 새끼 돼지의 값을 더 잘 쳐주기 때문에, 예로부
터 파르샬렌의 새끼 돼지 치는 사람들은 그들의 새끼 돼지
를 부르가우의 푸주한들에게 팔고, 반대로 부르가우의 새끼
돼지 치는 사람들은 예로부터 그들의 새끼 돼지를 파르샬렌
의 푸주한들에게 판다는 것이다. 분명히 부르가우의 푸주한
들 중 한 사람이 파르샬렌을 떠나면서, 새끼 돼지들을 끌고
가는 혼잡함 속에서 모자를 잃어버렸을 것이라고 말하고는
노인은 문을 쾅 닫아버렸다. 부르가우로 가는 내내 검은 점
으로 얼룩진 그 노인의 더러운 얼굴이 머릿속에서 떠나지
않았다. 그 더러운 얼굴과 그 위에 덮인 검은 반점들이 계속
눈앞에 어른거렸다. 죽은 사람의 얼굴에 나타나는 반점들,
그 노인은 아직 살아 있는데도 벌써 죽은 사람 얼굴에 나타
나는 반점들이 있구나, 하고 나는 생각했다. 그리고 내가 이
모자를 가지고 있는 것을 그 노인이 알고 있으니 나는 부르

가우로 가야만 한다고 생각했다. 내가 가고 싶든, 가고 싶지 않든 간에 나는 부르가우로 가야만 한다. 그 노인이 나를 밀고할 것이다. 그리고 내가 뛰어가는 동안에 계속 모자 도둑이라는 말이 들렸다. 계속해서 모자 도둑, 모자 도둑이라는 말이 들려오는 것이었다. 완전히 지쳐서 나는 부르가우에 도착했다. 부르가우에는 푸줏간들이 나란히 붙어 있었다. 그러나 첫번째 푸주한이 내 노크 소리에 문을 열었을 때, 파르샬렌의 푸주한과 똑같은 모자를 머리에 쓴 것을 보고 나는 깜짝 놀랐다. 나는 곧 돌아서서 다음 푸줏간으로 뛰어갔다. 거기에서도 똑같은 일이 벌어졌다. 다만 그 푸주한은 모자를 머리에 쓰지 않고 나처럼 손에 들고 있었다. 그래서 나는 그에게도 혹시 모자를 잃어버렸느냐고 묻지 않았다…… 그러나 내가 왜 문을 두드렸는지는 말해야 하지 않을까 하는 생각에, 그에게 몇 시냐고 물었다. 그 푸주한은 8시라고 말한 다음, 내게 바보 같은 놈이라고 내뱉고는 문을 닫아버렸다. 마침내 나는 부르가우의 모든 푸주한에게 모자를 잃어버리지 않았느냐고 물었다. 그러나 모자를 잃어버린 사람은 아무도 없었다. 이미 내 처지는 다른 사람들이 상상할 수 없을 만큼 괴로웠으나 나는 또 나무꾼들에게도 물어보기로 결심했다. 그러나 나무꾼들도 모두 똑같은 모자를 쓰고 문 앞에 나타났다. 그리고 마지막 사람은 내게 협박까지 했다. 그가 내게 빨리 꺼져버리라고 말했을 때, 당연히 너무 놀란

나머지 얼른 그 자리를 떠나지 못했더니 그는 자기 모자로 내 머리를 때리고 나를 땅바닥에 쓰러뜨렸다. 나는 운터라 흐로 돌아오면서 모두 똑같은 모자를 쓰고 있군, 하고 혼잣 말을 했다. 모두 똑같은 모자를 모두, 하고 나는 말했다. 갑 자기 나는 운터라흐를 향해 뛰어갔는데 나 자신이 뛰고 있 다는 사실을 전혀 깨닫지 못했다. 그리고 사방에서 너는 모 자를 돌려줘야 한다! 너는 모자를 돌려줘야 한다! 하는 소리 가 들려왔다. 너는 모자를 주인에게 돌려줘야 한다!라는 말 을 나는 수백 번이나 들었다. 그러나 나는 너무 지쳐서 이제 는 단 한 사람에게라도 더 이상, 내가 주운 이 모자를 혹시 잃어버리지 않았느냐고 물어볼 수가 없었다. 나는 더 이상 기력이 없었다. 나는 아마도 수십 명의 푸주한, 나무꾼, 농 부를 찾아가야 할 것이다. 그리고 또, 집에 들어서면서 생각 이 났는데, 열쇠공이나 벽돌공들도 이런 모자를 쓴 것을 본 적이 있다. 그리고 또 오버외스터라이히 지방이 아닌 전혀 다른 지방에서 온 사람이 이 모자를 잃어버렸는지 누가 알 랴? 나는 아직도 수백, 수천, 수십만 명에게 물어봐야 할는 지 모른다. 이 모자를 내가 가지고 있기로 결심한 그 순간보 다 더 기진맥진한 적은 없다고 생각된다. 위험하고 고통스 러운 상태에 완전히 빠져 현관에 서 있으면서 나는 모두, 이 런 모자를 모두 쓰고 있다고 생각했다. 이제 나는 다 틀렸다 는 생각, 이제 나는 끝장났다는 생각이 또다시 들었다. 빈집

모자

이, 텅 비고 추운 방들이 두려웠다. 나는 나 자신이 두려웠다. 그리고 다만 더 이상 나의 이 치명적인 방식으로, 죽도록 두려워하지 않기 위해 나는 자리에 앉아 이 글 몇 장을 썼다…… 다시 한번, 매우 교묘하지만 끔찍하게, 내 병과 병적인 상태에 빠지면서 나는 이제 나를 어떻게 해야 하나 생각하고, 자리에 앉아서 글을 쓰기 시작했다. 그리고 글을 쓰면서 나는 계속 글을 다 쓰고 나면 뭔가를 끓여 먹어야지, 하는 생각만 했다. 마침내 다시 한번 뭔가 따뜻한 음식을 먹어야지, 하고 생각했다. 그리고 글을 쓰는 동안 너무 추워졌기 때문에, 갑자기 나는 모자를 썼다. 모든 사람이 이런 모자를 쓰고 있다고 나는 생각했다. 모두, 글을 쓰면서 나는, 글을 쓰면서, 쓰면서……

희극입니까? 비극입니까?

수 주일 동안 극장에 가지 않다가 어제 나는 극장에 갈 생각을 했다. 그러나 내가 끝마쳐야만 하는 것이 의학의 전면인지 후면인지 확실치 않지만, 부모님 때문이라기보다는 과로한 내 머리 때문에 마침내 끝마쳐야만 하는 나의 학문적인 연구를 하는 동안, 상연이 시작되기 두 시간 전에 벌써, 그러니까 내 방에서, 극장에 가려던 계획을 포기해야 하지 않을까, 하는 생각을 했다.

8주 내지 10주 동안 극장에 가지 않았다고 나는 혼잣말을 했다. 그리고 나는 왜 극장에 가지 않았는지 알고 있다. 나는 연극을 경멸한다, 나는 배우들을 증오한다, 연극은 유일하게 비열한 무례함이며 무례한 비열함이다. 그런데 갑자기 다시 극장에 가야 할까? 연극을 봐야 할까? 무슨 의미가 있을까?

연극은 추잡한 짓임을 너는 알고 있다, 너는 머릿속에 품고 있는 연극에 대한 논문을 쓸 것이라고 나는 나 자신에게 말했다. 연극에 대한 이 논문은 연극에 정면으로 일격을 가할 것이다! 연극이 무엇인지, 배우들이 무엇인지, 희곡 작가, 제작자 등등이 무엇인지……

병리학에 대한 생각은 멀어져가고 점점 더 연극에 대한 생각이 머릿속에 가득 찼다. 연극을 무시하고 병리학 연구를 강행하려는 노력은 실패했다. 실패했다! 실패했다!

나는 옷을 입고 거리로 나섰다.

극장까지 걸어가는 데 반 시간밖에 걸리지 않는다. 그 반 시간 동안에 나는 극장에 갈 수 없다, 극장에 가서 연극 공연을 관람하는 것은 영원히 불가능하다는 사실을 분명히 깨달았다.

연극에 관한 나의 논문을 완성했다면 극장에 가기에 알맞은 때였을 것이다, 다시 극장에 가도 되었을 것이라고 생각했다. 나의 논문이 옳다는 것을 확인하기 위해!

극장표를 사고(극장표를 선물로 받은 게 아니라 내가 산 것이다), 극장에 가려는 생각으로 이틀 동안이나 나 자신을 괴롭혔다는 것, 연극을 관람하고, 배우들을 구경하고, 그 모든 배우 뒤에서 가련하고 지겨운 연출가(T.H. 씨!)의 초라한 솜씨를 확인할 생각까지 했다는 것, 무엇보다도 극장에 가려고 옷을 갈아입었다는 게 곤혹스러울 따름이었다. 극장에 가기 위해 옷을 갈아입다니, 하고 나는 생각했다.

연극에 관한 논문을 써야지, 언젠가 연극에 관한 논문을 써야지! 사람들은 자신이 싫어하는 것에 대해 묘사를 잘

한다고 나는 생각했다. 나의 논문은 '연극-연극?'이라는 제목으로 5장, 어쩌면 7장으로 구성되어 머지않아 완성될 것이다(논문을 완성하면 불태워버려야지. 발표하는 것은 무의미하니까. 처음부터 끝까지 한 번 읽어본 후에 불태워버려야지. 발표하는 것은 우스꽝스럽다, 의미 없는 짓이다). 1장은 배우들, 2장은 배우들 속의 배우들, 3장은 배우들의 배우들 속의 배우들, 4장은 터무니없는 무대 등등…… 마지막 장은 그러므로 연극이란 무엇인가?

이런 생각을 하면서 나는 폴크스가르텐*까지 갔다.

이런 계절에 폴크스가르텐 벤치에 앉는 것은 건강에 치명적인 일일 수도 있었지만 나는 관리실 옆의 벤치에 앉아 몹시 긴장하고 집중해서, 재미도 느끼면서, 누가 어떻게 극장으로 들어가는지 지켜보았다.

나 자신이 극장에 가지 않은 게 만족스러웠다.

하지만 가난한 내 처지를 생각하면 극장으로 가서 표를 환불해야 한다, 극장으로 가자,라고 나 자신에게 말했다. 그렇게 생각하면서도 극장표를 오른쪽 엄지와 검지로 문질러대서 종이가 너덜너덜해지는 게, 연극을 지워 없애버리는 게 무척 즐거웠다.

처음엔 점점 더 많은 사람들이 극장으로 들어가더니 차

* 빈 왕궁 옆의 공원.

츰 줄어들다가 마침내 극장으로 들어가는 사람은 아무도 없었다.

공연이 시작되었다고 생각하고 나는 벤치에서 일어나 시내 쪽으로 조금 걸어갔다. 아무것도 먹지 않은 데다 날씨도 추웠다. 갑자기 누군가가 내게 말을 걸었는데, 그러고 보니 일주일도 넘게 누구와도 이야기하지 않았다는 게 생각났다. 어떤 남자가 내게 말을 건넨 것인데 몇 시냐고 묻는 소리가 들렸다. 나는 "8시"라고 소리쳤다. 그리고 "8시예요, 연극은 이미 시작됐어요"라고 말했다.

그제야 나는 고개를 돌려 그 사람을 쳐다보았다.

키가 크고 마른 체격의 남자였다.

폴크스가르텐에는 이 사람 외에는 아무도 없다고 나는 생각했다.

곧 나는 잃을 게 아무것도 없다는 생각이 들었다.

하지만 난 "잃을 게 아무것도 없어!"라는 말을 큰 소리로 하는 것은 어리석은 짓 같아서 그 문장을 큰 소리로 말하고 싶었지만 그러지 않았다.

그 남자는 시계를 잃어버렸다고 말했다.

"시계를 잃어버린 후로는 이따금 사람들에게 말을 걸지 않을 수 없다오."

그는 소리 내어 웃었다.

"시계를 잃어버리지 않았다면 당신에게 말을 걸지 않았

을 거요. 아무에게도 말을 걸지 않았을 거요."

그는 내가 8시라고 말한 후에야 8시라는 것을 알게 되었고, 그러고 보니 오늘 열한 시간 동안 한 가지 생각만 하면서 쉬지 않고 걸어 다녔다는 걸 알게 된 것 자체가 무척 흥미롭다고 말했다. "쉬지 않고 말이오. 왔다 갔다 한 게 아니라 곧장 앞으로만 걸어갔지. 그런데 이제 보니 원을 그리면서 걸어 다녔군. 미친 짓이지, 그렇지 않소?" 하고 그가 말했다.

나는 그가 납작한 여자 구두를 신은 것을 보았다. 그는 자신이 여자 구두를 신은 것을 내가 보았다는 사실을 알아차렸다.

"그래, 당신은 그런 생각을 하겠군" 하고 그가 말했다.

나는 나와 그 사람이 그의 여자 구두에 대해 생각하지 않도록 하기 위해 얼른 말했다. "나는 연극을 볼 생각이었는데 바로 극장 앞에서 되돌아서서 안으로 들어가지 않았답니다."

그는 "나는 자주 저 극장에 갔었다오" 하고는 내게 자신의 이름을 말했다. 그러나 나는 그의 이름을 곧 잊어버렸다. 나는 이름을 잘 기억하지 못한다. "누구나 어느 날엔가 마지막으로 극장에 가듯이 나도 어느 날 마지막으로 극장에 갔지. 웃지 마시오" 하고 그는 말했다. "무슨 일이든 언젠가는 마지막이 있기 마련이오. 웃지 마시오!"

"아, 그런데 오늘은 어떤 작품을 상연하나요? 아니, 아니," 그는 얼른 덧붙였다. "오늘 어떤 작품을 상연하는지 말하지 마시오⋯⋯."

그는 매일 폴크스가르텐에 온다고 말했다. "연극 시즌이 시작되면 나는 늘 이 시간에 폴크스가르텐에 온다오. 관리실 담 옆 여기 이 구석에서 극장에 들어가는 사람들을 관찰하기 위해서 말이오. 이상한 사람들이지. 물론 오늘 어떤 작품이 상연되는지 알아야겠지. 하지만 오늘 어떤 작품을 상연하는지 내게 말하지 마시오. 어떤 작품이 상연되는지 한 번쯤 모르는 것도 내겐 무척 재미있는 일이오. 희극입니까? 비극입니까?" 하고 묻더니 그는 곧이어 말했다. "아니, 아니, 어떤 작품인지 말하지 마시오. 말하지 말아요!"

이 사람은 50세나 55세일 것이라고 나는 생각했다.

그는 국회의사당 쪽으로 가자고 제안했다.

"국회의사당 앞까지 갑시다" 하고 그가 말했다. "그리고 다시 돌아옵시다. 연극 상연이 시작되면 언제나 이상하게 조용하지. 나는 저 극장을 좋아하오⋯⋯."

그는 매우 빠르게 걸어갔는데 그가 여자 구두를 신고 있다는 생각을 하면서 그를 바라보자니 거의 참을 수 없고 구역질까지 났다.

"여기서 나는 매일 같은 수의 걸음을 걷는다오. 다시 말해, 이 구두를 신고 관리실에서 국회의사당까지, 국회의사당 앞 정원 울타리까지 정확하게 328걸음이오. 부츠를 신고 걸어가면 310걸음이고. 그리고 스위스 건물(왕궁 옆의 스위스 경비원들이 있는 부속 건물을 말하는 것이었다)까지 이 구두를 신고 가면 414걸음이고, 부츠를 신고 가면 329걸음이지! 여자 구두라고 생각하고 당신은 아마 역겨움을 느끼겠죠. 나도 압니다" 하고 그는 말했다.

"하지만 나는 어두울 때에만 거리로 나온다오. 매일 저녁 이 시간에, 연극이 시작되기 반 시간 전에 폴크스가르텐으로 갑니다. 당신도 예상할 수 있겠지만, 어떤 충격 때문이오. 벌써 22년 전에 있었던 일이오. 그리고 그것은 이 여자 구두와 아주 밀접한 관련이 있소. 예기치 않은 사고였지" 하고 그가 말했다. "돌발 사고. 지금도 꼭 그때와 같군. 극장에서는 방금 막이 오르고, 배우들은 연기를 시작하고, 거리는 텅 비고…… 이젠 스위스 건물로 갑시다." 우리가 다시 관리실 앞에 왔을 때 그가 말했다.

그 남자와 나란히 스위스 건물 쪽으로 걸어가며 나는 '미친 사람인가?' 하고 생각했다. 그가 말했다. "당신은 아마 모르겠지만, 이 세상은 완전히, 철저히 법률적인 세상이오. 세상은 유일한, 끔찍한 법률이오. 세상은 감옥이라오!"

그는 말했다. "정확하게 48일 전 이맘때 여기 폴크스가르텐에서 마지막으로 한 사람과 마주쳤소. 그 사람에게도 나는 시간을 물었지. 그 사람도 8시라고 말하더군. 이상하게도 나는 늘 8시에 시간을 물어본다오. 그 사람도 나와 함께 국회의사당 앞까지 걸어갔고 또 스위스 건물 앞까지 걸어갔소. 그런데 사실 나는 시계를 잃어버리지 않았다오. 난 시계를 잃어버리지 않아. 자, 보시오, 여기 시계가 있지 않소" 하고 말하며 그는 자신의 시계를 볼 수 있도록 손목을 내 얼굴 앞에 내밀었다.

"속임수지!" 하고 그가 말했다. "아무튼 하던 얘기를 계속하겠소. 48일 전에 만난 그 사람도 당신 또래였소. 당신처럼 말이 없고, 당신처럼 처음엔 망설였지. 그러다가 나와 함께 걷기로 결심했지. 그는 자연과학을 전공하는 학생이었는데 그에게도 나는 오래전에 있었던 충격, 돌발 사고, 내가 매일 저녁 여기 폴크스가르텐에 나오는 이유를 이야기해주었지. 여자 구두를 신고 말이오. 일종의 반작용 등식이지" 하고 말하더니 다시 계속했다.

"그런데 폴크스가르텐에서 이제까지 한 번도 경찰을 본 적이 없소. 여러 날 전부터 경찰들은 폴크스가르텐에 오지 않고 시립공원에만 모여 있지. 난 그 이유를 알아…… 그런데 우리가 스위스 건물로 가는 순간에 극장에서 희극이 상연되는지, 비극이 상연되는지를 안다면 사실 흥미로울 거요…… 어떤 작품이 상연되는지 내가 모르는 건 이번이 처음이오. 하지만 당신은 내게 말해선 안 되오…… 아니, 말하지 마시오! 내가 당신을 연구하면, 당신에게만 집중해서, 오로지 당신에게만 몰두함으로써, 지금 극장에서 희극을 상연하는지 비극을 상연하는지를 알아내는 건 어려운 일이 아닐 거요. 그래, 당신이라는 사람에 대한 연구는 극장에서 일어나는 모든 일에 대해, 극장 밖에서 일어나는 모든 일에 대해, 언제나 완전히 당신과 관련이 있는 세상에서 일어나는 모든 일에 대해 차츰 밝혀줄 거요. 매우 집중해서 당신을 연구함으로써 당신에 대한 모든 것을 알게 되는 순간이 결국 언젠가는 정말 올 거요⋯⋯"

우리가 스위스 건물의 담 앞에 이르렀을 때 그가 말했다. "48일 전에 만났던 그 젊은이는 바로 여기에서 나와 작별했소. 어떤 방식으로 헤어졌는지 알고 싶소? 조심하시오! 아!" 하고 그가 말했다. "나와 헤어지지 않는 거요? 작별 인사를 하지 않는 거요? 그래, 그럼 여기서 다시 우리가 왔던 곳으로 돌아갑시다. 우리가 어디서 왔지? 아 그래, 관리실에서 출발했지. 사람들은 이상하게도 늘 자신을 다른 사람과 혼동하지. 그래, 당신은 오늘 연극을 관람할 생각이었단 말이지. 당신이 말했듯이 연극을 싫어하면서도 말이오. 연극을 싫어한다고? 나는 연극을 좋아하오⋯⋯"

그때까지 알아채지 못하고 있었는데 이제 보니 그 사람은 머리에도 여자 모자를 쓰고 있었다.

게다가 그가 입은 외투도 여자 외투, 여자들의 겨울 외투였다.

정말 온통 여자 복장이군, 하고 나는 생각했다.

"여름엔 난 폴크스가르텐에 가지 않소, 연극 상연을 안하니까. 하지만 연극 상연이 시작되면 난 폴크스가르텐에 가지. 연극이 상연되면 폴크스가르텐엔 나 말고는 아무도 없어. 폴크스가르텐이 너무 추우니까. 이따금 젊은이들이 폴크스가르텐에 오는데, 당신도 알다시피 나는 곧 그들에게 말을 걸고 나와 함께 걷자고 부탁하지. 국회의사당 앞까지 가기도 하고 스위스 건물 앞까지 가기도 하고…… 그리고 스위스 건물에서 다시 돌아오고, 관리실에서 다시 돌아가고…… 하지만 지금 생각해보니 이제까지 국회의사당 앞까지 두 번 가고, 스위스 건물까지 두 번 가고, 그러니까 관리실까지 네 번이나 돌아온 사람은 아무도 없었군. 이제 우리는 국회의사당까지 두 번 갔고, 스위스 건물까지 두 번 간 다음 돌아왔다가, 관리실로 다시 돌아왔소. 그것으로 충분하오. 원한다면 나와 함께 내 집으로 가는 방향으로 조금 걸읍시다. 지금까지 내 집 쪽으로 함께 걸어간 사람은 아무도 없소."

그는 20번 구역에 산다고 했다.

그는 6주 전에 죽은(자살이었소, 젊은이, 자살!) 그의 부모의 집에서 산다고 했다.

"도나우 운하를 지나가야 하오" 하고 그가 말했다. 나는 그 사람에게 흥미를 느꼈으므로 갈 수 있는 데까지 같이 걷고 싶었다.

"도나우 운하에서 당신은 돌아가야만 하오" 하고 그가
말했다. "도나우 운하보다 더 멀리 같이 갈 수는 없소. 그 이
유는 도나우 운하에 이를 때까지 묻지 마시오!"

로사우 부대 뒤편, 20번 구역으로 건너갈 수 있는 다리
를 100미터쯤 앞둔 곳에서 그는 갑자기 멈춰 서서 운하에
흐르는 물을 내려다보며 말했다. "바로 여기였지."

그는 내 쪽으로 몸을 돌리더니 다시 말했다. "바로 여기
였지."

그는 말을 이었다. "나는 재빨리 그 여자를 물속으로 밀
쳐 넣었지. 내가 입고 있는 옷은 모두 그 여자의 것이야."

그러고는 내게 꺼져버리라는 손짓을 했다. 그는 혼자
있고 싶은 것이었다.

"가시오!" 하고 그는 명령했다.

나는 그 자리를 바로 떠나지 않았다. 나는 그가 끝까지
말하기를 기다렸다.

"22년 8개월 전 일이오" 하고 그가 말했다.

"형무소 안이 즐거우리라고 생각한다면 틀린 생각이오!
세상은 유일한 법률이라오. 온 세상이 유일한 감옥이오. 그
리고 오늘 저녁, 당신에게 확언컨대, 저 극장에서는, 당신이
믿건 말건, 희극이 상연되고 있소. 분명 희극이오."

야우레크

3년 전 저녁 8시쯤에 야우레크에 도착했을 때 나는 희망을 가질 수 있다고 생각했지만, 그 희망은 이루어지지 않았고 오히려 내 처지는 야우레크 땅을 밟는 순간부터 더 나빠지기만 했다. 내가 도시를 떠난 이유 가운데 하나는 너무나 많은 사람들로 인해 육체와 신경중추의 방어 능력을 상실하고 감각 가능성이 결핍되어 거의 질식할 지경이었기 때문이다. 매일 아침 눈을 뜨면서 170만 명이 억누르는 가운데에서 하루 일을 시작해야만 한다는 생각을 하면 거의 죽을 것 같았다. 그래서 나는 야우레크의 주인인 외삼촌이 그의 채석장 사무실 회계과에 와서 일하라고 한 제안을 내 장래에 도움이 될 전환점으로 생각하고 받아들인 뒤, 서둘러 도시를 떠났다. 그러나 이제 나는 도시에서보다 시골에서의 상황이 훨씬 더 답답하다는 것을 알게 됐고, 나 같은 사람의 머리에는 야우레크 채석장의 사람들 400명이 170만 명의 도시 사람들보다 훨씬 더 큰 부담이 된다는 사실을 깨달았다. 그리고 거의 10년 동안 새로운 인간관계가 불가능했던 도시의 상황과는 반대로 시골에서는 그런 관계를 맺을 수 있으리라고 생각했었지만, 야우레크 채석장에서 근무를 시작하면서 그것은 곧 잘못된 생각이었다는 사실을 깨달아야만 했다. 여기서는 사람들과 어떤 접촉도 할 수 없다. 이곳을 지배하는 상황과 여기 야우레크 채석장에서 사는 사람들은 내가 바라는 인간관계를 불가능하게 만들기 때문이다. 야우레크 채석장에서 일하는 사람들 사이에 전혀 아무런 접촉이 없는 것은 무엇보다도 이곳의 모든 사람들이 가장 탁월한 기술로 모든 사람들에 대한 불신을 계발했기 때문이다. 채석장에 와서 처음 몇 시간 동안은 내가 바라던 인간관계를 금방 찾으리라고 확신했으나, 잠 못 이루는 밤은 고사하고 긴 저녁 시간에 적어도 편안히 이야기를 나눌 상대를 찾기도 불가능하리라는 것을 금방 알아챘다. 나는 야우레크 채석장 사람들처럼 이렇게 마음 상하게 거절하는 이들을 이제껏 본 적이 없다. 어찌할 바를 몰라 도움을 청하는 사람에게, 어찌할 바를 모른다고 이렇게 비열한 방식으로 벌을 주는 게 가능하다는 것, 그들에게 다가오지 못하게 할 뿐만 아니라 그들과 접촉하려는 아주 작은 시도만 해도 치사한 침묵이나 비열한 말로 모욕하는 일이 가능하다는 게 정말 놀라웠다. 처음에 나는 나라는 사람에 대한 그들의 비인간적인 태도가 내가 야우레크 주인의 조카라는 사실 때문인가, 그것과 관련이 있는 게 아닌가, 하고 생각했었다. 그러나 이 끔찍

한 — 끔찍하다고 고백할 수밖에 없다 — 친척 관계는 이
일과 아무 관련이 없다는 사실을 곧 알아챘다. 야우레크 주
인의 조카라는 사실로 나는 이득을 볼 것도, 손해를 볼 것도
없었다. 나는 모든 사람이 모든 사람에게 똑같은 태도를 보
인다는 것을 알게 됐다. 그 사실은 (정확하게 기억나는데) 잠
시 나를 안심시켰지만, 채석장에서 지내야 할 남은 세월, 경
우에 따라서는 정말 두렵게도 평생, 아직 내게 남은 인생을
생각하면 크나큰 불행에 빠진 것이었다. 이곳에서는 남자들
이나 여자들 사이에, 예를 들어 타고난 신체적 차이를 제외
하고는 도대체 아무 차이점이 없다는 것을 알아야 한다. 아
이들은 그들에게 기대되는 남녀 사이의 자연스러운 역할을
하지 않는다. 여기 야우레크 채석장에서는 모두 똑같다. 젊
은이건 늙은이건 모든 사람이 완전히 똑같다…… 얼굴도 전
혀 구별이 안 된다. 절망적인 표정이나 걸음걸이, 말투, 잠
자는 모습 등이 점점 닮아가고 있다. 모든 사람이 회색 야우
레크 작업복을 입고, 야우레크 작업화를 신고, 야우레크 작
업모를 썼다. 야우레크 경영진으로부터 완전히 똑같이 취급
된다. 그리고 사람들이 모여 있는 다른 곳과는 달리 그들은
어디에서나, 예를 들어 작업장이나 식당에서 언제나 똑같은
태도를 취한다. 노동위원회나 외삼촌 쪽에서도 야우레크 채
석장의 단조로운 분위기를 바꿔보려고 이따금, 예컨대 민속
무용이나 작은 서커스 공연을 마련하기도 하고, 오늘 저녁

에 공연하는 슈타이어마르크의 코미디언 같은 사람을 부르기도 하지만 그러한 노력들은 아무 소용이 없다. 이곳에는 일반적인 무기력과 아무것도 하지 않으려는 의지가 만연해 있기 때문이다. 그러나 이런 생각들은, 내가 끊임없이 품고 있는 단 한 가지 생각, 즉 외삼촌에 대한 생각을 하지 않으려는 생각일 뿐이다. 이 생각에서 벗어나기를 몹시 원하지만, 무슨 생각을 하든, 무엇을 하든, 밤낮으로 나는 외삼촌을 생각하고, 어머니의 죽음에 책임이 있는 외삼촌을 어떻게 만나야 할지에 대해서만 생각하게 된다. 어머니의 죽음에 대한 외삼촌의 책임이 바로 나를 채석장에 오게 한 주된 이유다…… 다른 이유가 아니다. 이것은 진실이다. 그리고 야우레크에서 지낸 3년 동안 나는 외삼촌을 단 한 번 만날 수 있었다. 빈의 어느 사업가가 큰 주문을 해서 외삼촌이 식당에서 그에게 점심을 대접할 때 동석이 허락되었다. 식사 시간 내내 외삼촌은 나를 한 번도 쳐다보지 않았고 손님들 — 빈의 사업가 외에도 그의 친구인 공장주가 두 명 더 있었다 — 과의 대화에도 고의적으로 나를 끌어들이지 않았다. 그 당시 나는 왜 외삼촌이 나를 식사에 참석하게 했는지 의문이었다. 그 이유를 자꾸 생각해보았지만 답을 찾을 수 없었다. 외삼촌은 그 사람들에게 나를 "내 조카입니다"라고 소개한 후 다시는 눈길 한 번 주지 않았다. 지금 생각나는데 그 식사는 내가 채석장에서 근무하기 시작한 지 정확하게 사흘째 되던 날에 있었던 일이다. 식사하는 동안 내내 나는 외삼촌이 내게 어떻게 지내는지, 적어도, 이젠 익숙해 졌는지, 소박한 내 숙소는 어디에 있는지, 내가 처음 왔을 때 사람들이 나를 친절하게 맞아주었는지 등을 물어봐주기를 기다렸던 게 기억난다. 나는 마음이 상해서 식탁에 앉아, 그의 제안을 받아들여 고용계약서에 서명을 하고 일을 시작한 지금에는 '나를 거들떠보지도 않는구나' 하고 속으로 생각했었다. 식사는 한 시간 반 동안 계속됐는데 외삼촌이 내게 한마디도 하지 않았다는 것을 상상해보라. 빈에서 온 신사들도 스스로 의식하지는 못하지만 외삼촌이 그들을 지배하고 있었기 때문인지 내게 한마디도 하지 않았다. 무례하게도 식탁 밑에서 그들의 발이 여러 번 내 발에 부딪혔는데도 미안하다는 말조차 하지 않았다. 왜 하필 지금 그 식사 시간이 생각났는지는 모르겠다. 그 후로 3년이 흘렀지만, 그리고 그가 2~3주에 한 번씩 채석장을 시찰하러 오는 것을 알고 있지만, 그날 이후 외삼촌을 한 번도 본 적이 없다. 나 자신이 그를 피한다. 그가 온다는 말을 들으면 나는 그가 나를 찾을 수 없는 곳으로 간다. 그가 한 번이라도 나를 불러 오라고 한다면! 하고 나는 생각한다. 가건물로 지은 사무실에는 그가 들어가지 않는 방이 있다. 아마 그는 그런 방이 있는지도 모를 거다. 그가 오면 나는 그곳으로 숨는다…… 그가 떠나면 나는 사무실로 가서 매번 외삼촌이 나에 대해 물어보지 않았느냐고 묻지만, 매번 그가 나에 대해 묻지 않 았다는 대답을 듣는다. 내가 하는 일에 대해서는 사무실장 이 만족하기 때문에 외삼촌도 만족했다. 하지만 언젠가 나 는 그와 마주 서서 말해야만 한다고 생각한다…… 외삼촌을 만나기가 두렵다, 나는 침묵할 수 없다, 하지만 진실은 그에 게 상처를 입힐 것이다, 적어도 진실이 그에게 아무런 상처 를 입히지 못한다면, 내가 적어도 하지 않는다면…… 하지 만 사실 나는 이미 오래전부터 그를 완전히 피해서 도망치 고만 있다. 그리고 내가 갑자기 그와 마주 서서 진실을 말하 지 않고, 내가 그에 대해 생각하는 모든 것을 말하지 않고, 내가 너무 나약하기 때문에 그에게 상처를 입히기는커녕 그 를 당황하게 만들지조차 못할 가능성이, 때가 되면 내가 솔 직하고 용감하게 말할 가능성보다 훨씬 더 크다…… 내가 결코 벗어나지 못하는 이 무력함 가운데에서도 내가 외삼촌 에 대해서 생각하는 것, 이제는 더 이상 자신을 방어하지 못 하는 내 어머니와 외삼촌의 관계에 대해서, 그를 어떻게 생 각하는지에 대해서, 그의 얼굴에 대고 말할 수 있는 힘이 내 게 단 한 번만이라도 있다면! 하지만 외삼촌에게 다가가는 것조차 내게는 이미 불가능하다…… 하지만 나는 왜 이 모 든 무서운 상황과 조건하에서 채석장에서 일하라는 그의 제 안을 받아들였을까, 하는 생각도 해본다. 도대체 왜 나는 여 기에 있는 걸까? 그리고 그가 내게 채석장으로 가라는 말을

야우레크

했을 때("내 채석장으로 가거라." 아버지 같은 냉소적인 말투가 아직도 귀에 쟁쟁하다) 그의 얼굴에 대고 진실을 말하지 않았을까? 지금이 아니라(이젠 너무 늦었다), 왜 그때, 언제든지, 그 끔찍한 진실을 기억하지 못했을까? 외삼촌의 처남네 집에서 우연히 그를 만났을 때 이미 나는 무력감에 빠져 있었던 걸까? 그 당시 내 처지, 내 끔찍한 정신적·육체적 상태에 대해 두 사람에게 말하지 않았더라면…… 하고 나는 생각해본다. 또는 적어도 채석장에서 근무하라는 그의 제안을 에두르지 말고 즉시 거절했더라면…… 하지만 나는 더 이상 절망을 이기지 못하고 외삼촌이 나를 간파하게 만들었다…… 나 같은 사람은 영리하지 못하고, 갑작스러운 이성의 나약함과 육체적 나약함 때문에 적에게, 특히 자신의 적에게 늘 속내를 드러내 보인다. 아마도 나는 외삼촌이 아니라 나 자신을 벌하기 위해, 왜 벌을 받아야 하는지도 모르는 채 내게 끔찍한 징벌을 가하려고, 모욕적인 헐값에 나 자신을 야우레크 채석장에 팔아버리라는 외삼촌의 제안을 받아들이고, 즉시 회계과에 들어간 것 같다…… 어쩌면 외삼촌에게 나를 내맡긴 바로 이 결심이, 빈의 사업가들을 위한 식사 시간 동안 외삼촌이 나를 경멸한다는 사실을 분명히 느끼게 만든 이유인지도 모른다…… 나를 경멸한다는 사실을 보여주기 위해 그는 나를 식사에 초대한 것이다…… 채석장에 일하러 가라는 그의 제안을 내가 거절할 수도 있다는 점을 그는 계산했을지 모른다…… 수많은 가능성이 있다……
그러나 빈의 사업가들과의 식사에 나를 초대한 이유는 내게
깊은 상처를 주기 위한 것이었음이 틀림없다. 어쩌면 그때
그는 나를 완전히 파멸시킬 계획이었는지도 모른다…… 그
는 평생 동안 늘 내게서 자신이 내 어머니에게 저지른 모든
범죄를 보았다…… 하지만 외삼촌과 어머니의 관계를 좀더
정확하게 묘사하기 위해서는 두 사람의 유년기로 거슬러 올
라가야 할 것이다. 내 머릿속에는 그 관계에 관한 수백 개의
칸막이로 분류된 완전한 기록 보관소가 있다…… 외삼촌은
태어나기 전부터 내 어머니의 삶을 조직적으로 파괴하도록
자연으로부터 선택되어 있었다. 또한 어머니를 무서운 죽음
속에서 계속, 계속 살아가게 만들도록 정해져 있었다. 그는
자연이 그에게 부여한 그 모든 잔인함을 고도의 지능으로
천천히 그리고 점점 더 교활하게 계발해서 결국 그의 누이,
즉 나의 어머니를 계획적으로 파괴하는 데까지 이르렀다.
이 파괴 계획 — 파괴 과정이라고 표현하는 게 낫겠다 —
의 정점은 어머니가 외삼촌과 함께 산지기의 집에서 보낸
밤이었다. 그 후 어머니는 잘 알려진 것처럼 끔찍한 방식으
로 자살했다. 그날 밤 산지기의 집에서 무슨 일이 있었는지
는 아무도 모른다. 하지만 여러 해 동안 불면증에 시달리며
나는 아주 작은 부분까지 알게 되었고 확신하게 되었다. 세
월이 흐르면서 나는 이 문제를 조사해서 끔찍한 결론에 이

를 수 있었다. 하지만 그 결론은 마침내 내가 외삼촌에게 해야 마땅할 행동을 감행하게 하는 대신, 나를 완전히 무능하게 만들었다…… 이제는 사실 나를 완전히 무능하게 만들 정도의 충격이 엄습하고 있다…… 나는 이미 오래전부터 그날, 4년 전 7월 7일에 산지기의 집에서 일어난 일만 생각하고 응시하며 살아가고 있다…… 하지만 동시에 나는 어떤 행동도 하지 못하게 만드는 무력감 속에서 살아가고 있다…… 그래서 나는 이곳을 지배하는 우스꽝스러운 일상사에 나 자신을 완전히 맡기게 되었다…… 그리고 밤낮으로 일어나야만 하는 일이 언젠가는 일어나게 될까, 하고 계속 자문하기만 한다…… 나는 여기서 무엇을 찾는 것일까, 하고 끊임없이 자문한다. 기억할 수 있는 한 오래전부터 내가 증오한 외삼촌에게 대항할, 생각해낼 수 있는 온갖 수단 외에 내가 여기 야우레크 채석장에서 찾는 게 무엇이란 말인가? 아니다, 어머니가 외삼촌의 영향 아래에서 파멸한 것과 똑같이 나도 그의 영향 아래에서 파멸할 것이다…… 그리고 매일 하는 습관대로 퇴근 직후에 사무실 가건물 앞에서 이리저리 걸어 다니며 오늘 밤 슈타이어마르크의 코미디언이 오지 않았다면 오늘, 이 어둡고 음울한 날 나는 절망했을 것이라고 생각한다. 이 코미디언은 전에 한 번 본 적이 있다. 재능 있는 젊은이다…… 어제 퇴근 후에 또 사무실 앞에서 이리저리 걸어 다니며 카드놀이를 하러 식당에 가지 않는다면 나는 절망할 것이라고 생각했다…… 그리고 그저께도 똑같이 사무실 앞에서 이리저리 걸어 다니며 머리를 깎으러 이발소로 갈 일이 있다는 사실을 기쁘게 생각하고 절망하지 않았다. 그렇게 매일 저녁 근무시간이 끝나면 나를 절망하지 않게 만드는 무슨 일인가가 생기곤 한다. 나는 절망해야만 하고, 사실 절망하고 있는데도. 그리고 실제로 퇴근 후에 늘 내 관심을 다른 곳으로 돌릴 수 있는 일이 있기 때문에, 나를 기쁘게 만드는 일은 아니더라도 적어도 관심을 돌릴 수 있는 일이 있음을 알면서도 근무시간이 끝날 무렵엔 늘 불안하다. 언젠가는 나를 기쁘게 하거나 단지 관심을 돌릴 수도 있는 어떤 일이 더 이상 생기지 않을 수도 있다는 생각이 들기 때문이다. 아무런 기쁜 일도, 관심을 돌릴 수 있는 어떤 일도 없는 때가 올 것이다. 누구에게나 언젠가는 기쁜 일도, 관심을 돌릴 일도, 아주 사소한 기쁨도, 관심을 돌릴 만한 하찮은 일도 없는 때가 오는 게 자연의 법칙이다…… 그리고 곰곰이 생각해보면, 이곳을 지배하고 있는 상황에 맞게 나는 사실 가장 절망한 사람이어야 하고, 어쩌면 사실 가장 절망한 사람일 텐데, 더 빠른 걸음으로 이리저리 걸어 다니면서, 점점 더 빨리 걸어 다니면서, 너는 정말 절망해야 한다, 너는 극심한 절망에 빠져야 한다, 너는 그럴 권리가 있다, 매일 또다시 절망할 권리가 있다고 혼잣말을 하면서, 퇴근 후에 갑자기 혼자가 되어 사무실 앞을 왔다 갔다 하면서, 왔다 갔다 하는 것 외엔 무엇을 해야 할지 모르면서 —
그보다는 저녁마다 관심을 돌릴 만한 어떤 일, 기분 전환이
되는 일, 혼자 있는 상태와 갑자기 어찌할 바를 모르는 상태
와 내 삶은 실제로 절망적인 삶이라는 사실에 대한 역겨움
을 견뎌낼 수 있는 어떤 일을 기대하고 있다고 말하는 편이
나을 것이다 — 계속 이런 생각을 한다…… 그러나 나는 절
망적인 삶을 산다는 게 우스꽝스러운 일이라는 것도 안다.
절망적인 삶을 살고 있다고 깨닫는 것만도 우스꽝스러운 일
이다. 절망이라는 단어를 사용하는 것 자체가 우스꽝스럽
다…… 그리고 곰곰이 생각해보면 사람들이 사용하는 모든
단어가 갑자기 우스꽝스러워진다…… 하지만 핵심에서 벗
어나지 않겠다. 우스꽝스럽든 아니든 내 삶은 절망적이다.
야우레크 채석장에는 절망한 존재들만 있듯이, 절망하지 않
은 사람은 하나도 없듯이. 하지만 다른 사람들의 삶과 마찬
가지로 나의 삶도 야우레크 채석장의 상황에 맞게 무감각해
지고 아무 욕구도 없어졌다…… 나는 절망하지만 절망해서
는 안 된다고 자신에게 말한다. 원칙적으로, 근본적으로, 나
는 늘 절망하고 있지만 절망해서는 안 된다…… 그리고 다
가오는 저녁을 위해 늘 어떤 기분 전환이나 관심을 돌릴 만
한 일을 준비한다. 지난 금요일엔 책을 한 권 샀고, 지난 화
요일엔 영양가 있고 맛있는 음식을 사 먹었다…… 편지를
쓰기도 하고 자연과학 공부를 하기도 한다…… 곱셈과 나눗

셈을 하기도 하고, 심령술이나 지구물리학 공부를 하면서 관심을 다른 곳으로 돌릴 수 있다…… 독백을 하기도 한다. 몇 시간 동안 가건물들의 창문을 들여다보며 관찰하거나 침 대에 누워 생각에 잠기기도 한다. 하지만 시간을 때우는 이 방법을 나는 두려워하는데, 관심을 다른 곳으로 돌리는 것 과는 정반대의 일이 생기기 때문이다. 그러한 일들은 당연 히 잠시 후 두통과 구토증을 생기게 한다. 나는 매일 저녁 퇴근 후에 바깥세상과 완전히 격리된 야우레크 채석장 지역 에서 왔다 갔다 한다. 이 습관을 바꿀 수도, 바꿀 생각도 없 이, 아마도 정신병(순전히 인간에게만 있는 이 병은 내 생각에 어머니보다는 아버지와 관련이 있는 것 같다)의 초기 증세에 깊이 사로잡혀서 사무실 가건물과 노동자들 숙소 사이를 늘 왔다 갔다 하는 것이다…… 노동자들에게 나는 5시 이후에 는 그들과 따로 떨어져서, 이제는 나 자신에게도 놀라운 관 심 돌리기 기술로, 늘 같은 속도로 가건물들 사이를 오가는 사람일 뿐이다 ─ 사실 나는 퇴근 후엔 가건물들 사이를 걸 어 다니고 있다 ─ 하지만 그들은 마음속으로는 나를 병에 걸려서 왔다 갔다 하는 사람으로 생각할 것이다. 병에 걸려 서 엄격하게 공부하고, 큰 소리로 대답하고, 큰 소리로 안부 를 묻고, 지나가는 사람들에게 인사함으로써 위안을 찾으려 는 사람으로 생각할 것이다. 야우레크에서 살아가기는 힘들 다. 끔찍하다고까지 할 수는 없더라도…… 야우레크 채석장의 고립 속에서, 거칠고 뒤틀린 사람들 사이에서 나 같은 사람이 잠깐이 아니라 오래 견뎌내려면 당연히 매우 영리하게 처신해야 한다. 서로를 파괴하려는 생각만 하고, 호기심과 다른 사람의 불행을 고소해하는 심리에서만 사람들과 사귀는 이런 사람들에게 한 번 실수를 하면 만회할 수 없고, 아주 사소한 일도 경우에 따라서는 모반이나 순교를 불러오게 된다. 이미 야우레크 채석장에서 — 이런 경우를 나는 아주 많이 알고 있다! — 실수나 경솔한 말이나 깊이 생각하지 않은 설명이 한 사람을 죽게 만든 원인이 된 경우가 자주 있었다. 비열한 야우레크 사람들의 어리석음과 그 어리석음의 결과로 생긴 잔인함이 모든 사람을 늘 억누르는 행동 과정의 모든 단계를 파국으로 몰아가는 것이다…… 잠에서 깨어나면 나는 잠들 때까지 모든 것에 저항한다. 무엇보다도 나는 그들의 치명적인 대화에 끌려들어 갈까 봐 두렵다. 몇 주 동안 누군가가 내게 말을 걸까 봐 두려워하고, 다른 사람의 눈에 띄는 것조차 두려워한다. 하지만 살기 위해서는 사람들과 어울려야 한다…… 야우레크 채석장을 떠나 도시로 돌아갈까 하고 자주 생각했지만 나는 떠나지 않았고 도시로 돌아가지 않았다…… 그 결과 야우레크 채석장에서의 내 처지는 금세 거의 완전히 고립되고 말았다…… 나는 이제 나 자신하고만 접촉할 뿐이다…… 원인은 실제로 치명적으로 고립된 야우레크 채석장이다. 모든 사람의 머릿속에 공포를 불러일으키는 온갖 동물 형상을 한 산봉우리가 사방을 에워싸고 있다…… 내 경우에는 야우레크 채석장이 자연에 순응하고 인간에게 적대적이라는 사실을 깨달은 순간부터 도망갈 힘을 잃었다…… 그리고 내가 어떤 목적을 갖고(내 딴에는 건강하고 명철한 이성적인 상태에서) 이곳에 왔던가! 이제 코미디언이 보인다. 그리고 나는 숨을 깊이 들이쉰다, 마치 구원이라도 된 듯이! 나는 슈타이어마르크에서 온 저 남자를 따라가기만 하면 된다고 생각하고 바깥에서부터 저고리를 벗는다. 나는 모자를 모자걸이에 건다…… 식당 안은 사람들로 가득 찼지만 빈자리가 딱 하나 있다…… 코미디언이 무슨 말을 하자 모든 사람이 웃는다. 이전에 내가 절망적이지도 않고 단조롭지도 않은 삶을 살다가 떠난 도시에서 다시, 그러니까 모든 가능한 인간들과 모든 가능한 조건하에서, 말하자면 모든 가능한 가능성들 가운데에서 다시 계속하려는 모든 시도는 실패했다고 생각한다. 내가 정말 왜 도시를 떠나 야우레크 채석장으로 왔는지 이젠 모르겠다. 어머니를 위해서……? 나는 나 자신에게 대답할 수 없어 괴롭다. 나는 자신에게 묻는다. 갑자기 도시 생활을 견딜 수 없었기 때문일까? 아니다, 그렇지 않다. 하지만 설명할 수 있는 것은 아무것도 없다. 그렇게 3년이 흘러갔고, 야우레크 채석장의 일자리를 정말, 정말 내가 왜 받아들였는지, 왜 아직도 야우레크 채석장에 있는지 나 자신에게 묻지 않은 적이 없다. 모든 사정으로 보아 나는 평생 동안 야우레크 채석장에 있게 되리라는 생각이 든다…… 늘 온통 외삼촌 생각만 하면서…… 어머니 생각만 하면서. 사무실장이 언젠가 내가 훌륭한 회계사라고 말한 적이 있다. 그러니까 나는 훌륭한 회계사다…… 이따금 내가 스스로 지어낸 우스갯소리를 들려주면 동료들은 웃는다…… 그들은 내가 우스갯소리를 잘하는 사람이라고 생각한다. 우스운 이야기를 하는 것보다 더 괴로운 일은 없다. 하지만 동료들 사이에서 — 호감을 얻기 위해서라고 말하지는 않겠다 — 그저 살아남기 위해 할 수 있는 다른 일이 없기 때문에 나는 가끔 내가 지어낸 우스운 이야기를 들려주는데, 동료들은 훌륭한 유머라고 말한다. 하지만 나는 코미디언이 아니다. 그런 유머 하나를 생각해내는 데 여러 날, 여러 밤이 걸린다. 나는 코미디언이 아니다. 우스갯소리를 할 수 있는 동안 나는 파멸하지 않는다. 특히 재미있는 유머를 하면 한동안 동료들 사이에서 높은 평가를 받는다. 하지만 나는 코미디언이 아니다. 내가 어떤 사람인지 말하라면 그들은 분명히 내가 훌륭한 회계사라고, 또한 거의 그만큼 우스갯소리를 잘하는 사람이라고 말할 것이다. 하지만 나는 코미디언이 아니다. 그 밖에 내가 남보다 더 잘할 수 있는 일이 무엇인지 모르겠다. 나는 야우레크 체육관에 절대로 가지 않는다. 수영장에서는 벌벌 떨면서 몇 번 시도만 해보기 때문에 매번 웃음거리가 된다. 식당에서는 늘(무대 위의 코미디언은 오래전부터 슈타이어마르크 사투리로만 웃기고 있다!) 최하위의 역할만 한다. 무슨 이야기를 할 때는 너무 느리게 띄엄띄엄 말한다. 목소리가 특별히 좋은 것도 아니다. 심지어 휘파람도 불 줄 모른다. 나는 수수한 옷을 좋아하는데 사람들은 내 옷차림새를 건방지다고 생각하고, 내가 입는 옷은 모두 야우레크 채석장에 어울리지 않는다고 말한다. 나는 지금 노동자들에 대해 말하는 게 아니다. 사무실의 옹졸하고 멍청한 사람들에 대해 이야기하는 것이다. 그들은 내가 어떤 사람인지, 내가 왜 이렇고 왜 저렇지 않은지, 특히 내가 왜 여기 있는지에 대해 늘 나를 비난하는 것 같다. 하지만 사실 여기에서는(지금 또 사람들이 웃는다!) 모든 사람이 모든 것에 대해 모두를 비난한다.

프랑스 대사관 문정관

휴가 일기, 마지막 부분.

9월 21일

개별적으로는 무의미하지만 여러 가지 원인이 함께 작용하면 행복한 분위기가 되는 모임도 아주 짧은 시간에 갑자기 우울한 분위기로 변할 수 있다는 사실이 저녁 식사를 하는 동안 밝혀졌다. 식사를 하면서 우리는 어쩔 수 없이 머리에 떠오르는 끔찍한 생각들을 믿고 싶지 않았으므로 모든 생각의 결론을 두려워했다. 추측과 두려움은 특히 실종자의 부인을 끔찍한 침묵에 빠뜨렸는데, 몹시 불안한 가운데에서도 저녁 식사는 제시간에 시작됐다. 숲을 돌아보러 나간 숙부가 돌아오지 않은 것이다. 우리는 숙부를 찾아보았지만 헛수고였다(기억할 수 있는 한, 숙부는 저녁에 숲을 돌아보러 나가서 제시간에 돌아오지 않은 적이 한 번도 없었으므로 숙부가 돌아오지 않았다는 사실은 더 충격적이었다).

말없이 식사를 하면서 나는 특히 숙모의 태도를 살폈

다. 하지만 나는 지금 식탁에 둘러앉은 사람들이, 이제 내가 알고 있듯이, 숙부가 당연히 무서운 사고나 범죄에 휘말려 들었으리라고 긴장하고 절망했던 것을 묘사하려는 게 아니라, 뜻밖에도 숙부가 식사가 시작된 지 30분 뒤에 돌아와서 들려준 이야기를 하려는 것이다.

이미 우리는 숙부가 돌아오리라고 기대하지 않고 있었는데 숙부는 아무 일도 없었다는 듯이 식당으로 들어와서 자리에 앉더니 숲에서, 소나무 숲 옆의 혼합림 구역에서 "건장한 젊은이"를 만났는데, 그 젊은이를 만나리라고 예상도 못 했고 그가 다가오는 것을 알아차리지도 못했다고 말했다. 젊은이는 옷차림새도 훌륭했다고 한다. 날이 어두워서 숙부는 젊은이의 얼굴을 볼 수 없었지만, 목소리로 보아 평균 이상의 지식인이라는 것을 금방 알 수 있었다고 한다(처음 순간에 벌써 숙부는 젊은이를 만난 것을 행운이라고 생각했다고 한다).

"이상하게도," 숙부가 말했다. "나는 여러 해 동안 오직 이 만남만을 기다려온 것 같았어."

숙부는 범죄나 함정에 대해서는 한순간도 생각하지 않았다.

젊은이는 자신의 이름을 말했지만 숙부는 기억하지 못했다. 숙부는 젊은이에게 잠시 함께 걷자고 청했다.

숙부는 벌목할 때가 되었는지, 어떤지 여러 그루의 나

무줄기를 살펴볼 참이었는데 혼자 가는 것보다 둘이 가는 게 좋겠다는 생각이 들었고, 그 젊은이를 믿을 만하다고 생각하고 '어쩌면 이 젊은이도 나와 똑같은 생각일지도 모른다, 분위기나 거동으로 인품을 짐작할 수 있다'라고 생각한 것이다.

"저 숲은 좋은 숲이오" 하고 숙부가 젊은이에게 말했다. "이 숲은 나쁜 숲이고. 저 숲은 왜 좋고 이 숲은 왜 나쁜지 당신에게 설명하겠소. 물론 날이 어두워서 당신은 왜 저 숲이 좋고 이 숲은 나쁜지 모를 거요. 하지만 내가 왜 당신에게 저 숲은 좋고 이 숲은 나쁘다(사람도!)는 말을 할까. 아마 당신은 관심이 없을지도 모르는데…… 하지만 나는 늘 이러한 특징, 땅의 특징에 관심을 갖고 있다오. 밤낮으로 나는 이런 생각에 몰두하오. 이 숲은 좋은가? 이 숲은 나쁜가? 이 숲은 왜 좋은가? 이 숲은 왜 나쁜가? 지금이 낮이라면 당신은 우리가 지금 있는 이 숲(사람도!)이 나쁘다는 걸 금방 알아차릴 거요. 그리고 우리가 지금 들어가려고 하는 저 숲이 좋다는 것도 똑같이 분명하게 확인할 수 있을 거요. 하지만 지금은 아무것도 알 수 없을 거요. 날이 어두워서 저 숲(사람도!)이 좋은지 어떤지, 이 숲(사람도!)이 나쁜지 어떤지 확인할 수가 없을 거요. 하지만 나는 우리가 지금 있는 이 숲은 나쁘고 우리가 지금 들어가려고 하는 저 숲이 좋다는 걸 안다오. 나는 내가 소유한 모든 숲의 상태를 알고 있소……

밤낮으로 나는 내 땅을 둘러본다오…… 쉬지 않고…… 내 땅은 내 연구 주제요. 철학자도, 이상적인 철학자라면, 밤낮으로 자신의 철학을 통찰할 거라고 상상할 수 있소. 내가 늘 모든 땅을 살펴보듯이 철학자도 늘 모든 철학을 통찰할 것이기 때문이오. 나는 나무가 썩었는지, 무엇 때문에 썩었는지 알아야 하오. 나무 속이 어떤 상태인지 알아야 하오. 무슨 일이든 늘 알고 있어야 하오. 당신도 알다시피 세계는 가능성의 세계요. 철학이 가능성의 철학이듯이 내 땅은 가능성의 땅이오. 우리는 늘 가능성에 대해서 생각해야 하오."

그 젊은 이방인은 산림학과 산림경영학에 관심이 있을 뿐만 아니라 산림경영학에 정통하고 있음이 밝혀졌다(그 이방인은 산림경영학의 모든 이론에 정통한 전문가임이 밝혀진 것이다).

"특히 내 마음에 들었던 것은," 숙부가 말했다. "그 젊은 이가 자연에 대한 책을 인용한 게 아니라 자연 자체에 대해 말한 것이야."

숙부는 그 만남이 점점 더 즐거워졌다. 그가 들려준 바로, 두 사람의 대화 주제는 곧 산림학이나 산림경영학만이 아니었다. 두 사람은 이른바 20세기 최고의 전문가들이었기 때문에 마침내 예술에 대한 이야기를 하게 됐다. 숙부도 감탄했듯이 문학과 음악에 대해 이야기를 나눈 것이다(상대방이나 자기 자신도 금방이라도 곤혹스러울 정도로 진부해질까 봐 두려워하지 않고 모든 것에 대해 이야기를 나눌 수 있는 젊은이가 흔치 않은데, 그 이방인은 문학과 음악을 좋아하고, 특히 자연에 대한 지식 때문에 숙부는 금방 그와 공감할 수 있다고 확신했다).

"그 젊은이는 독일어를 참 잘했지만 외국인 같았어" 하고 숙부가 말했다. 숙부는 곧 '프랑스인인가 보다!' 하고 생각했다. '그래, 프랑스인이야! 그런데 프랑스인이 이 시각에 어떻게 내 숲에 들어왔을까?' 하고 생각했다. 그러나 그가 곧 농림부 장관의 프랑스인 친척임이 틀림없다고 속으로 생각했다. 젊은이들은 젊은이다운 이유가 있는 법이니까, 이 젊은이는 무슨 이유에서건 잠자리에 들기 전에 산책을 하는 것이겠지. 오버외스터라이히 지방의 황혼 무렵의 수많은 특이한 물리적, 화학적, 철학적 현상에도 흥미를 느껴 집 밖으로 나왔을 것이다. 물론 어두운 숲속에 있는 사람은 이곳뿐만 아니라 어디에서든지 매우 수상하다. 하지만 숙부는 그런 생각으로 걱정하지 않았다. 숙부는 "신뢰"라고 말했다. "상호 간의 신뢰지."

숙부는 총에 대해서는 한순간도 생각하지 않았다.

"어스름한 빛이 사라지고 벌써 캄캄해졌어"라고 그는 말했다.

"이상한 일이지. 내가 그 젊은이에게 비료에 대해, 그리고 여러 해 동안 벌채하지 않고 보호하는 숲에 대해, 웅달에서도 잘 자라는 나무 종류와 미송美松에 대한 아주 재미있는 이야기를 들려준 후에, 우리는 정치 이야기를 하게 됐어. 지적인 두 사람의 대화는 당연히 언제나 정치, 명석한 이성의 가장 중요한 문제인 정치 문제에 이르게 된다는 것을 다시 한번 확인했지. 정치 문제에서 그의 높은 지능이 제대로 발휘되더군. 나는 과연 프랑스인답다고 생각했어."

(민주주의에 대해 그가 한 말은 완벽한 경청자인 숙부에게 깊은 인상을 남겼다.)

"그 프랑스인은 민주주의가 무엇인지 알고 있더군" 하고 숙부가 말했다. "오늘날 국가가 무엇인지, 특히 젊은이들과 국가, 미래와 국가에 대해서 잘 알더군."

"정확했어" 하고 숙부는 말했다. "그 프랑스인의 정확성, 세련된 정확성은 정말 뛰어나더군."

그 젊은 프랑스인은 유럽 정치뿐 아니라 전 세계 정치의 매우 모호한 연관성까지도 탁월하게 설명했다고 숙부는 말했다. 단 한 번도 역사서를 인용하지 않고도 오늘날의 역사적 위치를 몇 마디 말로 명확하게 통찰할 수 있게 했으므로 숙부는 감탄하지 않을 수 없었다는 것이다.

"당신은 존재하지는 않지만 가장 훌륭한 학교를 다녔군요" 하고 숙부는 그 젊은이에게 말했다고 한다.

두 사람은 떡갈나무들이 있는 곳까지 갔다.

"나는 그 프랑스인에게 우리와 함께 저녁 식사를 하자

고 청했지만 그는 내 초대를 거절하더군. 그는 방향을 잃었다고 내게 숲 밖으로 안내해달라고 부탁하더군. 그래서 나는 그를 숲 밖으로 데리고 나왔어"라고 말하고 나서 숙부는 "어쩌면 이 사람을 다시는 보지 못하겠지, 하는 생각에 가슴이 아팠어"라고 말을 이었다.

혼합림을 지나 돌아오는 길에 숙부는 그 프랑스인이 자신의 삶에서 가장 중요한 사람 중 하나로 생각되었다고 한다. ("그 사람은 정말 특별한 사람이야" 하고 숙부는 말했다. "그런 사람을 만나는 것 자체가 특별한 일이듯이.")

9월 23일

오늘 나는 사람들이 "머리에 총알이 관통한 채" 죽어 있는 사람에 대해 이야기하는 것을 들었다.

9월 25일

"죽은 사람은 프랑스 대사관 문정관이래" 하고 숙부가 말했다.

인스브루크 상인 아들의 범죄

그를 알게 된 지 얼마 지나지 않아 벌써 나는 그의 성장 과정, 특히 그의 유년기에 대해 아주 많이 알게 됐다. 이미 여러 해 전부터 떨어져 사는 그의 부모 집의 소음, 냄새, 음울한 상인 집의 음산함을 그는 되풀이해서 묘사했다. 그의 어머니, 정적에 싸인 온갖 물건들, 높고 둥근 천장의 어둠 속에 갇혀 있는 새들. 아니히가街의 상인 집에서 부동산과 사람들의 무자비한 지배자로서, 끊임없이 명령만 내리는 그의 아버지의 등장. 게오르크는 누이들의 거짓말과 험담, 남매들 간에 얼마나 악마적인 계략을 품고 행동할 수 있는지에 대해 늘 이야기했다. 남매들 간에, 형제들 간에, 자매들 간에 범죄적인 파괴욕을 갖고 있다는 것이다. 대부분의 다른 집들, 특히 좋은 지역의 좋은 환경에 있는 다른 집들과는 달리 그의 부모의 집은 결코 아이들을 위한 집이 아니었다. 끔찍하고, 게다가 습기 차고 엄청나게 큰, 어른들의 집이었다. 그곳에서는 아이들이 태어나는 게 아니라 언제나 똑같이 무서운 계산가들, 장사에 대한 감각과 이웃에 대한 사랑을 억압하는 능력을 가진, 허풍쟁이 아기들이 태어났다.

게오르크는 예외였다. 그는 집안의 중심인물이었지만, 무용지물인 데다 언제나 그에게 경악하고 화가 난 온 가족들이 지워 없애려고 한 수치를 그가 계속 드러냈기 때문에 어떻게 해서든지 집 밖으로 몰아내고 싶은, 끔찍한 불구에 기형인 중심인물이었다. 그는 그렇게 선천적으로 지독하게 흉한 몰골이어서 가족들은 언제나 그를 숨겨야만 했다. 의학이나 의술 전반에 역겨운 혐오감이 들 정도로 깊이 실망한 후에 가족들은 비열하게 합심해서 게오르크가 가능한 한 빨리 세상에서 없어질 죽을병에 걸리길 간절히 바랐다. 그들은 그가 죽기만 한다면 무슨 일이든 할 준비가 되어 있었다. 하지만 그는 죽지 않았다. 그들 모두가 담합해서 그가 죽을병에 걸리도록 온갖 짓을 다 했지만 인스브루크에서나 (그는 나와는 인 강江을 사이에 두고 수백 미터 떨어진 곳에서 자랐지만 우리는 서로를 알지 못했다) 빈에서나(빈에서 대학에 다니는 동안 치르쿠스가에 있는 집 4층의 한방에서 우리는 같이 살았다) 그는 한 번도 죽을병에 걸리지 않았다. 그는 그들 사이에서 점점 더 커가고 점점 더 추해지고 점점 더 허약해지고 점점 더 쓸모없고 점점 더 도움이 필요한 사람으로 되어만 갔다. 하지만 그의 내장 기관은 병들기는커녕 그들 자신의 기관보다 더 잘 기능하고 있었…… 게오르크가 이렇게 성장해가는 것은 그들을 화나게 했다. 그의 어머니

가 울부짖으며 세탁실 바닥의 돌 위에 그를 내던진 순간부
터 그들은 이 아이의 출생이 가져다준 끔찍한 충격에 그들
나름의 방식으로 복수하리라고, 처음부터 엄청나게 크고 축
축하고 뚱뚱했는데 점점 더 커지기는 했지만 점점 더 섬세
하고 건강해진 보기 흉한 이 "장애인 아들"(그의 아버지는 그
를 이렇게 불렀다)의 출생이라는 지독한 부당함을 배상하리
라고 결심했었기 때문에 더욱 화가 났다. 그들은 게오르크
가 존재 자체만으로도 그들에게 치명적인 해를 입힐지도 모
른다고 생각하고 그 전에 법에 위반되지 않는 방법으로 없
애버리려고 맹세 같은 것을 한 것이다. 수년 동안 그들은 그
가 사라질 시간이 오래 남지 않았다고 믿었지만 그것은 그
들의 착각 때문에 잘못 판단한 것이었다. 게오르크는 병에
걸리지 않고 건강했으며 그의 폐, 심장, 그 밖의 중요한 모
든 기관은 그들의 의지나 계략보다 더 강했다.

　그가 급격히 점점 더 커지고 더 건강해지고 더 섬세해
지고 지적이며 추해지는 것을 보고 그들은 한편으로는 깜
짝 놀라고 다른 한편으로는 과대망상적으로, 그가 수백 년
된 상인 집안의 혈통에서 나오지 않았다고 실제로 믿었으
며, 그가 그들 사이에서 가만히 웅크리고만 있는 게 아니라
점점 더 성장한다는 것을 확인했다. 사실 그들은 여러 번의
사산死産 후에 그들에게 합당한 아이, 상인 가문의 — 뒤틀
리지 않은 — 반듯한 대들보로서, 처음부터 그들 모두의 버

팀목이 되어주고, 나중에는 그들을 지지하고, 그들을 더 높이 상승시키고, 그들 모두, 부모와 누이들을 그들이 이미 있는 높은 곳보다 훨씬 더 높이 들어 올려줄 아이를 원했었다. 그런데 어디에서 왔는지 알 수 없는, 결국 아버지에 의해 어머니에게서 나왔지만, 인간을 갖게 되었다. 그리고 그들이 보기에 무용지물인 이 아이는 점점 더 깊이 사색하는 동물이 되었으며, 옷과 즐거움을 요구하고, 가족의 버팀목이 되어주기는커녕 가족들이 그를 받쳐줘야 하고, 가족을 부양하기는커녕 가족들이 그를 부양해야 하고, 가족을 보살피기는커녕 가족들이 그의 응석을 받아줘야 하는 존재였다. 가족들의 기대와는 반대로 순전히 무용지물인 게오르크는 늘 그들을 방해하는 목에 걸린 가시 같았는데, 게다가 시를 쓰기까지 하는 것이었다. 그는 모든 면에서 달랐다. 그들은 그를 상상이라곤 조금도 없이 오직 현실만으로 구성된 그들 가족의 가장 큰 수치로 생각했다. 우리가 레오폴트슈타트의 어느 여관에서 만난 후에 서로 뜻이 맞아 방을 얻어 같이 살게 된 빈의 치르쿠스가의 방에서 게오르크는 자주 그가 유년기를 보낸 '인스브루크의 소년원'에 대해 이야기했다. 그리고 여러 해 동안, 8학기 동안 그의 유일한 경청자였던 내 앞에서 그에겐 늘 말하기 힘들었던 "생가죽 채찍으로 맞았다"라는 말을 해야 했을 때엔 말하는 대신 어깨를 으쓱했다. 그에겐 너무 크고 너무 엄청났던 지하실과 현관과 복도의 둥근 천장, 그에겐 너무 높았던 돌계단, 너무 무거웠던 들어 올리는 문들, 너무 큰 저고리와 바지와 셔츠들(그의 아버지가 입던 낡아 빠진 저고리와 바지와 셔츠들), 너무도 날카로운 아버지의 휘파람 소리, 어머니의 비명, 누이들의 킥킥거리는 웃음소리, 뛰어다니는 쥐들, 짖어대는 개들, 추위와 굶주림, 지루한 고독, 그에겐 너무 무거웠던 책가방, 빵 덩어리들, 옥수수자루들, 밀가루 부대들, 설탕 부대들, 감자 자루들, 삽들, 강철 곡괭이들, 이해할 수 없는 지시, 과제, 위협, 명령, 체벌, 징벌, 구타와 폭행 등이 그의 유년기를 구성했다. 이미 여러 해 전부터 집을 떠나 있게 된 후에도 그는 여전히 자신이 지하실로 끌고 가고 지하실에서 다시 끌고 나온(끌고 가는 게 얼마나 고통스러웠던가) 훈제 돼지 반 마리를 생각하고 괴로워했다. 여러 해 후에도, 그리고 집에서 700킬로미터나 떨어진 빈에서도 날이 어두워지면 그는 여전히 인스브루크에 부모가 살고 있는 상인 집 안마당을 고개를 숙이고 불안하게 가로질러 가고, 신열로 몸을 떨며 상인 집 지하실로 내려가는 상상을 했다. 그는 매일 따귀를 맞으며 부모의 장사와 관련된 계산을 했는데 어쩌다 잘못 계산하면 그의 아버지나 어머니, 누이 중 한 사람이 그를(여섯 살도 채안 되었을 때 처음으로) 지하실에 가두고 한동안 계속 범죄자라고 불렀다. 처음엔 그의 아버지만 그를 범죄자라고 불렀는데, 그의 기억으로는 나중엔 그의 누이들도, 심지어 그

의 어머니까지 합세해서 그를 범죄자라고 불렀다. 교육에는
전혀 능력이 없는 그의 어머니는 — 여러 해 후 그가 빈에
서 대학에 다닐 때, 많은 산맥들을 사이에 두고 어머니와 멀
리 떨어져 있으니까 어머니를 호의적으로 바라보게 되었는
지 — 게오르크에 대해서 가족 가운데 더 강한 사람들인 아
버지와 누이들이 하는 대로 완전히 따라 했다고 그는 말했
다. 아버지와 어머니는 일주일에 여러 번, 끔찍하게 규칙적
으로 그를 생가죽 채찍으로 때렸다.

그가 어렸을 때, 인스브루크의 푸줏간에서 돼지들이 울
부짖듯이 인스브루크 상인들의 집에서는 아들들이 울부짖
었다. 아마 게오르크의 경우가 가장 심했을 것이다. 그의 출
생은 가족의 몰락을 가져왔다고 기회가 있을 때마다 그들은
단언했다. 아버지는 끊임없이 그를 법률에 위배되는 인간이
라고 불렀다. 법률에 위배된다는 말로 그의 아버지는 늘 그
를 조롱했다. 누이들은 점점 더 완벽해지는 예리한 이성으
로 그를 온갖 계략에 이용했다. 그는 철저한 희생자였다. 그
의 유년기와 인스브루크에서의 생활에 대한 이야기를 들을
때 나는 몹시 경악하며 내 유년기와 인스브루크에서의 생활
을 되돌아보았다. 게오르크와 똑같은 끔찍함은 아니지만 훨
씬 더 큰 치욕이 내 유년기를 지배하고 있었다. 나의 부모는
게오르크의 부모처럼 짐승 같은 폭력을 행사한 게 아니라,
철저하게 철학적인 폭력, 머리에서 나오는, 다름 아닌 바로

머리에서 나오는 폭력을 행사했던 것이다.

우리의 타고난 슬픈 성격보다도 더 깊이 우리를 슬프게 만드는 쓰라림이 매일 새벽마다 무능하고 고뇌에 찬 우리의 머리를 짓눌러, 우리는 절망적이고 우울한 단 한 가지 추정만 할 수 있었다. 우리 내면의 모든 것, 우리에 관한 모든 것, 우리를 둘러싸고 있는 모든 것이, 우리가 무엇을 응시하고 숙고하든, 우리가 걸어가든 서 있든, 잠을 자며 무엇을 꿈꾸든, 그 무엇이든 간에 우리는, 게오르크와 마찬가지로 나도, 이미 가망이 없음을 암시한다는 것이었다. 게오르크는 자주 며칠 동안 가장 불가능한 환상, 그의 표현에 의하면 더 높은 환상에 잠겨, 동시에 늘 절망에 빠져서 이리저리 걸어 다니는데 그 모습을 언제나 지켜봐야 하는 나까지 우울하게 만들었다. 법률이고 입법자이며 날마다 모든 법률을 난폭하게 파괴하는 우리 두 사람은 어느 시점부터 갑자기, 그리고 모든 인간고人間苦의 가장 고통스러운 사람인 우리 각자 안에서 자연이 자신을 표현해야만 했던 색채들의 거대한 병적인 전체 도식을 통해, 언제나 같이 있었던 것처럼 함께 다녔다. 우리는 여러 해 동안 빈이라는 도시의 표면에 있었지만, 우리를 위해 우리가 만든, 우리에게만 보이는, 우리를 보호하는 통로 체계 안에서 살았다. 하지만 우리는 또한 이 통로들 안에서 치명적인 공기를 계속 들이마셨다. 우리는 거의 언제나 우리 젊음의 절망, 젊음의 철학,

젊음의 학문의 이 통로 안에서만 우리 자신을 향해 걸어가고 기어 다녔다…… 이 통로들은 대개 우리가 역사의 엄청난 과잉과 판단력에 당황하고 우리 자신에게 당황하여 책상 앞 의자에 앉아 있는 치르쿠스가의 방에서 우리를 이끌어내어, 우리의 책들과 우리 자신의 계보와 지질학적 전체 계보의 가공할 타락, 열렬한 숭배, 경멸을 지나, 낡고 오래된 도시의 몸통 안으로 데려갔고, 거기에서 다시 끌어내서 우리의 방으로 데려갔다…… 끔찍한 8학기 동안 게오르크와 나는, 내가 단지 암시만 한 방식으로 치르쿠스가의 방에서 함께 지냈으며 함께 지내야만 했다. 이곳을 떠나는 것은 우리에게 단 한 번도 허용되지 않았다. 나는 법학을 혐오하고 게오르크도 자신의 전공인 약학을 나 못지않게 혐오하면서 8학기 동안 내내, 이미 암시했듯이 우리의 통로에서 늘 구부린 자세로 움직여야 했으므로, 우리의 구부린 자세에서, 우리 두 사람의 장애(나도 이미 장애인이었다)에서, 이 필연적인 상황에서 조금이라도 더 나은 상황으로 벗어날 수 없었다. 우리는 8학기 동안 내내 일어서서 떠날 힘을 단 한 번도 갖지 못했다…… 우리는 치르쿠스가에 있는 방의 창문을 열고 신선한 공기를 들어오게 할 힘조차 없었는데, 그러고 싶지도 않았기 때문이다. 하물며 눈에 보이지 않는 힘은 아무 것도 없었다…… 우리의 정신과 마찬가지로 우리의 마음도 너무나 굳게 닫혀 있어서, 우리 자신의 것이 아닌, 우리 가운데 한 사람에게서 나올 수 있는 것도 아닌 무슨 일인가, 외부에서 우리 안으로, 또는 내부에서 우리 안으로, 어떤 형이상학적인 개입이 일어나 두 개의 똑같은 상황인 게오르크의 상황과 나의 상황을 변화시키지 않으면 우리는 틀림없이 언젠가 ── 그 시점이 그리 먼 것도 아니었다 ── 우리 자신 때문에 질식하고 말 것 같았다…… 우리에게 점점 더 무기력해지는 빈의 분위기 안에서 엄청나게 복잡한 작용 방식으로 우리의 영혼도 시들어갔다. 우리 또래의 수많은 젊은이들과 마찬가지로 신선한 공기의 가능성, 신선한 공기가 불러일으키는 일을 하거나 하지 않을 수 있는 가능성은 어디에도, 내부에도 외부에도 없다는 생각에 전적으로 깊이 잠기고 깊이 파묻히고 있었으며, 실제로 그 당시 치르쿠스가의 방에 우리를 위한 신선한 공기는 없었다. 8학기 동안 신선한 공기는 없었던 것이다.

우리는 각자 수많은 세대 전에, 게오르크의 경우엔 무수히 많은 세대 전에 알프스 산맥에서 시작된 이름을 갖고 있었다. 한 사람은 인 강의 왼쪽 지역에서, 다른 한 사람은 인 강의 오른쪽 지역에서 점점 번성하게 된 이름을 갖고 있었지만, 이제는 부모의 저주와 재빠른 계산 기술의 끝에 그 이름은 우리의 파괴자가 되어, 우리가 바라보고 있을 수밖에 없듯이 파렴치하고 애달프게 쇠퇴해가는 수도 빈으로 옮겨졌다. 우리 두 사람은 각각 많은 의미를 지닌 자신의 이름에 갇혀서 빠져나갈 수 없었다. 우리는 서로 상대방의 감옥이나 잘못, 범죄에 대해 알지 못했지만, 상대방의 감옥과 잘못과 범죄가 자신의 것과 같다는 것은 짐작하고 있었다. 서로에 대한 우리의 불신은 시간이 흐름에 따라 점점 더 결속력이 강화되고 서로를 떠나려 하지 않을 정도로 커졌다. 그러면서도 우리는 서로를 미워했다. 우리는 생각할 수 있는 한, 가장 상반되는 인간들이었다. 한 사람에게 있는 모든 것은 다른 사람에게도 있는 것처럼 보였지만, 우리 두 사람은 아무것도, 어떤 점도, 어떤 기질도, 어떤 것에서도 같지 않았다. 그러나 또한 우리는 서로 상대방이 될 수 있었다. 한 사람에게 있는 모든 것이 다른 사람에게도 있을 수 있었다…… 나는 자주 혼자 "나는 게오르크일 수 있다, 게오르크에게 있는 모든 것일 수 있다. 하지만 그것은 게오르크에게 있는 어떤 것도 내게 있지 않다는 뜻이다……"라고 말했다. 빈으로 온 다른 학생들이 빈의 오락거리들을 기뻐하고 매우 활기차게 즐기는 게 우리에겐 이상하게 생각됐다. 우리 두 사람은 그 어떤 것에도 열광하지 않고, 그 어떤 것도 좋아하지 않았다. 빈의 정신은 죽은 정신이고 빈의 오락거리는 우리에겐 너무 유치했다.

우리는, 나와 마찬가지로 게오르크도, 처음부터 날카로운 통찰력을 갖고 행동했다. 우리는 모든 것을 거의 모든 경우에 지독하게 비판했다. 결국 우리의 탈출 시도들은 실패했고 모든 것이 우리를 억누르고, 우리는 병에 걸렸으며, 우리의 통로 체계를 만들었다. 우리는 처음 몇 주가 지난 후에 이미 빈의 말 없는 과대망상에서 물러났다. 이젠 더 이상 역사도 예술도 학문도, 아무것도 없는 도시를 떠난 것이다. 그러나 빈에 도착하기 전에 이미 기차 안에서 나는(게오르크도 마찬가지로), 우리 두 사람은 서로에 대해 알지 못하는 채로, 우리를 차츰 슬프게 만드는 열병에 걸렸다. 나는 외부에서 나의 내면으로 일관되게 밀려오는 죽음의 유혹에 대한 동요를 무의식적으로, 또한 완전히 의식적으로 감지했으며, 빠른 속도로 들판을 달리는 급행열차의 수많은 어두운 객실 가운데 하나에 앉아 나 자신을 자각하고, 나와 영원히 결합되어 있는 자살에 대한 생각을 감지하며, 오랜만에 자살에 대한 생각을 시작하고 있었다. 멜크 언덕 사이에서 갑자기 나는 얼마나 암담하고, 내게 말할 수 없이 냉혹한 우울을 견뎌야만 했던가! 내 의지에 반해서 갈 수밖에 없었던 이 여행에서 나는 갑작스럽고 빠르게 고통 없이, 평온한 이미지만을 뒤에 남기고, 죽기를 여러 번 바랐다. 특히 이브스 근처 도나우 강 바로 옆의 위험한 커브 길에서. 대부분의 사람들이 하고 싶어 하지 않는 지겨운 학문을 시작하려고 시골에서 수도 빈으로 오는 젊은이들의 여행은 거의 언제나 이렇게 당황스럽고 기만당한 고통스러운 두뇌와 이성과 감정의 끔찍한 상황에서 진행된다. 황혼 무렵 기차를 타고 빈의 종합대학이나 전문대학으로 가는, 모든 경우에, 생각보다 훨씬 더 용기 없고 소심한 사람들이 자살을 생각하는 것은 아주 당연한 일이다. 많은 사람들이, 그리고 나와 함께 성장하고, 내가 이름도 알고 잘 아는 사람들의 상당수가 고향의 기차역에서 부모와 작별하고 얼마 안 되어 달리는 기차 밖으로 몸을 던졌다. 게오르크와 나는 자살에 대한 생각을 서로에게 말한 적은 한 번도 없지만 우리가 자살에 대한 생각에 익숙하다는 사실을 서로 알고 있었다. 우리의 방이나 우리의 통로 체계에 틀어박혀 있는 것과 마찬가지로, 고등수학에 비교할 만한 무슨 고도로 정교한 놀이에 빠지듯이 우리는 자살에 대한 생각에 빠져 있었다. 우리는 자주 여러 주 동안 이 정교한 자살놀이에 빠져 완전히 조용히 지냈다. 우리는 공부를 하고 자살에 대해 생각했다. 우리는 책을 읽고 자살에 대해 생각했다. 우리는 몸을 숨기고 잠을 자고 꿈을 꾸고 자살에 대해 생각했다. 우리는 자살에 대한 생각에 잠겨 방해받지 않고 혼자 있다고 생각했다. 아무도 우리를 걱정하지 않았다. 우리는 언제든지 자살할 수 있었지만 자살하지 않았다. 우리는 서로에게 늘 낯설었고, 우리 사이에 감지할 수 없는 수십만 가지 인간적 비밀은 하나도 없었지만, 우리가 알고 있는 자연의 비밀 자체만은 있었다. 밤이나 낮이 우리에겐 끝없이 똑같은 흑인들의 노래 구절처럼 한결같았다.

게오르크의 가족들은 한편으로는 그가 아버지의 직업, 즉 아니히가의 상점을 물려받지 않으리라는 것을 처음부터 알고 있었다. 그러나 다른 한편으로는 어느 날 갑자기, 생가 죽 채찍으로 두들겨 패면 장애인인 게오르크가 처음부터 그들이 바라던 대로 잡화점을 맡을지도 모른다는 희망을 오랫동안 버리지 않았다. 이젠 60대가 된 아버지의 후계자가 되는 것이다! 하지만 결국 그들은 게오르크 모르게, 어느 날 갑자기, 게오르크의 누나에게 잡화점을 영원히 물려주기로 결정하고, 그 순간부터 그들이 할 수 있는 모든 것을, 상인의 힘과 상인의 모든 지식을, 힘센 짐승처럼 하루 종일 굵은 다리로 상점과 집 안을 돌아다니는 뚱뚱하고 피부가 충혈된, 촌스러운 이르마에게 채워 넣었다. 여름에나 겨울에나 소매를 부풀린 옷을 입고 장딴지는 늘 곪아 있는 이르마는 그 집안의 기둥으로 성장했다. 갓 스무 살이던 그녀는 나터스 출신의 푸줏간 조수와 약혼했다. 이르마를 아버지의 후계자로 결정한(아마 그녀의 약혼자도 고려해서!) 그 순간, 그들은 게오르크가 대학에 가는 것을 허락했다. 그들은 체면을 잃을까 봐 두려웠던 것이다. 하지만 게오르크가 원한 대로 인스브루크 — 게오르크는 인스브루크에서 상업 교육을 받으면서 인문계 고등학교도 우수한 성적으로 졸업했다 — 나 가까운 뮌헨에서 약학 공부를 하는 것을 허락하지 않고, 게오르크와 가족 모두가 늘 싫어했던 멀리 떨어진 동

쪽에 있는 빈에서만 공부해야 한다고 했다. 그들은 될 수 있
는 대로 게오르크를 멀리 떼어놓고 싶어 했고, 그가 멀리 있
다는 것을 알고 싶어 했다. 빈은 사실 세상 끝에 있었다. 빈
으로의 추방이 무엇을 뜻하는지 오늘날 모든 젊은이는 알
고 있다! 게오르크는 수도 빈이 이미 수십 년 전부터 유럽
의 모든 대학 도시 중에서 가장 뒤떨어진 곳이라는 것을 그
들에게 이해시키려고 노력했지만 아무 소용이 없었다. 빈에
서 공부하도록 추천할 만한 것은 아무것도 없었다. 그는 빈
으로 가야만 했고, 내가 아는 사람들 중에서 가장 적은 금액
인 학비를 그나마 못 받을까 봐 유럽의 고도 중에서 가장 끔
찍한 빈에 머물러 있어야만 했다. 우리는 빈이 오래되고 활
기 없는 도시이며 전 유럽에서, 전 세계에서 홀로 방치된 거
대한 묘지라고 생각했다. 산산이 부서지고 썩은 골동품들의
얼마나 거대한 묘지인가!

　우리가 같은 방에서 살았던 마지막 시기에 나는 게오르
크를 나 자신인 것같이 생각했다. 특히 한 해가 저물 무렵,
그가 잠들기 전에 우리가 전혀 알지 못하는 모든 것들을 암
시했을 때 그런 느낌은 더 강했다. 그는 평생 단 한 번도 다
른 사람들에게 자신을 이해시키지 못했는데, 나도 마찬가
지였다……『모비 딕』저자의 유년기처럼 그에겐 끝이 없
는 ── 천년이 아니라 ── 것처럼 여겨졌던 그의 유년기. 그
의 부모와 그의 주위에, 적어도 가장 가까운 사람들의 신뢰

를 얻으려는 그의 끊임없는, 헛된 시도. 그는 한 번도 진정한 친구를 가져본 적이 없었다. 하지만 진정한 친구라는 게 무엇인지 누가 알랴. 그에겐 그를 조롱하고 속으로는 두려워하는 사람들만 있었다. 그는 항상 다른 사람이나 다른 사람들의 조화를 그의 방식으로, 그의 장애로 방해하는 사람이었다. 그는 끊임없이 방해했다…… 그가 어디에 있든, 어디를 가든, 그는 아름답고 평화로운 화폭에 추하고 더러운 얼룩이었다…… 사람들은 누구든, 무엇을 하는 사람이든, 어떤 태도를 보이든, 무엇을 감행하든, 오로지 그에게 함정을 파기 위해 있었다. 모든 게 그에게는 함정이었다. 그에게 함정이 아닌 것은 아무것도 없었다. 종교도 그랬다. 결국 그는 갑자기 자신의 감정 때문에 우울해졌다…… 잠에서 깨어나는 것은 그에게 출구 없는 상태의 광기 안으로 들어가는 것이었다…… 안심하고 있던 내게 그는 갑자기 내 유년기로 들어가는 문을 열어젖혔다. 병들고 억압받고 절망한 사람의 잔인함으로…… 매일 아침 그는 아주 오래된 새로운 하루의 완전히 폐쇄된 방에서 눈을 떴다.

내 유년기의 음울한 무대에는 완전히 우스꽝스럽고 교만하기까지 한 사람들이 자꾸 나타나는데, 내 친구 게오르크에게 그런 일은 결코 없었다. 과거를 돌아보면 그에겐 늘 공포를 일으키는 사건들이 보였다. 그리고 거기에서 일어났고 지금도 일어나는 것은 여전히 공포를 일으키는 것이었다. 그래서 그는 될 수 있는 대로 과거를 — 현재와 미래와 같으며 현재이고 미래인 과거를 돌아보지 않겠다고, 절대로 돌아보지 않겠다고 되풀이해서 말했다. 하지만 그렇게 되지 않았다. 그의 유년기, 그의 청년기, 그의 전 인생이 얼음처럼 차가운 무대였다. 그것은 오로지 그를 경악케 하기 위해 있었다. 그리고 그 무대의 주연배우들은 늘 그의 부모와 누이들이었다. 그들은 그를 혼란스럽게 만들 새로운 무엇인가를 자꾸 생각해냈다. 이따금 그는 울었다. 그에게 왜 우느냐고 물으면 그는 그 무대의 커튼을 내릴 수 없기 때문이라고, 그러기엔 자신이 너무 무력하다고 대답했다. 무대의 커튼을 내릴 수 있는 경우가 점점 드물어지자 그는 어느 날엔가 결코 커튼을 내릴 수 없게 될까 봐 두려워했다. 그가 어디를 가든, 어디에 있든, 어떤 상황에 있든 간에 그는 자신의 연극을 봐야만 한다는 것이었다. 인스브루크에 있는 그의 부모 집과 잡화점에서 가장 무서운 장면이 자꾸 연출되고 있었다. 그 끔찍한 장면들을 이끌어가는 연출자들인 아버지와 어머니가 늘 보이고 들린다는 것이다. 잠을 자면서도 그는 자주 '아버지' '어머니' '생가죽 채찍' '지하실' 같은 말을 했다. 때로는 그의 추적자들에게 결국 죽을 때까지 쫓기면서 "그러지 말아요, 그러지 말아요!"라고 외치기도 했다. 그가 받은 수많은 징벌과 관련된 말이었다. 비록 불구의 몸이기는 했지만 자연스럽지 않은 순결함에 이르기까지 정화된 그의 몸은(그의 살갗은 병에 걸려 죽어가는 소녀의 살갗 같았다) 새벽에 땀에 젖고, 체온을 잴 수 없을 정도로 열이 나서 일어나기도 전에 힘이 하나도 없었다. 우리는 대개 아침을 먹지 않았다. 음식이 역겨웠기 때문이다. 강의도 역겨웠다. 책들도 역겨웠다. 우리에게 세계는 뒤틀린 짐승 같은 페스트, 도착倒錯되고 철학적인 페스트였으며 혐오스러운 희가극으로 이루어진 세계였다. 지난 2월에 게오르크는 한결같이 슬펐고 슬픔에 잠겨 늘 혼자 있었다. 나보다 한 살 아래인 그는 저녁이면 머리의 움직임이나 손짓 등, 우리 두 사람이 잘 알고 있는 행동들로 보아, 죽은 사람들이나 아직 살아 있는 사람들과 대상 등, 그가 두려워하는 그 모든 이름 때문에 경악하고 있는 게 틀림없었다. 그에게 오는 편지는 별로 없었지만 내게 오는 편지와 마찬가지로 좀 나아지라는 요구만 담겨 있지, 다정한 말은 하나도 없었다. 한번은 그가 요령부득이라는 말을 했는데, 그는 세계가 적어도 요령부득이라는 뜻으로 한 말이었다. 수도였으며 지금도 수도인 이 묘지에 등을 돌리기 위해 우리 두 사람이 어떻게 달라져야 했을까. 그러기에 우리는 너무 나약했다. 빈에서는 누구나 너무 나약해서 빈을 떠나지 못한다. 그는 마지막으로 "이 도시는 모든 사람이 죽어가는 묘지야!"라고 말했다. 나는 처음에는 그가 마지막 며칠 동안 한 다른 모든 말 ― 모두 같은 의미를 갖고 있었다 ― 과 마찬가지로 그 말을 깊이 생각해보지 않았다. 그가 그 말을 한 후에 나는 잠자리에 들었다. 14일 밤 10시 반이었다. 게오르크는 어떤 일이 있더라도 나를 깨우지 않으려고 아무 소리도 내지 않고 움직였기 때문에(소리 내지 않고 움직이기가 그에게 얼마나 고통스러웠을지 이제 나는 안다) 나는 2시 조금 전에야 무슨 소리가 나서 잠에서 깨어났고 끔찍한 광경을 발견했다. 게오르크의 부모는 지금 아들의 행동을 그 자신에 대한 범죄이며 가족들에 대한 범죄라고 말한다. 이튿날 아침 10시에 벌써 게오르크의 아버지가 인스브루크에서 빈으로 왔다. 그는 내게 이 사고를 설명해달라고 요구했다. 게오르크가 실려 간 병원에서 내가 돌아왔을 때 게오르크의 아버지가 우리 방에 있었다. 날씨가 흐려서 아직 어두웠지만 — 그날은 하루 종일 날씨가 흐렸다 — 우리 방에서 게오르크의 물건을 싸고 있는 사람이 그의 아버지라는 것을 나는 알아챘다. 나도 인스브루크 사람이지만 게오르크의 아버지를 그전에 한 번도 본 적이 없었다. 하지만 눈이 어둠에 익숙해지고 어둠을 이용할 수 있게 되었을 때 — 그때 내 눈의 날카로움을 나는 결코 잊지 않을 것이다 — 양털이 붙은 검은 외투를 입은 그 사람이, 급히 서두르며 게오르크의 물건들을 치워버리려고 한곳에 집어 던져 한 무더기로 쌓아 올리고 있는 그 사람이, 그리고 그 사람과 관계된 모든 것이 게오르크의 불행, 게오르크의 파멸에 책임이 있다는 것을 깨달았다.

목수

거듭 확인하는 것이지만, 목수 빙클러의 경우처럼 감옥에
서 갑자기 석방되는 바람에 몹시 혼란스러운 상태에 빠진
사람은 도와줄 도리가 없다. 5년 전, 빙클러의 재판이 진행
되는 동안 신문은 추잡하고 혐오스러운 기사를 말할 수 없
이 많이 썼다. 주말에는 그와 희생자들의 사진과 재판과 현
장 검증에 대한 기사가 실렸었다. 빙클러는 10월 25일에 이
슐에 있었다. 뷔클라브루크의 가죽 공장에서 일하는 빙클
러의 누이가 25일 오후에 나를 찾아와서 아래에서 기다리
고 있는 빙클러를 잠시 들어오게 해달라고 부탁했다. 빙클
러가 내게 여러 가지 할 말이 있다고, 그 자신에 관해 좋은
소식과 나쁜 소식 — 좋은 소식보다는 나쁜 소식이 더 많지
만 — 을 알려주고 싶어 한다고 그의 누이가 말했다. 그는 7
년형을 받았지만 감옥에 5년 동안만 있었던 것은 오로지 내
덕분이기 때문에 출소하자마자 내게 감사하고 싶어 한다는
것이었다. 5년 전 그가 체포된 후에 재판 준비와 변호를 맡
았던 내가, 이제 그가 가르스텐을 떠나온 후에 두려움 없이

속마음을 털어놓을 수 있는 유일한 사람이라는 것이다. 그는 다른 모든 사람을 두려워했으며, 반대로 다른 사람들은 그를 두려워했다. 특히 전에 그가 알던 사람들은 이제 빙클러와 이야기하는 것을 피했고 그와 아주 사소한 접촉을 하는 것조차 꺼렸다. 아무도 그에게 인사하지 않았고, 그의 인사를 받지도 않았다. 아무도 그에게 말 한마디 건네지 않았다. 하지만 그에 대해서는 모두 끔찍한 말들을 했다. 대부분의 사람들은 그가 아예 존재하지도 않는 듯한 태도를 보였다. 빙클러 자신도 사람들에게 말을 건넬 용기가 없다고 했다. 게다가 그에 대한 거짓 소문이 퍼져서 온 마을 사람들이 그에 대해, 그의 야비함에 대해 떠들어댔다. 중상모략이 쫙 퍼져 도처에서 그에게 상처를 주었다. 그의 누이는 오빠가 그 모든 끔찍한 일들 때문에 그에 따른 어떤 행동도 하지 않기만을 바랄 뿐이라고 했다. 모든 게 가장 비열한 방식으로 그를 힘들게 할 것이라면서, 자신이 상상한 게 아니라 오빠에게 상처를 주는 사건들을 직접 두 눈으로 똑똑히 보았다는 것이다. 이슐과 그 주변은 빙클러에 대한 부당한 증오의 끊임없는 원천이었다. 그녀가 이슐에 오면 아무 책임도 없는 그녀까지도 당황하게 된다고 했다. 그녀는 사람이 이런 상황을 견딜 수 있으리라고 생각하지 않으며, 온갖 교활함으로 그를 파괴하는 마을에서 그가 계속 살아갈 수 있으리라고는 생각할 수 없다고 했다. 오후 5시쯤 사무실에서 빙클러의 누이가 내 앞에 서 있는 동안, 나는 그녀가 절망적이라는 인상을 받았다. 그녀는 오빠에게서 폭행과 욕설, 육체적 상처, 마음의 상처 외에는 기대할 게 없다고 말했다. 그의 성격은 그녀나 나나 잘 알고 있으며 예전과 다름없다는 것이다. 그녀는 평생, 유년기와 청소년기에, 특히 가장 중요한 성장기에 빙클러의 "무서운" 성격 때문에 고통을 받았으며, 그의 주위 사람들, 부모와 조부모는 늘 그에게 괴로움을 당했다고 말했다. 갑자기 나타나서 가족들을 공격하고 평화와 질서를 깨뜨리는 그의 난폭함, 그의 "파괴욕"은 늘 모두를 불안하게 했다는 것이다. 부모나 조부모, 이웃 사람들은 온몸이 떨릴 정도로 그를 두려워했으며 자신은 오빠 때문에 늘 재판소를 들락날락했고 결국엔 오빠 때문에 망했다는 것이다. 그녀는 부모님이 일찍 돌아가신 것도 오빠 때문이라고 했다. 그녀는 그의 믿을 수 없는 물리적 난폭함에 대해 수많은 사례를 열거했다. 몹시 서둘러 이야기하면서 그녀는 모든 것을 비할 데 없이 큰 불행으로 점철된 그의 성격과 결부시켰다. 그는 "어리석은 머리로" 주위의 모든 것을 지배했으며, 부모와 누이가 늘 모든 것을 숨긴다고 자주 "위에서 아래로" 덤벼들어 때렸다고 했다. 하지만 비교적 심한 상처들은 경찰에서도 알게 되었으며 그는 심한 폭행 때문에 점점 더 자주, 점점 더 오래 감금되어 그들과 자주 떨어져 있었다고 한다. 그런데도 그의 누이는 오빠를 늘 사랑했다. 그녀는 아직도 오빠에 대해 스스로도 설명할 수 없는 애정을 갖고 있다는 것이다. 그는 집에서 며칠 동안 양순한 태도를 보이다가 별안간 짐승으로 변하곤 했는데, 그녀는 밤의 오빠는 짐승이라고 생각했다는 것이다. 그녀는 이제 35세인 오빠에 대해 "좋은 이야기는 하나도" 할 수가 없다고 말했다. 그녀는 오빠보다 두 살 아래였는데, 곰곰이 생각해보고 기억을 돌이켜보면 방어할 힘이 전혀 없던 초등학생 시절부터 오빠가 계속 가장 비열한 방식으로 그녀를 대하고, 늘 학대하고, 세월이 흐름에 따라, 그리고 그가 계속 "육체적으로 정신적으로 끔찍하게 성장해"감에 따라 점점 더 거칠어지고 점점 더 무서워져서 그녀는 아무 말도 할 수 없었다는 것이다. 그녀는 오빠와 함께 학교를 다니던 시절이나 도제 수업을 받던 시절, 자기는 가죽 공장에 다니고 오빠는 목수 작업장에 다니던 시절을 회상할 수 없다고 말했다. 책임능력이 없는 그의 성향 때문에 그는 그녀의 전 생애를 파괴하는 일련의 육체적 상처와 정신적 상처를 입혔다. 그의 위협 때문에 그녀는 유년기와 청소년기에 대체로 주위의 모든 사람에게 눈에 띄게 말이 없었다. "기차역 뒤에서의 그날 밤"을 생각하기만 해도(그 당시에는 제염 공장 옆에 있었죠!) ― 나는 그녀가 더 자세하게 설명하려는 것을 막았다 ― 그녀는 자신의 삶을 조직적으로 파괴한 오빠를 위해 지금 노력하는 것을(오빠에 대한 공포 때문일까?) 자신도 이해할 수 없다고 말했다. ("오빠는 우리 모두를 망쳐놓았어요!") 그녀는 자신이 지금 오빠를 위해 내 앞에 서서 부탁하고 있는 게 정말 이상하게 생각된다고 말했다. 하지만 그녀는, 오빠가 이렇게 버림받은 지금, 오빠를 거절하지 말아달라고 내게 "간청"했다. 그녀는 신중을 기하기 위해 우선 오빠가 나를 만나고 싶어 한다는 말을 전하려고 자신이 먼저 내 사무실로 올라왔다고 말했다. 그녀는 한 시간쯤 후에는 버스를 타고 다시 푀클라브루크로 돌아가야 한다고 했다. 빙클러의 범행과 체포, 그리고 마침내 판결이 난 후에 그녀는 이슐에서 더 이상 할 일도 없고, 살아갈 길도 없어서 4년 전부터 푀클라브루크에 있는 직장에 다니고 있다고 말했다. 푀클라브루크에서 수입이 괜찮으냐고 물었더니 그녀는 그렇다고 대답했다. 그녀는 10여 년 전에 있었던 빙클러의 폭행 때문에 아이를 낳을 수 없게 되었다고 말했다. 하지만 그 일에 대해 그녀는 나를 몹시 불안하게 만드는 암시만 했다. 만기가 되기 전에 감옥에서 석방된 데 대해 빙클러 자신도 놀랐는데(편하지는 않은 일이었다!), 지난 며칠 동안 매일 저녁 가죽 공장 앞에서 누이를 기다렸다가 집으로 데려간다는 것이었다. 그녀는 "더럽고 역겨운" 오빠가 매일 5시 전에 가죽 공장 앞에서 왔다 갔다 하는 모습을 견딜 수 없다고 했다. "얼마나 창피한지 몰라요" 하고 그녀는 말했다. 그는 돈도 없이(저축해두었던 돈을 모두 술 마시는 데 써버렸어요!) 갑자기, 예고도 없이, 엽서 한 장 보내지 않고 어느 날 그녀 앞에 나타났다는 것이다. 그녀는 뷔클라브루크 외곽의 웅덩이에서 살고 있다고 했는데, 마치 웅덩이가 거주지라도 되는 듯이 말했다. 그녀는 그가 가끔 편지를 할 수도 있었으리라고 생각했지만 그는 편지를 보내지 않았다. 그녀는 감옥에서 여러 명이 공모한 탈옥 기도가 있었다고 말했다. 하지만 빙클러는 가담하지 않았는데 그 덕분에 형기를 앞당겨 석방될 수 있었다는 것이다. 그녀는 오빠를 무서워하지 않았다면 그를 자신의 방 안에 들여놓지 않았을 것이라고 말했다. "오빠는 혼자 온 게 아니라 어떤 사람과 함께 왔어요" 하고 말했다. 하지만 그 사람은 곧 어딘가로 가버리고 다시 나타나지 않았다고 한다. 빙클러는 늘 "어렸을 때부터 남에게 빌붙곤 했다"라고 그녀는 말했다. 그들은 며칠 동안은 그런대로 같이 지낼 수 있었지만 얼마 지나지 않아 빙클러는 누이가 그를 위해 아무것도 하지 않는다고 비난하기 시작했다. 그녀는 밤에 "경계를 하느라" 한숨도 자지 못했다고 말했다. 그는 늘 바닥에 웅크리고 앉아만 있었다고 한다. 가끔 그녀의 침대 옆 바닥에 팔다리를 뻗고 벽과 벽 사이에 머리와 발을 버티고 누워 있기도 했다고 한다. 그는 대개 몇 시간 동안 벽이나 그녀를 바라보았고, 아무것도 먹지 않았다고 한다. 또한 그는 누이를 데리러 가죽 공장에 오는 것 외에는 밖에 나가지도 않았다. 그녀는 그에게 "계속 술을" 사췄는데, 많이 사준 정도가 아니라 "너무 많이" 사줬다고 했다. 그의 냄새, 그녀가 평생 두려워했던 그의 냄새가 이제 그녀의 방에 배었는데, 그녀는 그 냄새를 다시는 방에서 몰아낼 수 없을 것이라고 했다. 그녀는 너무 피곤해서 이따금 서 있을 수도 없었는데 그는 막무가내로 여러 술집으로 그녀를 끌고 가서 여러 가지 독주를 마셨다. 오빠가 그녀의 집에 눌러앉은 순간부터 그녀는 한숨도 자지 못했다고 했다. "오빠의 커다란 손을 생각해보세요, 변호사님!" 하고 그녀는 말했다. 같이 있을 때나 가죽 공장에 있을 때에도 그녀는 오빠에 대한 생각만 하면 무서웠다고 한다. 곧 그녀는 오빠로부터 벗어날 수 있는 어떤 방법도 생각할 수 없게 되었다. "정말 괴로웠어요." 그녀의 생각에 빙클러는 감옥에서 더 나빠졌다고 한다. 가장 큰 걱정은 그가 늘 바닥에 "웅크리고" 앉아서 움직이지 않는 것이라고 했다. "그렇게 건장한 사람이" 하고 그녀는 말했다. 그녀는 관심을 돌리려는 의도로 오빠와 대화를 시작해보려고 여러 번 시도했다고 덧붙였다. 하지만 그는 꼭 필요한 말 이외에는 결코 한마디도 하지 않았다. 음식이나 옷까지도 단순하고 갑작스러운 손짓으로 그녀에게 가져오라고 명령했다. 오빠에게 양복과 외투, 구두, 속옷을 사줘야 했기 때문에(내키지 않는 일을 하는 수 없이 한 건 아니에요!) 그녀의 저금은 며칠 만에 다 없어졌다고 한다. 아마 30분쯤 지난 것 같은데 그녀는 갑자기 "아직 아래에 그대로 있어야 할 텐데!" 하고 말했다. 나는 그녀가 창가에서 내려다보고 싶은데도 그럴 용기가 없다는 것을 알아차렸다. 그녀는 그렇게 크고 그렇게 말이 없는 오빠가 어떻게 될는지,라는 말을 하고 싶은 모양이었으나 그렇게 크고 그렇게 말이 없는,이라는 말만 하고 말았다. 그녀는 마지막으로 외투로 몸을 완전히 숨기려는 듯한 태도로 돌아서서, 자신이 책임져야 할 사람에게 부당한 일을 하는 것에 대한 부담을 암시하는 듯한 어색한 걸음걸이로 현관으로 내려갔다. 사무실 문이 열려 있고 현관에서 하는 말은 아무리 작은 소리라도 언제나 다 들리기 때문에, 그녀가 지나가면서 빙클러에게 하는 말이 들릴 법도 한데 아무 소리도 들리지 않고 현관문이 쾅 닫히는 소리만 들렸다. 현관문이 닫히는 소리는 여러 해가 지나도 점점 더 불쾌하고 번번이 그 소리에 깜짝 놀라곤 했다. 잠시 후에 빙클러가 내 사무실에 나타났다.

그의 누이의 말대로 그는 건장한 인상을 주었다. 오랜 수감 생활 동안 얼굴이 거칠어진 게 눈에 띄었고, 눈에 어린 위험한 느낌은 나로 하여금 곰곰이 생각하게 만들었다. 그는 두 손을 불안하게 움직였는데 말할 수 없이 불안한 그의 모습에 나는 당황하지 않을 수 없었다. 그는 한편으로는 어린아이 같고, 다른 한편으로는 민첩한 사람처럼 방 안으로 들어왔다. 그가 너무 갑작스럽게 나타나는 바람에 내가 그의 누이와 이야기하는 동안 그가 문 뒤에서 엿듣고 있었던 게 아닐까, 하는 생각이 들었다. 하지만 그의 누이와 내가 화제에 올린 것은 그에게 해당되지 않는 게 없었다. 사실 나는 빙클러가 몰래 그의 누이를 뒤따라 집 안으로 들어와 현관을 지나 위층으로 올라와서 문 뒤에서 엿들었다는 생각에 놀랐다. 그러나 다른 한편으로, 그가 숨이 차서 헐떡이는 것으로 보아 층계를 급히 올라온 게 틀림없었다. 그는 말을 하려고 했지만 하지 못했다. 전체적으로 그는 그 자신보다 먼저 그의 누이가 나와 이야기한 것을 기뻐하는 것 같았다. 그의 외투는 너무 작았고 셔츠 단추는 풀어놓고 있었다. 나는 이 사람은 누구에게나 병적인 태도를 보인다고 생각했다. 그는 법정에서 당당하다기보다는 어쩔 줄 몰라 했는데, 특히 결정적인 순간에 늘 그랬던 게 기억난다. 지금도 어쩔 줄 몰라 하는 그 태도 때문에 나는 다시 그에게 마음이 끌렸다. 그가 내 사무실에 들어온 순간이나 이후 나와 함께 있는 내내 그와 나 사이에는 분명 냉담함이라곤 조금도 없었다. 단지 서로 소통할 가능성이 몹시 괴로울 정도로 제한되어 있었다. 그의 누이와 이야기하는 동안 나는 그의 모습을 기억해낼 수 없었다. 그는 본질을 전혀 알 수 없는 인종에 속했다. 그의 얼굴은 우리가 피곤한 몸을 이끌고 저녁에 시골 마을에서 어떤 항변도 할 수 없을 만큼 피곤한 사람들이 조용히 모여 있는 곳을 지나거나, 나란히 줄지어 선 농부들 사이를 지나갈 때 흔히 볼 수 있는 얼굴들 중 하나 같은 모습이었다. 매우 불분명하지만, 나는 빙클러의 누이가 그에 대해서 이야기할 때 지금 내 앞에 선 그의 모습과는 다른 모습으로 생각했던 것을 깨달았다. 그가 사무실 안으로 들어오기 전에 단 한마디 말을 했을 때 나는 그의 목소리만 들었다. 나는 목소리를 잘 기억한다. 소외된 하층민들이 모두 그렇듯이 그의 말투는 어눌했고, 누구나 언제라도 쑤셔댈 수 있는 온통 상처투성이인 몸뚱어리에 비교할 수 있을 만큼 온통 허점투성이였다. 하지만 너무나 마음을 파고들어서 듣기가 고통스러웠다. 그는 내게 감사하기 위해 왔으며 그 이유는 내가 알고 있을 것이라고 말했다. 내가 그를 위해 최선을 다했으며, 재판과 그의 범행이 일어난 시점은 처음부터 그에게 적대적이었다고, 재판은 그렇게 해서는 안 된다고 말했다. 하지만 그는 "편견 없이"라거나 "객관적"이라는 단어를 말하지는 않았다. 그는 곧 자신이 미결수로 구금되어 있는 동안 내가 그의 감방으로 찾아갔던 일을 이야기했다. 나로서는 의무에 불과했던 일이지만, 그를 위해 애쓴 노력들에 대해 그가 이야기한 많은 것들을 나는 이미 오래전에 잊어버렸었다. 그는 5년 전 내가 한 말을 모두 빠짐없이 기억하고 있었다. 그가 말하거나 말하지 않은 모든 것으로부터 분명히 알 수 있게 된 나에 대한 그의 애착은 나를 당황하게 만들었다. 전체적으로 그는 과장되고 동시에 위험하게 생각됐다. 그는 내가 그에게 "도움"이 되었다고 여러 번 말했다. 그는 5년 동안 내내 나와의 관계를 한순간도 포기하지 않았다는 인상을 주었다. 나는 빙클러가 법정에서 끌려나가는 순간에 벌써 그를 잊었었다. 변호사는 유죄판결이 내려진 직후에 의뢰인의 소송을 마무리 짓는다. 지금 생각해보면 법정에서 거리로 나왔을 때 이미 빙클러 사건은 내 머릿속에 남아 있지 않았다…… 그는 여러 해가 지나는 동안 내게 편지를 하려고 했지만 매번 포기했다고 한다. "난 멍청한 사람이에요" 하고 그는 말했다. 그는 여러 번 난 멍청한 사람이에요,라고 말했다. 나는 그에게 의자에 앉으라고 권했다. 그는 내 맞은편에 앉았다. 나는 스탠드 램프를 책상 한가운데로 옮겨놓았다가 다시 옆으로 치우고 결국 불을 꺼버렸다. 그가 불빛을 싫어했고 불빛 없이도 잘 보였기 때문이다. 나도 전등 불빛을 좋아하지 않는다. 그와 나 사이에 책상이 있는 게 정말 다행이라고 생각했다. 그는 바닥을 바라보며 감옥에서 겪은 특별한 체험에 대해 한동안 이야기하기 시작했다. 그리고 마지막으로 감옥을 지배하는, 놀랄 일이라곤 하나도 없는 지루함에 대해 이야기했다. 그는 이야기하다가 곰곰이 생각하고 다시 이야기했다. 그는 내가 다 알고 있을 거라고 말했다. 모든 게 다 그렇듯이 감옥이나 그곳의 규정이나 무법 상태에 대해서 찬성할 수도 있고 반대할 수도 있을 것이라고 그는 말했다. 그리고 그에겐 날마다 시간이 점점 더 길게 느껴졌다고 했다. 그는 감독 기관이

목수

나 음식에 대해서는 불평하지 않았다. 감방에서 숲이 보였고 이따금 숲을 넘어 산맥도 볼 수 있었다고 한다. 그는 감옥에 감금되어 부자유스러운 상태에서 가장 괴로웠던 점은 시간을 견딜 수 없는 것이었다고 말했다. 그는 목수 작업장에서 일했다고 한다. 사면에 대해서는 말할 필요도 없었다. 그는 늘 모든 것을 놓쳐버렸던 것이다. 감옥에서는 그럴 수밖에 없듯이 움직일 수 있는 최소한의 공간에서, 오랫동안 자신의 육체 외에는 아무것도 없는 상태에서 지낸 것은 그에게 도움이 되었다고 한다. "하지만 사람들은 무엇을 보는지!" 하고 그는 말했다. 그는 판결이 선고되던 순간과 법정 안의 고요, 밖에서는 눈이 오기 시작한 것 등을 기억하고 있었다. 그런 세부적인 일들을 나는 완전히 잊고 있었다. 가르스텐 교도소의 감독 기관은 빙클러에 대해 육체적인 징계를 허용하지 않았지만 또한 빙클러 자신도 5년 동안 한 번도 광포해진 적이 없었다고 한다. 그는 자기 같은 사람은 "공정함이나 부당함"에 대해 많이 생각해보기는 하지만 말할 수는 없다고 했다. 가르스텐 교도소에 대해 그가 내게 알려준 것 중에는 몇 가지 주목할 만한 특이 사항들이 있었다. 나는 그에게 이제 무엇을 할 작정인지 물었다. 물론 그가 아직 아무것도 시작하지 않은 것을 알고 있었지만 나는 그에게 일자리를 찾아보았느냐고 물었다. 그리고 "용기를 갖고" 빨리 그 문제를 생각해보아야 한다고, 목수에게는 일자리를 찾기가 힘들지 않을 것이다, 그 분야에서 그는 훌륭한 기술자가 아니냐고 말했다. "요즘엔 건축 공사장이 많아요" 하고 내가 말했다. "목수가 적을수록 일자리 찾기는 더 쉽죠." 하지만 내가 아마도 너무 훈계조로 말했기 때문인지 그에게 아무 감동도 주지 않은 모양이었다. 나는 갑자기 이 사람이 모든 걸 단념한 게 아닐까, 하는 생각이 들었다. 그는 자신에겐 이미 모든 게 너무 늦었다고, 이젠 시작할 보람이 있는 게 아무것도 없다고 말했다. "아무것도 없어요, 아무것도" 하고 그는 말했다. 자신에게 남아 있는 권리는 아무것도 없다고, 오래전에 모든 권리를 "자신의 잘못으로 잃었다"라고 말했다. 그가 말한 대도시풍의 진부한 그 말은 어떤 음색도 없었지만 신비롭고 감동적으로 들렸다. 그는 의자에서 일어나려는 생각만 해도 벌써 여러 해 동안 앓고 있는 두통이 시작된다고 말했다. 이미 망쳐버린 그의 인생에서 다시 한번 어느 사업가나 목수나, 건축가에게 자신을 소개하는 것은 불가능하다고 말했다. "모든 게 너무 늦었어요"라고 그는 말했다. 그 순간까지도 나는 이 모든 슬프고 기이한 상황의 심각성을 제대로 이해하지 못하고 내가 한 말을 아주 의도적으로 그가 싫어하는 방향으로 몰고 갔다. 나는 "일을 하세요!"라는 말만 자꾸 했다. 하지만 나는 내 행동의 무의미함을 깨닫고 단념했다. 모든 사람이 다른 사람들에 대해 모든 것을 아는 이 슐에서는 일자리를 얻을 수 없고 그렇다고 다른 곳으

로는 가고 싶지 않다는 그의 논거는 물론 잘못된 생각에서
기인한 것이지만, 나는 반박하지 않았다. 그저 그를 내버려
두어야 할 것 같았다. 그는 누이동생에게 돌아갈 수 없다는
것을 알고 있지만 다른 한편으로는…… 하고 말했다. 그러
더니 다시 "누이동생 자신도 아무것도 없는데" 그녀의 집에
묵으며 안정을 찾으려고 한 것은 정말 큰 잘못이었다고 말
했다. 그는 누이가 자기를 얼마나 두려워하는지 여러 번 말
했다. "나를 두려워한다고요!" 하고 그가 소리쳤다. "어디로
갈 수 있었겠어요? 푀클라브루크가 가장 가까운 마을인
데……" 그가 며칠 만에 누이의 돈을 "무정하게" 모두 빼앗
아버렸다고 비난했지만, 그는 인정하지 않았다. 그녀에게
빚진 돈은 돌려줄 거라고 말했다. 나는 그가 누이를 날마다
위협한 것을 알고 있다고 말했다. 그때 바깥 거리에서 사람
들이 떠드는 소리가 들렸지만 나는 일부러 모른 체했다. 나
는 그에게 곧 일자리를 주선해보겠다고 말했다. 나는 빙클
러처럼 훌륭한 목수는 비록 이름이 빙클러일지라도 이슐에
서도 걱정할 필요가 없다, 오히려 누구나 그를 환영할 것이
라고 말했다. "사람들은 손재주만 본답니다" 하고 나는 말했
다. 나는 그날 밤 숙박하기에 적당하다고 생각되는 금액을
그에게 내밀었다. 밤에는 몹시 추울 테고 푹 자야 한다고 말
했지만 그는 내 돈을 받으려 하지 않았다. 나는 그가 며칠
후면 취직을 할 것이라고 생각하고 포기하지 말아야지, 하

고 나 자신에게 말했다. 나는 그에게 포기하지 마라, 어쩌면 내일이라도 일자리를 얻을 테고, 그러면 돈을 벌 수 있으니 빚을 모두 갚을 수 있고 형편이 나아질 것이라고, 곧 나아질 것이라고, 한숨 푹 자고 맑은 정신으로 다시 오라, 나는 언제라도 그를 도와줄 것이라고 말했다. 그는 내 말을 귀담아듣지 않았다. 그는 모양이 보기 좋아서 내가 창문턱 위에 놓아둔 옥수수 이삭을 쳐다보았다. 감옥에서 보낸 5년이라는 세월이 그로 하여금 모든 삶의 표시 — 아주 사소하고 눈에 띄지 않는 삶의 표시까지도 — 의 무의미를 확신하게 만들었는지 그는 내가 하는 말에 전혀 상대도 하지 않고, 갑자기 질문을 했는데 아무 관련도 없는 그 말에 나는 깜짝 놀랐다. 그 말은 그와 나 사이의 허공에 한참 동안 맴돌았다. 그는 어떤 경우에도 피해를 입지 않기 위해 멀리 떠나려면 돈이 얼마큼 있어야 하느냐고 물은 것이다. 나는 괴로운 웃음을 터뜨렸는데, 적절치 못하고 무례한 나의 반응이 그에게 깊은 상처를 준 모양이었다. 그는 한참 동안 전혀 움직이지 않았다. 나는 조심스럽게 그가 태어난 니더른 타우에른*의 마을에 대해서 이야기해달라고 부탁했다. 그는 갑자기 두려움이 없어지는 것 같았다. 그리고 학교 가는 길, 그의 선생들, 부모, 누이에 대해서 아름답게 묘사했다. 그의 이야기를 듣

* 오스트리아 동서로 뻗은 알프스 산맥의 동부.

고 있으려니 그가 구석진 골목길과 방금 도살한 신선한 고기를 특히 좋아한다는 사실을 알 수 있었다. 그는 죽은 사람들에 대해, 시골에서의 정치적인 폭력 행위들에 대한 견해를 이야기했다. 사회주의나 온갖 당파들을 그는 거부했다. 이런 종류의 사람들에게는 쉽게 함정을 팔 수 있다. 그리고 이런 사람들은 쉽게 함정에 빠져든다. 그는 갑자기 자신의 삶에서 있었던 갖가지 슬픈 사건들에 대해 열성적으로 다시 이야기하기 시작했다. 그는 이런 사건들에 이어 마침내 그의 무자비한 절망적인 상태에 점점 가까워질수록 오로지 잿빛 장면들만을 묘사했다. 그가 이야기한 모든 것은 그의 기이한 불행으로 온통 짓눌린 한결같은 잿빛, 짙은 잿빛, 또는 검은 잿빛이었다. 그의 목소리는 크지도 작지도 않았다. 그것은 그의 본래 목소리가 아니라 그의 상황과 처지에서 나온 것이었다. 그것은 아직 살아 있지 않고, 이미 더 이상 살고 있지 않은, 하지만 단순한 물체가 아닌, 존재하는 실체 같은 것에 겨우 비교할 수 있었다. 낮이 짧아 금방 해가 기운 시각에 갑자기 내 사무실 안을 감도는 완전한 정적 속에서, 또한 벌써 짙어져가는 어둠 속에서 그가 하는 말은 매우 명료하게 들렸다. 여느 때와는 달리 그날 오후에, 그리고 그날 저녁에도 급히 처리해야 할 일이 없었고, 사무실을 떠나지 않아도 되는 것이 기뻐서 나는 빙클러가 가버리든 남아 있든 그에게 맡겼다. 한순간 나는 그가 몸을 녹이기 위해 내 사무실에 온 것이 아닌가 하는 생각이 들었다. 그의 누이는 분명히 오래전에 쾨클라브루크로 돌아갔을 것이다. 빙클러 남매처럼 아이가 없는 상태는, 어떻게 해서 두 사람 모두 더 이상 돌이킬 수 없는 지속적인 그런 상태가 되었든지 간에, 가장 높이, 현기증을 일으킬 정도로 격앙시킬 수도 있고, 공포를 일으키는 무력감에 빠뜨릴 수도 있겠다는 생각이 들었다. 나는 물론 그의 배 속이 비어 있으리라는 것을 이미 알고 있었지만, 뒤늦게 그에게 저녁 식사를 했느냐고 물었다. 오버외스터라이히 지방 사람들은 늘 저녁을 일찍 먹는다. 그들 남매는 쾨클라브루크에서 이슐로 우편 버스를 타고 급히 왔으니 그는 분명히 점심도 먹지 않았을 것이다. 그가 그렇게 피곤해 보이는 데에는 그런 이유도 있을 것이다. 나는 사무실 옆에 붙어 있는 부엌에 "무엇인가 따뜻한 음식"이 있을지도 모르니 같이 먹자고 말했으나 그는 거절했다. 그는 음료수도 마시지 않겠다고 했다. 한편으론 내게 완전히 낯설고 다른 한편으론 전혀 낯설지 않은 그 사람은 사실 나를 압도하고 있었다. 범죄자는 의심할 것도 없이 가난 때문에 처벌받는 불쌍한 사람이다. 나는 심지어 고차원적인 학문으로 설명할 수 있는 한계를 훨씬 넘어 그렇게 생각했다. 그는 특히 형무소에서 있었던 극단적인 사건에 대해서는 내게 완전히 의식적으로 침묵했지만 그 사건들은 줄곧 그를 괴롭히는 것 같았는데, 설명할 수 없는 이유들 때문에, 그리고 자신이 "멍청해서" 그런 사건들에 대해서는 아무것도 말할 수 없다고 했다. 그는 모든 것을, 또한 모든 것의 결과들을 오직 끔찍하다고 생각하고 있었다. 그의 삶처럼 빈약한 삶과 오랜 감금 생활은 사람의 마음속에서 외부 세계에 대한 모든 유용한 감정을 파괴하고 외부 세계로의 통로들을 막아버린다. 사람들은 그에게 착해지라고 늘 요구했지만 그는 그럴 능력이 없다고 말했다. 그는 개선이나 개전改悛의 가능성을 전혀 갖고 있지 않고 이전에도 결코 가져본 적이 없었다. 그 자신도 착해질 생각이 전혀 없다고 했다. 그게 무슨 의미가 있는가? 그의 유년기와 청소년기는 아무 희망 없이 암울했으므로 도대체 착해지거나 나아질 수가 없었다. 그에게는 아무에게도 고통을 주지 않고 조용히 살 수 있는 모든 조건이 원래부터 결여되어 있었다는 것이다. 천성에 따라 그는 처음부터 오직 잔인함과 고통의 어두운 갱도였다. 시작조차 해보지 않은 교육이 그의 천성을 범죄적인 성격으로 계발한 게 아니기 때문에 근본적으로 잘못된 갱도였다. 아주 어렸을 때부터 사람들은 그의 고통을 무정하게 대했다고 한다. 그의 부모는 그를 따뜻한 이불로 감싼 게 아니라 그들의 몸과 영혼에서 나오는 차가움으로 휘감았다. 그는 어느 날 — 가족들은 아주 갑자기 깨닫게 됐다 — 순전히 자신의 육체적 힘으로 그를 억압하는 가족들의 지배자가 될 수 있었다. 그를 화나게 하면 그는 그냥 달려들어 때렸다. 그것은 그가 겨우 살아가고, 다른 사람들이 자신의 이야기를 듣게 만들고, 심지어 존중까지 받을 수 있는 유일한 방법이었지만, 얼마 되지 않아 그를 감옥에 가게 만들었다. 감금 생활은 공포와 혐오감만 더 키웠다고 그는 말했다. 그는 오늘날 사법은 고도로 발달되어 있지만 진보는 전혀 없다고도 말했다. 현대의 형 집행은 "교활한" 특성을 갖고 있다는 것이다. 그는 "고독 히스테리"라는 말을 했는데 어디서 듣거나 읽은 게 틀림없었다. 그 자신이 생각해낸 말은 아니었다. 현대의 처벌은 죄수의 육체에 가해지는 게 아니라 오로지 영혼 깊숙이 — 50년 전에는 없었던 방법 — 파고들어 간다고 그는 말했다. 그게 무슨 뜻인지는 설명할 수 없다고 했다. 오늘날의 사법은 사람을 혼란스럽게 만들며 작용한다는 것이다. 나는 그 자체가 하나의 학문이라고 생각했다. 새로 사 입은 빙클러의 옷을 보니 나는 어떻게 하면 그가 가능한 한 빨리 돈을 벌 수 있을까, 하는 생각을 다시 하게 되었다. 그는 아직 외부 세계와 완전히 단절한 것은 아니지만, 외부 세계와의 처음 접촉에서 물러났으니, 그가 외부 세계와 단절하고, 단절해야만 했던 위험이 너무도 분명해서 그가 자기 마음대로 하도록 그냥 내버려 둘 수는 없었다. 나는 그날 오전에 뫼클라브루크의 어느 상점에서 그가 옷을 살 때 있었던 일을 눈앞에 그려볼 수 있었다 — 그런데 그는 순전히 내게 오기 위해서 새 옷을 산 것일까? — 상점에서 그는 거의 조롱을 당했다고 한다. 빙클러는 누이의 말을 잘 들었지만 옷을 입어보는 동안 다시 누이의 말을 듣지 않고 보기 흉한 옷을 사겠다고 결심했다고 한다. 그의 누이는 빙클러가 퍼붓는 숱한 욕설을 참고 견뎌야 했다(그의 누이도 그의 외투가 어깨는 너무 크고 전체적으로는 너무 꼭 끼는 것을 알았을 것이다). 옷 가게의 외투 코너에 점원들이 모여들고, 어리둥절해서 얼굴이 창백해진 여점원들에게 빙클러는 명령조로 말하고, 그런가 하면 시골 사람처럼 소박한 그의 남성다움과 뻐기는 듯한 태도는 모든 여자들을 당황케 했을 것이다. 나는 그가 화제를 다른 데로 돌려 충분히 이야기했다고 생각하고, 다시 용기를 내어 그에게 트라운 강변에 늘어선 비교적 시설이 좋고 숙박료가 싼 여관 중 한 곳에서 하룻밤만 쉬고 이튿날 다시 오라고 제안했다. 나는 요즘 업무가 의외로 한가하기 때문에 그를 위해 시간을 낼 수 있다고 말했다. 정말 나는 이튿날 아침에 그를 초대할 생각이었지만 그 말을 하지는 않았다. "그동안, 유능한 사람을 구하는 목수 작업장 몇 곳의 주소를 갖고 있으니……"라고 나는 말했지만, 그는 귀찮아하기만 했다. 나는 입을 다물고 빙클러가 가고 나면 목수 작업장 한두 군데에 빙클러에게 관심이 있는지 물어보기로 마음먹었다. 나는 그에게 직장을 구해주는 데 어려움이 없을 것이라고 생각했다. 나는 그에게 너무 노심초사할 필요는 없다고 말했다. 그런데 내 생각이 틀리지 않다면 나는 이제까지 예의상 듣는 체할 뿐 내 말에 전혀 귀를 기울이지 않는 사람과 이야기하고 있었다는 생각이 또다시 들었다. 그는 온통 다른 생각에 골몰할 뿐 내 말은 전혀 경청하고 있지 않았다. 빙클러는 내 사무실에 있었지만, 몸만 여기 앉아 있을 뿐 생각은 내 사무실에 있지 않았다. 출옥 후 처음 며칠 동안 그는 처음에는 "더 나은 상태"이기는 했지만 여관에서 잘 생각을 하지 못했다고 한다. 그는 사람은커녕 어느 집 근처에도 갈 용기가 없었다. 그는 지독한 추위에 떨었다고 했다. 그는 누군가에게 말을 거는 것조차 불가능했고 밤이나 낮이나 거의 예외 없이 밖에서 돌아다녔다. 그는 숲에서는 아무도 만나지 않으리라는 생각에서 가능한 한 숲에서 지냈다고 한다. 어떤 숲은 따뜻했지만 어떤 숲은 추웠다. 그러다가 그는 완전히 지쳐서 자정 무렵에 "그다지 엄격하게 감시당하지 않을" 여관을 하나 찾아 나섰다고 말했다. 그는 자신에게 돈이 얼마 있는지는 생각하지 않고 오직 더 이상 추위에 떨지 않겠다는 생각만 했다고 한다. "얼마나 추웠는지!" 하고 그는 말했다. 결국 슈타들 파우라의 어느 여관 앞에서 그는 람바흐 출신의 시장 사환을 만났는데, 빙클러가 조는 사이에 그 사환은 이제 절반밖에 남지 않은 빙클러의 돈을 그의 외투 주머니에서 꺼내려 했다. 하지만 빙클러는 마지막 순간에 "그놈"을 저지할 수 있었다고 한다. 빙클러는 커다란 신문지 여러 장을 얻은 행운에 대해서도 이야기했다. 그는 빔스바흐 근처의 골짜기에서 그 신문지를 덮고 잤다고 했다. 그는 여관 주인들이 그가 음료수를 마시러 따뜻한 실내에 들어가는 것은 허용하겠지만 숙박은 허락하지 않을 것이라고 생각했다. 그의 몰골이 너무 초라했기 때문이다. 그는 12일 동안 그런 방식으로 견딜 수 있었지만 더 이상 하루도 견딜 수 없게 됐다. 결국 그는 동전 한 푼 없이 누이가 있는 쾨클라브루크로 갔다. 당연히 그는 걷는 게 정말 싫었지만 숲을 지나고 들판을 지나 걸어서 갔다. 그를 보자 그의 누이는 깜짝 놀라서 그를 방 안에 들여놓지 않았다. 그는 다시 그곳을 떠나 자신과 비슷한 처지에 놓인 어떤 사람을 알게 됐다. 두 사람은 여러 번 빙클러의 누이를 찾아갔지만 번번이 지독한 방식으로 추위와 어둠 속으로 쫓겨났다. 결국 다시 여러 여관을 돌아다니다가, 열쇠공 작업복을 입고 있지만 누군지 전혀 모르는 그 사람("그 친구 이름도 몰라요!")의 권유로 다시 누이에게 돌아갔다. 그의 누이는 빙클러가 감옥에 가기 전과 마찬가지로 처음부터 그에게 겁을 먹고 있었다고 그는 말했다. 누이가 어렸을 때부터 갖고 있던 오빠에 대한 두려움, 빙클러 자신과 그의 불행과 관련된 아주 분명한 그 두려움은 하나도 변하지 않았다. 그녀는 빙클러가 방을 어질러놓으리라고 생각했고, 집주인 여자가 갑자기 나타난 빙클러를 보고 방을 비워달라고 할지도 모른다고 염려했다. 그녀는 또한 가죽 공장에서의 일자리도 걱정했다. 빙클러는 날마다 5시에 동생을 데리러 가죽 공장에 갔다. 가죽 공장에서 그녀가 하는 일은 "힘들다"라고 빙클러는 말했다. 집으로 돌아오는 길에 누이는 빙클러를 부끄럽게 생각했다. 그리고 그에게 새 옷을 사 입히려는 것은 — 빙클러가 입고 있는 옷은 10년도 더 된 것이었다! — 원래 누이의 생각이었다. 하지만 빙클러에게 새 옷을 사주면 그녀의 저금을 몽땅 써버리게 된다는 것을 깨닫고는 그 계획을 취소하려 했다. 하지만 이미 늦었다. 두 사람이 나를 찾아오기 직전인 25일 오전에 빙클러는 누이에게 돈을 쓰라고 강요하고 옷 가게로 데리고 갔다. 그녀는 빙클러 때문에 자신의 존재도 서서히 더러워지고 있다고 말했다. 첫날 밤에 그녀는 빙클러가 그녀 옆의 마룻바닥에서 자는 것을 거절했지만 다른 방법이 없었다. 그는 누이 옆의 마룻바닥에 "개처럼" 드러누웠다고 한다. 이불이 없었기 때문에 그는 오래된 『린츠 지방 신문』 몇 장을 덮는 수밖에 없었다. 그들이 같이 지낸 첫날 밤에 두 사람 다 잠을 자지 못했다. "웅덩이 안"에 있는 집의 지붕 밑 작은 다락방에서 그들은 말없이 여러 가지를 곰곰이 생각하며 고민했다. 빙클러는 눈에 띄게 조용해졌고, 나는 또다시 빙클러를 돕는 유일한 방법은 일자리를 찾아주는 것이라고 생각했다. 하지만 이 시점에서 그에게 그것을 확실하게 설명하는 어려움은 이미 고통스러울 정도로 커져 있었다. 사람들이 감옥에 있는 동안 사법기관 측에서 미리 그들을 위해 일자리와 숙소를 마련해주어야 한다. 그렇지 않으면 그 사람들은 곧 다시 범죄를 저지른다. 그 책임은 국가와 사회에 있다. 사법 당국은 감옥에서 석방되는 사람들에게 갑작스러운 자유의 두려움을 제공할 뿐이다. 그것은 분명히 교화될 수 있는 사람들이 수없이 재범을 저지르는 지속적인 원인이다. 당국은 그렇게 함으로써 비열하게도 태만한 짓을 자꾸 저지르는 것이다. 사법 당국이 가장 불쌍한 사람들을 돌봐야 하는 의무를 소홀히 하는 것은 단연코 범죄. 빙클러가 조기 석방된다는 사실을 사법 당국만은 적어도 석방일 2주 전에 알고 있었다. 그들은 빙클러에게 일자리를 주선해줬어야 한다. 그런 식으로 국가 스스로 없애야만 하고 없앨 수 있는 해악을 자꾸 떠맡게 되는 것이다! 1년 전쯤에 빙클러의 '조기 석방' 청원서를 법무부에 제출한 나 자신도 빙클러의 갑작스러운 석방에 깜짝 놀랐다. 하지만 이 청원서들을 제출하는 것은 변호사의 의무이고 대개는 순종적이고 '공공에 해를 끼치지 않는' 죄수들의 경우에만 효과가 있다. 내 견해로 빙클러는 조기에 석방될 전망이 전혀 없었다. 최근에 비로소 내가 살펴본 그의 수형 기록도 조기 석방의 가능성과는 완전히 상반된다. 그렇게 예기치 못한 석방은 거의 모든 경우에 필연적으로 혼란을 가져오고 대개는 재앙으로 이어진다. 빙클러는 그의 누이 외에는 친척도 없다. 빙클러가 수감되었던 가르스텐 형무소의 거리 쪽을 면한 옆 건물이 3월에 개축될 예정인데, 어쩌면 그의 석방은 그것과 관련되어 있을 것이다. 이런 경우에 흔히 전혀 계획하지 않았던 석방이 뜻밖에 빨리 시행되곤 한다. 나는 이제 유난히 풀이 죽은 모습을 하고 있는 빙클러에게 많이 병약해 보이는 그의 누이를 배려해주라고 부탁했다. 그녀는 지금 빙클러가 나와 상담을 마친 후에 자신에게 돌아오리라고 생각하고 있을 것이다. 그녀에게 가서는 안 된다, 그녀는 그걸 두려워하고 있다, 이미 너무 과중한 부담을 안긴 그녀와의 관계로 보아 그가 이슐에 남아 있는 게 더 낫다고 생각한다, 그의 상황이 끔찍하고 절망적으로 보이는 데에는 춥고 축축하고 어두운 날씨 탓도 있다고 나는 말했다. 그가 이제 무엇을 하든 상관없이 그에겐 긴장과 희생이 따를 것이다, 그의 범죄는 수백, 수천의 청소년 범죄 중 하나이며 용서받을 수 있다고 생각한다, 온 세상이 단절된 사람들의 세상이며, 사회라는 것 자체는 존재하지 않는다, 누구나 혼자이며 아무도 유리한 위치에 있지 않다고 나는 말했다. 그는 내가 하는 말을 그저 듣는 시늉만 하고 있었다. 그는 벽에 걸린 시계를 오랫동안 쳐다보았다. 그것은 나의 형수가 선물한 시계였다. 나는 물론 빙클러에게 변호사 수임료를 받는 것을 단념했다. 법률로 정해진 변호사 수임료는 부당하게 과중하다. 나는 그에게 모든 장해가 제거될 것이라는 사실을 확신해도 좋다고 말했다. 내가 그

를 위해 여러 군데에 알아볼 것이다, 범죄를 저지르는 사람
은 빙클러 한 사람만이 아니라고 나는 또 한 번 말했다. 누
구나 범죄를 저지른다, 아주 큰 범죄를 저지른다, 하지만 대
개의 범죄는 들키지 않고 재판도 받지 않고 처벌도 받지 않
는다. 범죄는 병리 현상이다. 자연은 끊임없이 온갖 범죄를
야기한다. 그중에는 인간에 대한 범죄도 있다. 자연은 범죄
를 정당한 듯이 저지른다. 모든 게 언제나 자연 속에서, 자
연으로부터 나온다. 자연은 본질적으로 범죄적 성향을 갖고
있다. 그가 너무 비참한 표정을 짓고 있어서 나는 그에게 그
의 삶을 살펴볼 힘을 갖고 있는지, 내 생각엔 가능할 것 같
은데, 지나온 세상과, 그다음엔 앞으로 다가올 일, 그리고
결코 평범하지 않았던 그의 성장 과정까지 한번 곰곰이 생
각해볼 힘이 있는지 물었다. 그러면 거기에서 어둠만 발견
하지는 않을 것이라고, 그것도 자연의 법칙이라고 말했다.
세상은 그렇게 끔찍하기만 한 것이 아니다, 물질세계는 말
할 수 없이 정밀하고 아름다움으로 가득 차 있다, 장소나 시
간에 관계없이 개인은 늘 매우 놀라운 발견을 할 수 있다,
그 때문에 삶은 보람이 있는 것이라고 말했다. 하지만 빙클
러는 아무 대답도 하지 않았다. 그는 어떤 것에도 반응하지
않았다. 그는 점점 더 자신 속으로, 다시 말해 자신의 무서
운 상상 속으로 침잠하는 것 같았다. 산책을 할 때 숲이나
강가나 도시의 따뜻하고 고동치는 집들 사이로, 즉 일반적

으로 인간적인 곳으로 갔다 오지 않고, 혹은 숲이나 강가나 시내 등 일반적으로 인간적인 곳으로 가더라도 오로지 어둠 속으로, 어둠 속으로만 간다면 그 사람은 가망이 없다고 나는 생각했는데, 그것은 빙클러에 대해서라기보다 나 자신을 염두에 둔 것이었다. 빙클러가 돈을 받는다 해도 잠을 자러 여관에 가지는 않을 게 분명해 보였다…… 그리고 그는 이튿날 어느 목수 작업장 주인에게 면접하러 갈 형편이 아닐 것이다. 체격은 엄청나게 큰 사람이 어쩌면 그렇게 나약한지! 그가 만일 벌떡 일어나 나를 때려눕히면 어떡하나! 남을 때리거나 죽이는 사람들은 놀라울 정도의 나약함으로부터 갑자기 벌떡 일어나 일을 저지르는 것이다. 빙클러는 사나운 짐승들과 길들여진 짐승들이 섞여 있는 적의 속에서, 적의에 찬 자연 속에서 살아가는 짐승 같다는 생각이 들었다. 나는 그의 유년기에 대한 정보를 구할 필요가 없었다. 목수 조수 자격증은 그 자신이 아니라 그의 부모가, 빙클러 같은 사람들은 흔히 도달할 수 없는 가장 높은 곳에 설치한 디딤판 같은 것이었다. 거기에서 그는 한없이 밑으로, 그렇다, 가장 낮은 곳으로 떨어질 뿐이다. 나는 예상치 않게 슬퍼진 그날 저녁, 평소 습관인 산책을 하지 않기로 했다. 빙클러는 더 이상 아무 말도 하지 않고 단추를 모두 잠근 외투에 몸을 파묻고 두 손을 외투 주머니에 넣고 의자에 앉은 채 움직이지 않았다. 나는 책들 뒤에 숨어 그를 바라보고 있었다. 그러다가 그의 머리가 무릎 위로 떨어졌다. 빙클러가 잠든 동안 나는 여러 가지 서류들을 훑어보았다. 빙클러는 무서운 인상만 주고 있는 게 확실했다. 나는 내 방 안에 위장병 환자와 간장병 환자의 냄새, 교도소 특유의 냄새를 퍼뜨리고 있는 그를 깨워 아래층 현관문까지 바래다줘야 하지 않을까, 곰곰이 생각했다. 춥고 축축한 저녁이었다. 빙클러가 갑자기 정신을 차리고 한마디 말도 없이 등을 돌리고 방을 나갔을 때 나는 깜짝 놀랐다. 몹시 갑작스러운 일이었다. 그의 경우는 정말 힘들었다. 그 후 오늘까지 나는 그를 다시 보지 못했고, 그에 대한 이야기도 듣지 못했다.

슈틸프스의 미들랜드

우리의 교육을 신뢰하지 않는 국외자들은 저 영국인이 이곳에 있을 때 우리가 보였던 태도를 미친 짓이라고 생각할 것이다. 우리 자신에게는 우리 슈틸프스의 분위기가 부자연스럽고 견딜 수 없다. 우리는 1년 내내, 끊임없이, 우리의 친구가 갑자기 우리를 찾아올지도 모른다, 어느 순간에라도 슈틸프스에 올지 모른다는 두려움 속에 살고 있으면서도 동시에 우리의 친구가 갑자기 나타났으면, 이곳에 왔으면! 하고 늘 생각한다. 시간이 흐름에 따라, 특히 겨울이 끝날 무렵 여기 슈틸프스에서, 산속에서, 그보다는 고산지대라고 하는 것이 더 나을, 절대적인 자연만이 무한히 지배하는 이곳에서 오랫동안, 너무도 오랫동안 우리끼리만, 어떤 훼방꾼도 어떤 외국인도 없이 우리 자신만을 의지하고 지내는 것보다 더 두렵고 우리 모두를 위협하는 일은 없기 때문이다. 우리는 방문객을 두려워하고 정말 싫어하지만 동시에 외부 세계와 완전히 단절된 사람들의 절망감 때문에 방문객에게 기대를 건다. 우리의 운명은 슈틸프스다, 영원한 고독이다. 사실

가끔 우리를 방문하는 이른바 반가운 사람들의 수는 손가락
으로 셀 수 있을 정도밖에 안 된다. 하지만 우리는 그 반가
운 사람들도 우리를 방문할까 봐 두려워한다. 우리를 방문
할지도 모르는 모든 사람을 두려워하기 때문이다. 우리는
누군가가 우리를 방문해서 — 어떤 사람이든 상관없이, 비
인간적인 사람일지라도! 하고 얼마나 자주 생각하는지 모른
다 — 우리의 산 위에서의 고문, 평생에 걸친 숙제, 우리의
고독한 지옥을 중단시켜주기를 몹시 간절하게 기대하면서
도, 도대체 누군가가 갑자기 우리를 방문할까 봐 무척 두려
워하게 됐다. 우리는 우리끼리만 있는 것을 받아들이기로
했지만, 그래도 누군가가 슈틸프스로 올지도 모른다고 자꾸
생각한다. 누군가가 우리를 방문한다면, 그 사람이 우리를
방문하는 것이 무의미한지, 해로운지, 또는 해롭고도 무의
미한지 모르지만, 그 사람이 슈틸프스로 올라오는 것이 꼭
필요한 일인지, 우리의 고독한 습관이나 우리의 구원에 대
한 야비한 침해는 아닌지 자문한다. 사실 우리는 그래도 올
라오는 대부분의 사람들을, 도대체 아직도 우리에게 올라오
는 일을 감행하는 얼마 안 되는 사람들 — 경험과 소문이 슈
틸프스를 방문하려는 그들의 결심을 정말 어렵게 만들고 올
라오지 못하게 만든다 — 을 해로운 사람들로 생각한다. 우
리는 그런 사람이 다시 떠나면 그가 우리의 내면에 야기한
파괴의 정도에 대해 곰곰이 생각한다. 그러면 우리는 아무

말도 하지 않고 침묵 속에서 마구간과 헛간, 숲속에서 육체노동을 두 배, 세 배로 더 하면서 그 방문객이 우리에게 야기한 마비 상태를 처음에는 견디려 하고, 그다음엔 완화시키고 사라지게 하려고 노력한다. 우리를 갑자기 찾아온 방문객에 의해 짧은 시간 동안에 심한 공격을 당하면, 우리는 농장 일에 전력으로 집중하고, 지나친 육체노동으로 서로를 지치게 만들고, 슈틸프스가 우리에게 얼마나 무서운 징벌인지 분명하게 깨닫게 된다. 사실은 이렇다. 우리가 벗어나려 하지만 점점 더 무자비하게 우리를 가두고, 극복할 수 없는 상태가 영속화된 슈틸프스, 우리가 습관적으로 사랑하기는 하지만 이성적인 이유에서는 너무도 깊이 혐오하고 굴욕스러울 정도의 편집증으로 증오하는 슈틸프스를, 우리가 아주 어렸을 때부터, 유년기의 처음과 나중, 그리고 유년기가 지난 후에도 잘 알고 있는 이 사람들이 여러 휴양지와 학술 도시에서 너무나 여러 가지 목적에서, 즐거움을 위해, 비방하기 위해, 파괴하기 위해 슈틸프스를 찾아온다. 이 사람들 모두는 우리의 친척이 아니다. 친척들은 더 이상 오지 않는다. 그리고 앞으로는 고작 죽으러 오거나 상속 목적에서 마지못해 올 것이다. 아직도 우리를 방문하는 사람들은 우리와 친척이 아니므로 우리는 그들과 우리 사이의 감정적 접점이 무엇인지 자문한다. 그 사람들은 모두 호기심만 있다. 대부분은 큰 소리로 말하고 모든 것을 악용하지만, 우리는 한번

쯤 슈틸프스에서 기분 전환 삼아, 우리 자신의 말투가 아닌 다른 말투, 우리 자신의 생각이 아닌 다른 생각 등을 들어보자고 생각한다. 그리고 우리는 사람이 그리웠다고 생각한다. 하지만 몇 날, 몇 주가 지나면 우리는 왜 처음부터 저 사람들을 담 너머로 집어 던지지 않았을까? 하고 우리 자신을 자책한다. 이 위로 올라오는 방문객들은 우리의 시간을 빼앗을 뿐이기 때문에 우리에겐 불행이다. 하지만 아주 드물게, 아주 소수지만 우리를 행복하게 만드는 사람도 있다. 그런 방문객 중의 하나가 바로 저 영국인이다. 하지만 저 사람도 여기에 오면 슈틸프스가 무엇인지 말한다. 우리가 슈틸프스가 무엇인지 모르며, 우리가 슈틸프스가 무엇인지 자백하지 않으며, 우리가 슈틸프스를 증오한다고, 우리가 슈틸프스를 비방하는 가장 큰 범죄를 끊임없이 저지르고 있다, 등등, 도대체 왜 그러는지 그는 이해할 수 없다고, 우리에게 슈틸프스는 권태이고 무감각이며 절망이라고 말한다. 그는 고요함과 집중 가능성이라는 말을 한다. 우리가 여기서 늘 듣는 단어들, 슈틸프스와 반대되는 모든 사람들을 통해 우리가 잘 아는 단어들이다. 그 모든 사람들은 우리에게 끊임없이 기회 있을 때마다 슈틸프스가 무엇인지, 슈틸프스가 진정으로 무엇인지 우리가 모르는 것, 바로 그것이 슈틸프스라고 말하면서 수다스러움의 범죄를 저지른다. 그 사람들은 1년 내내 온 세상과 어리석은 신뢰 관계를 맺고 있으며 대도시에서 그들의 욕구를 충족시키는 사람들이다. 문외한인 멍청한 사람이 전문가에게 맞대놓고 파렴치하고 매우 거만하게 전문 분야를 설명하듯이, 우리의 방문객들은 우리에게 슈틸프스에 대해 설명한다. 항상 벌리고 있는 그들의 입에서 나오는 모든 말은 우리가 모르는 것을 그들은 안다는 내용이다. 우리의 방문객들은 끊임없이 슈틸프스에 대한 질문들에 대답한다. 우리는 우리의 방문객들에게 슈틸프스에 대한 질문을 결코 한 적이 없는데도 그들의 견해로는 우리도 똑같이 끊임없이 그런 질문을 했다는 것이다. 우리는 슈틸프스에 대해 모든 것을 알고 있기 때문에 그런 질문을 하지 않는다. 슈틸프스에 대한 우리의 방문객들의 의견에 우리는 관심이 없다. 우리는 그들의 의견을 수십 년 전부터 알고 있었기 때문이다. 하지만 모두 합해서 고작 열네 번, 하루 밤낮을 슈틸프스에서 지낸 저 영국인까지도 우리에게 슈틸프스에 대해 설명한다. 15년 전 바로 그날 여기 슈틸프스에서, 높은 담에서 알츠 강으로 거꾸로 몸을 던져 죽은 그의 누이의 무덤을 떠나면서 그는, 미들랜드는, 우리가, 프란츠와 나뿐만 아니라 올가와 로트까지 포함해서 우리 모두가 가장 이상적인 장소에서 살고 있다는 것을 깨달았다고 말했다. 그는 우리에게 이보다 더 이상적인 곳을 상상할 수 없고 한다. 그렇다, 그는 우리가 이곳 슈틸프스에서 이상적인 상태에서 우리 자신을 계발했다는 사실에 대해 고의적으로

침묵한다고 의심하고, 또한 어쩌면 ─ 그는 이렇게 표현했
다 ─ 우리의 맑은 정신에 상응하는 매우 가치 있는 학문적
연구를 함께 또는 각자 따로 했을지도 모른다고 의심한다.
그는 "획기적인 정신적 산물"이라고 농담까지 했다. 하지만
그는 진심으로 하는 말이라고 했다. 그는 슈틸프스에 와서
안뜰을 걸어가며, 여기에서 슈틸프스라는 개념으로 요약되
는 모든 것을 깊이 들이쉬고 고찰할 때, 프란츠와 내가 이미
오래전부터 더 이상 없어지지 않을, 우리 자신은 사실 이미
오래전부터 더 이상 전혀 생각하지 않는 어떤 학문으로 만
든 것의 질료가 얼마나 엄청난 것인지 느낀다고 했다. 그는
우리가 자연사에 대한 완결된 작품을 완성했지만 그가 이해
할 수 없는 이유에서 발표를 거부한다고 추측한다. 우리가
세상에 대한 두려움 때문에 너무 어리석게도 몸을 숨긴다는
것이다. 그는 슈틸프스 밖에서는 더 이상 가능하지 않은 것,
그 자신뿐만 아니라 어떤 사람에게도 불가능한 것이 여기서
는 가능하다고 말했다. 그는 우리가 우리를 계발했다는 증
거들이 있다고, 우리에게 있는 모든 것이 우리가 단지 원하
기만 하면 되는 단계에까지 와 있다는 것에 대한 증거라고
했다. 그는 슈틸프스에서 우리와 함께 있을 때 자신이 뒤처
진 사람이라고 느낀다고 했다. 그가 이제까지 한 모든 일은
시작 단계에서 꽉 막혀 있다는 것이다. 시작 단계의 쓰레기
를 그의 두뇌 속에서 해결하려는 모든 시도는 그 자신의 본

성과 외부의 본성에 부딪혀 좌절했다고 한다. 무자비한 것으로 확인된 주위 세계의 과대망상이 그에게 일생 동안 치명적인 불행이었다고 한다. 여러 대도시에서 그는 홀로, 사람들의 집단 — 다른 한편으로는 그들 없이는 전혀 살아갈 수도 없는 — 속에서, 대도시의 저능함에 질식하지 않기 위해 모든 에너지를 소비하고 소모해야만 했다고 한다("집단 속에서의 소모는 정말 완전한 소모랍니다!"). 하지만 우리는 구원받았다고, 슈틸프스에서 구원받았다고, 슈틸프스를 제대로 인식하고, 무척 행복하게도 슈틸프스를 우리의 소유로 만들었다고 그는 말했다. 우리의 미래에는 아무 장애도 없다는 것이다. 프란츠는 자신의 길을 가고, 나는 나의 길을 간다는 것이다. 슈틸프스에서 우리에 관한 모든 것은 명백하다는 사실이 그에게는 너무도 명백하다고 했다. 그러나 그가 말하는 것은 얼마나 그릇된 것인가. 사실은 그가 생각하는 것과 반대다. 그는 우리가 우리의 행복 속에서 행복 때문에 죽을 정도로 놀라지 않게 하기 위해서 작은 어려움들이 있는 것이라고 말한다. 그리고 슈틸프스의 모든 장점들의 목록을 길게 늘어놓는다. 하지만 그것들은 소름 끼치는 것들이다. 그리고 그는 한두 가지 사소한 결점들이 있다고 말하지만 그가 생각 없이 우리에게 열거하는 작은 결점들과 어려움들이야말로 우리가 느끼기에는 사실 가장 큰 결점들이며, 그가 말하는 것처럼 슈틸프스는 결코 이상적인 곳이 아니라 우리에게는 치명적인 곳이다. 우리의 삶은 치명적인 삶이다. 슈틸프스는 삶의 끝이다. 하지만 내가 슈틸프스가 어떤 곳인지 말한다면 사람들은 나를 미친 사람이라고 생각할 것이다. 똑같은 이유에서 프란츠도 슈틸프스가 어떤 곳인지 말하지 않는다. 그리고 올가는 그런 질문을 받지도 않고 로트는 그런 질문에 대답할 능력이 없다. 물론 우리는 모두 미친 사람들이다. 하지만 누군가가 전적으로 틀린 것을 끊임없이 주장할 뿐만 아니라 그런 주장을 말할 기회를 한 번도 놓치지 않는다면, 정말 근본적이고도 실제로 그런 주장만으로, 어떤 경우에나 그런 주장만 하기 위해 존재하고 있다면 정말 짜증나는 일이다. 슈틸프스! 물론 나 자신은, 내가 알고 있듯이 프란츠도 마찬가지로, 내가, 프란츠처럼 가장 심한 방식으로, 또한 벗어날 길 없이, 슈틸프스에서 살도록 선고받고 슈틸프스 형刑 집행이 시작된 순간에 나의 가장 기본적인 생각까지도 미쳤다고 생각하고 포기했다. 물론 나는, 프란츠처럼, 산 아래 바젤이나 취리히나 빈에서는, 모든 사람들 사이에서 고요함과 경건함의 총체로 여겨지는 (하지만 실제로는 높은 곳에 위치한 유별나게 우둔함과 저능함의 온상 이외에 아무것도 아닌, 오히려 교양의 저능함의 센터인) 슈틸프스에 가면, 내가 바젤이나 취리히나 빈에서, 그리고 마지막으로 정신적으로 완전한 영양실조인 인스브루크에서 생각할 수 없었던 것을 생각할 수 있게 되고, 그 모든 대학 도시에서 내게(그리고 프란츠에게도) 불가능한 것이 가능하게 되고, 정말 반드시 성공이 약속되어 있는 내 정신적 소질에 알맞게 나를 계발할 수 있으리라고 믿었었다. 프란츠가 산 아래에서 대학생의 무용함에서 벗어나 우리를 기다리는 산 위의 슈틸프스로 단숨에 탈출할 수 있으리라고 믿었던 것처럼, 끔찍한 것은 성과가 많은 것으로, 부정확한 것은 정확한 것으로, 불분명한 것은 분명한 것으로, 믿음직한 높은 산속에 있는 소유지에서, 이성의 억압은 이성의 즐거움으로, 등등으로 될 것이라고 믿었었다. 그러나 나는 착각했고, 프란츠도 착각했던 것이다. 슈틸프스에서 우리는 비참한 두 사람의 실패자 이외에 아무것도 되지 못했다. 산 아래에선 산 위에 가면 우리는 더 좋아지리라고 생각했었다. 하지만 산 위에서 철저하게 더 나빠지기 시작했다. 나는 밤에 자주 잠에서 깨어나 나 자신에게 말한다. 슈틸프스에서 너는 너 자신을 파괴했다! 또는, 슈틸프스에서 저들은 너를 파괴했다! 슈틸프스는 벽, 바위, 무의미한 공기 이외에 그어떤 것도 아니다. 슈틸프스는 아무것도 아니다. 그런데 사람들은 여기로 올라와서 우리에게 슈틸프스가 무엇인지 말한다. 그들은 회로가 뒤바뀐 정신을 갖고 올라온다, 저 영국인처럼. 부잣집 아들, 산에 열광하는 사람인 그는 지금 내가 내 방의 창문을 통해 지켜보는 가운데 안뜰에서 이리저리 걸어 다니고 있다. 나는 그를 보지만 그는 나를 보지 못한다. 나는 그가 "슈틸프스에서 시작하자, 세상을 변화시키자!"라고 말하는 것을 듣는다. 하지만 우리는 저 영국인을 사랑한다. 그는 도착하면 방으로 가서 목욕을 하고 저녁 내내 자신이 가진(우리는 가지지 않은) 생각들을 이야기하며, 그 생각들이 실현될 것을 믿는다고 말한다. 실현이 가장 중요하다는 것이다. 그는 독일어를 영어만큼 능숙하게 구사한다. 영어와 독일어가 둘 다 모국어인 양 똑같이 잘한다. 그가 말하는 독일어와 영어 문장 중간에 리듬 원칙에 따라 프랑스 단어들이 뒤섞인다. 그는 다른 사람이 자기 말을 중단시키는 것을 원하지 않는다. 그는 자신의 명확한 표현 기술에 만족해한다. 그의 문장들은 짧고, 사람들이 어떤 말은 높은 소리로, 어떤 말은 낮은 소리로 말해야 한다고 생각하는 부분에서도 그 자신은 원칙적으로 강조를 허용하지 않는 듯 한결같은 어조의 목소리로 말한다. 사람들은 곧 그가 대단한 주의력이 몸에 밴 사람이라고 생각한다. 프란츠는 형이상학적이다. 미들랜드는 이제 이미 철저하게 정치적인 머리가 된 것 같다. 시민성에는 질병이 스며들어가 있다고 그는 말한다. 과학은 아직 이 질병을 어떻게 명명해야 할지 모른다고 한다. 하지만 그것은 치명적인 질병이라는 것이다. 그의 머릿속의 최고의 속도들. 작가들에 대해 그는 냉담한 정신으로 말한다. 예술에 대해서는 경멸하며 말하고, 철학에 대해서는 조소하며 말한다. 그는 교회를 증오하듯 학문을 증오한다. 민중은 오늘날에도 불평만 늘어놓는 백치들일 뿐이라고 그는 말한다. 파괴가 창조라고 그는 말한다. 저 열광적인 사람은 모든 국가들의 허섭스레기를 치워버려야 한다고 말한다. 몇 시간 전에 이런 이야기를 늘어놓던 그는 이젠 모든 게 역겨운 듯 저기에서 걸어 다닌다. 저 사람은 내게 얼마나 믿을 수 없이 큰 매력을 느끼게 하는가, 하고 나는 생각한다. 그는 우리가 여러 해 전부터 더 이상 소문으로도 알지 못하는 세계의 표시들을 갖고, 정직하게 말하면 이젠 우리가 더 이상 상상할 수조차 없는 세계, 그렇다, 그 세계로 돌아가는 것이 우리에게 갑자기 허락된다 해도 이젠 감히 돌아갈 엄두도 내지 못하는, 우리에겐 이미 완전히 이해할 수 없게 되어버린 세계에서 미들랜드는 그 자신에게 고유한 깜짝 놀라게 하는 재주를 갖고 너무도 갑자기, 마치 끈적이는 무한성의 질료 표면으로 떠오르듯이 슈틸프스에 나타났다. 그는 우리에겐 이제 밖으로 나가는 것도 아래로 내려가는 것도 불가능한 슈틸프스로 온 것이다. 나는 그가 건장해 보이는 젊은 육체를 가졌다고 생각하며, 저 철저한 영국인이 어떻게 하면 용이하게 자신의 육체를 점점 더 세련되고 우아하게 통제할 수 있는지에 대해 곰곰이 생각하는 듯이, 아침 햇빛에 인위적인 차가운 녹색으로 물든 안뜰의 지면 위에 빠른 걸음으로 기하학적인 선을 그리며, 다시 떠나기 전에 아직 슈틸프스에서 몇 시간을 보내는 것을 지켜

본다. 그의 아버지는 나의 아버지와 25년 전에, 그 당시에도 자체의 무의미와 싸우던 런던 대학에서 함께 공부했었다. 나는 그를 지켜보면서 그 자신이 몰두하고 있는 생각과 관련된 단어들을 이따금 큰 소리로 말함으로써 ── 그 단어들로 그가 사고의 중요성을 정확하게 배분하고 있다고 추측할 수 있다 ── 그 생각들을 두뇌 속에서 확립하는 게 그의 습관이라고 생각한다. 그가 저녁 내내 여러 가지 주제에 대해 이야기하고, 영국과 전 유럽의 수많은 새로운 소식들을 지어내고 즉흥적으로 꾸며대는 동안 나는 그에게서 단 한 가지 흥미로운 사실에만 주목했다. 그의 두뇌가 거의 30년 동안 습득하고, 같은 세월 동안 그의 두뇌 속에 너무도 분명하게 집적한 것을, 아주 독특한 그의 본성이 담긴 작품을 위해 어떻게 오용할 수 있는가, 하는 점이다. 여러 해 동안 그는 천성적으로 엄청난 사고의 산더미 속에서 이미 흘러넘치는 것을 글로 쓴 작품을 통해 외부 세계에도, 다시 말해 그의 머리 바깥에 있는 세계에도 증명할 수 있을까, 하는 것만 생각하고 있다. 어쩌면 그 자신도 깨닫지 못하는 채로 그가 실현이라는 단어를 자주 말하고, 그가 말하는 거의 모든 것이 실현이라는 개념에 관한 것이라는 사실도 다 이유가 있는 셈이다. 그는 저기서 걸어 다니고 있다. 그는 습관처럼 1년에 한 번 누이의 무덤을 찾아온다. 그는 누이의 무덤 앞에서 아무 느낌도 들지 않는다고, 누이의 얼굴이 생각나지 않는다고, 그녀의 모습을 이미 오래전부터 전혀 기억할 수 없다고 말한다. 누이의 무덤 앞에 서면 그는, 무덤을 찾는 사람들 누구나가 느끼는 곤혹스러움을 느낄 뿐이며, 자신에 대한 혐오감, 자신에 대한 경멸이 내면에서 치밀어 오른다고 한다. 죽은 사람을 애도하는 의식은 그 무엇보다도 더 역겹고 불쾌하다고 그는 말한다. 하지만 아마도 이미 오래전부터, 해마다 그를 슈틸프스에 오게 하는 것은, 이제 그의 내면에서 그 무엇으로도 존재하지 않는, 죽은 누이가 아닐 것이다. 누이가 살아 있었을 때에도 그는 누이와 전혀 친밀한 사이가 아니었다고 한다. 지금껏 그를 슈틸프스에 오게 한 것은 슈틸프스가 아니라 죽은 누이였지만, 이제는 누이가 아니라 슈틸프스 자체다. 미들랜드의 말대로 "무덤의 석판 아래 있는 무無"인 누이는 살아 있는 동안에도 그에겐 늘 완전히 낯선 사람으로 생각되었다고 한다. 그는 누이에게 애착을 느끼기는커녕, 그녀를 결코 사랑하지도 않았다. 그녀가 죽었을 때, 갑자기 그 불행한 일이 일어났을 때, 그리고 그는 그 사고만을 기억하는데, 죽은 사람도 더 이상 기억하지 못하고, 그녀를 죽음으로 이끈 상황, 튀어나온 바위, 도도히 흐르는 알츠 강 등만을 기억한다. 그녀가 죽은 후에 갑자기 그는 죄의식 때문에 괴로웠다고 한다. 그의 누이가, 그의 곁에서 살아 있었을 때(그는 이렇게 표현했다), 그는 그녀에 대해 조금도, 정말 전혀 관심을 갖지 않았었다. 그녀는 그에겐 아무 내용도 없는 존재였으며, 그와는 늘 아무 상관도 없는 사람으로 생각되었다고 한다. 이젠 그 죄의식 자체가 습관이 되었다. 그를 슈틸프스에 오게 하는 것은 그의 누이가 아니라 슈틸프스다. 우리다. 그는 슈틸프스에 오면 기쁘다고 한다. 미들랜드는 좋은 기분과는 늘 거리가 아주 먼 사람이지만, 우리와는 달리, 언제라도 좋은 기분이 될 수 있을 거라는 생각이 든다. 우리에겐 좋은 기분, 그가 삶의 열정이라고 부르는 것은 어떤 경우에도 허용되지 않는다. 나는 저 영국인이 웃는 것을 자주 보았다. 그가 슈틸프스에 있지 않고 영국이나 또는 슈틸프스에서 아주 먼 곳에 있을 때, 그리고 나의 기억 속에서, 그리고 그것은 흔히 절망적인 순간들인데, 나는 웃고 있는 그를 본다. 그의 아버지는 단지 "재치 있는 사람"이었으며, 그의 어머니는 "경이로운 자연의 사악한 위조품"이었다고 한다. 깜짝 놀라게 하는 재주. 나폴리에서 단 하루 만에 피곤한 기색도 없이, 여행에서 받은 수많은 인상들을 갖고, 내면에 쌓인 것은 잠시라도 결코 억누를 수 없는 사람인 그는 곧장, 더욱 다급하게, 새벽 5시에 우리에게로 왔다. 그에겐 자주 모든 게, 우리에겐 견딜 수조차 없는 것도, 순수한 즐거움이다. 그는 신문과 책을 읽는다. 아주 오래된 것이든 최신의 것이든, 매우 주의 깊게 읽는다. 그래서 그의 화제는 정말 흥미롭다. 그는 끊임없이 변화하는 세계를 지치지 않고 연구한다. 그렇게 연구하면서 그는 세계를 비판하고, 증식하고, 분할한다. 그는 일반적인 광기나 특수한 광기를 해명하는 사람이며, 경험들을 차례로 배열하는데 결국엔 모든 것이 그에겐 어떤 경우에나 허위, 기만, 사기, 터무니없는 일, 파렴치한 일이다. 그의 불신은 지독하게 훈련된 불신이다. 그는 영국인이 아니라 그냥 미들랜드이다. 그에겐 모든 게 양면 — 두 가지 중에서 어느 것이 더 크고 더 거칠고 더 천한 비열함인지 사람들이 결코 알 수 없는 — 이 있는 게 아니다. 그는 유럽인들이 콤플렉스에 깊이 억눌려 있으며, 그 콤플렉스에서 빠져나오는 게 이젠 불가능하고, 그들의 역사는 이제 최종적으로 종결되었다고 생각한다. 유럽에서의 혁명은 어리석은 장난이며, 이미 수백 년 동안 단지 죽음의 고통 이외에 아무것도 아닌 것을 더욱 경직시키고 더욱 어둡게 만들 뿐이다. 하지만 오늘날 유럽만 종말, "우리가 경험할 수 있는 종말"에 이른 게 아니라, 전 세계가 종말에 이르렀다. 하지만 그것은 이제 갑자기 공간에 대한 최대의 집중, 우주 속으로 들어가는 최대의 가능성들을 열어준다고 한다. 저 영국인은 다른 사람들처럼 자신의 이야기를 계속 조잡하게 만들지 않고, 실제로 확대하고 가공스러울 만큼 완전히 명료하게 해명한다. 그는 이야기의 주제를 다른 사람들처럼 계속 좁혀 들어가지 않는다. 우리가 알고 있듯이 대부분의 사람들의 대화에서는 주제가 점점 축소되고, 초라한 찌꺼기가 되고, 매우 빨리 아무것도 아닌 것이 되는 데 반해, 그는 자신의 모든 주제를 무한한 것으로 만든다. 우물까지 걸어갔다가 다시 돌아오는 일을 반복하면서 저 영국인은 나나 프란츠가 아침 식사가 준비되었다고 들어오라고 할 때까지 기다린다. 우리는 새벽 6시가 되어서야 방으로 돌아갔고, 그의 방문 틈새로 불빛이 새어 나온 것으로 보아 그가 한 시간 남짓 책을 읽은 것 같은데도, 나는 그를 지켜보면서 그가 잠을 충분히 잘 잔 것 같다는 인상을 받는다. 많은 젊은이들이 두세 시간이면 완전히 숙면을 취하고 머리와 육체를 정상화하기에 충분한 활력을 되찾는다고 생각되는 데 반해, 올가는 차치하고, 프란츠와 나, 그리고 로트도 잠을 많이 자야 한다. 여섯 시간에서 일곱 시간 동안 잠을 자야만 한다. 그것은 물론, 농장 경영과 관련된 서신 왕래와, 올가 때문에 수많은 의사들과 편지하고, 로트 때문에 지방법원이나 주州법원과 연락해야 하는 것은 차치하고라도, 이제까지의 상태대로 농장을 꾸려나가는 것을 생각할 때, 우리가 비교적 일찍 자러 간다는 뜻이다. 원래 이 농장은 200년 전엔 20~30여 명의 일꾼들이 필요한 곳이었지만, 지금은 같은 규모인 채로 우리끼리만 농장을 이끌어가고 있다. 그리고 지금 수입은 물론 더 적지만 우리는 예전 사람들보다 더 열심히 일하고 있다. 그렇다, 농업, 특히 이런 고산지대에서의 농업은 순전히 어리석은 짓임을 우리는 날마다 더 분명하게 깨닫는다. 이런 농장을 경영하는 것은 자살행위다. 우리는 정말 수십 년 전부터 과도하게 일하고 있다. 정말 끔찍한 일이다. 완전히 무의미한 짓이다. 하지만 우리에겐 여기서 죽을 때까지 일하는 것 외에 다른 방도가 없다. 그에 대해 우리는 모든 게 우스꽝스럽다고 생각할 뿐이다. 하루 일이 끝나면 우리는 완전히 지친다. 슈틸프스에 있는 동안 우리는 늘 기진맥진했다. 슈틸프스에서 우리는 늘 완전히 지친 상태로만 살아왔다. 지친 상태는 우리의 자연스러운 상태다. 우리는 극도의 긴장 속에서 마지못해 살아가는데, 그것은 우리를 죽을 지경으로 지치게 한다. 무서운 권력자인 우리 부모가 우리를 슈틸프스에서 살도록 선고했을 때 우리는 우리가 여기 슈틸프스에서 평생 살아야만 한다면 — 우리는 너무 나약하기 때문에 이곳에서 벗어날 생각조차 하지 못한다 — 슈틸프스를 망치지 않으리라고 늘 생각했다. 그래서 슈틸프스는 온전한 상태다. 농장도 온전하다. 하지만 주거용 건물들은 온전하지 못하다. 사실 주거용 건물들은 상상할 수 없을 만큼 몹시 황폐해져 있다. 우리가 이미 오랫동안 농장에만 온 힘을 쏟았기 때문에, 오로지 농장을 위해서만 살고, 정말 오랫동안 농장을 위해 우리 자신을 포기했다고 말할 수 있기 때문에, 현재 농장은 그 어느 때보다도 훌륭하지만, 주거용 건물들은 이제까지 이런 건물을 본 적이 없을 정도로 황폐해졌다. 주거용 건물들의 내부는 모든 게 황폐하고 절망적인 모습이다. 지붕과 바닥은 내려앉고 집 안에서 끊임없이, 끔찍하게 번식하는 쥐들 때문에 벽과 가구들은 황폐함 그 자체다. 그로 인한 썩는 냄새 때문에 사방에 수십억 마리의 벌레들이 들끓고, 온통 축축하고 답답해서 숨이 막힐 지경이다. 가구들로 말하자면, 우리 선조들에게는 전원에서의 도피 생활과 목가적인 취향에 어울리는 최고급품일는지는 몰라도, 우리는 그런 것들에 대한 안목이 없다. 모든 방 안의 모든 물건들이 수십 년 전부터 그대로 방치되어 있다. 한 가지 예를 들면 거실 의자의 커버는 누더기가 되었다. 장롱과 옷장에는 톱밥이 가득 쌓여 있다. 세월이 흐르면서 그림들은 저절로 벽에서 떨어졌지만 우리는 그 대부분을 집어 올리지도 않는다. 슈틸프스에는 해마다 여러 차례 지진이 일어나는데, 지진이 있을 때마다 더욱 황폐해진다. 우리는 아무것도 손대지 않는다. 아무것도 집어 올리지 않고 그냥 타고 넘어간다. 모든 방은 바로크풍과 조세핀풍으로 한도 끝도 없이 채워져 있다. 사방에 성상을 놓아두는 감실과 책꽂이가 달린 책상들을 보며 나는 나폴레옹시대의 예술 장식에 대한 우리 어머니의 열광적인 애호에 전율을 느낀다. 테이블, 의자들 등, 게다가 어린 시절의 유치한 물건들이 산더미처럼 쌓여 있다. 나는 여기 슈틸프스의 모든 게 곧, 복구할 수 없이 무너지리라고 생각한다. 이 모든 물건들이 이미 수십 년 동안 우리를 숨도 쉬지 못하게 하고, 질식시키고 말리라고 늘 생각해왔지만, 슈틸프스의 실내장식과, 온갖 나라에서 가져온, 대부분 300년, 400년 된 예술 공예 장신구들은 사실 슈틸프스에서 가장 귀중한 물건들이다. 값비싼 고급 목재로 만든 수백 개의 상속품들의 상당수는 유명한 예술가들이 수작업으로 오직 슈틸프스를 위해서 여러 해 동안 만든 것이다. 우리가, 처음에는 희미한 절망감, 그러다가 갑자기 너무도 명백하고 근본적인 절망감을 느끼면서 그 속에서 성장한 이 모든 물건들을 돌보고 보존하려면, 사냥꾼의 집이나 온실 등 부속 건물들은 내버려 두더라도, 이 일에만 20여 명의 사람들이 계속 매달려야만 할 것이다. 부속 건물들도 말 그대로 날마다 더 철저하게, 완전히 무너질 정도로 황폐해지고 있다. 돈이 가장 큰 문제지만 돈을 문제 삼을 수는 없다. 세월이 흐름에 따라, 세월에 의해 파괴되는 이 모든 것을 제대로 인식해야 하지만, 실제로 우리는 조금도 이해하지 못하고 있다. 바닥과 벽, 사방에 널려 있는 이 모든 예술품에서, 그 모든 것을 사랑했던 올가가 벌써 10년 동안 휠체어에 앉아 있다는 것, 실제로 전혀 존재하지도 않는다는 사실을 알아챌 수 있다. 올가는 이 모든 예술품에 대한 프란츠와 나의 무지와 야만스러움을 책망한다. 사실 이 모든 가구들과 장식품들은 평생 우리를 억눌러왔고, 우리는 그 물건들을 증오했다. 저 영국인이 어제 말했듯이 오늘날 모든 게 시대착오라면 슈틸프스야말로 얼마나 거대한 시대착오인가! 어제저녁에 프란츠는 우리 모두가 곧 도망치는 게, 주저하지 말고 자살하는 게 논리적이고 필연적이라고 말했다. 프란츠의 생각대로 현재 우리에게 가능한 유일한 결론은 자살하는 것이기 때문이다. 어떤 방법이든 상관없이, 빠를수록 더 좋다. 하지만 우리는 자살하기에는 너무 나약하다. 우리는 자살에 대해 이야기한다. 몇 시간, 몇 날, 몇 주에 걸쳐 자주 이야기하지만 자살하지는 않는다. 우리가 아직 살아 있는 게, 아직도 존재하는 게 얼마나 어리석은가 생각하고, 또한 알고 있지만 자살하지 않는다. 이미 자살한 사람들의 예를 따르지 않는다. 얼마나 많은 우리 또래의 사람들이 이미 우스꽝스러운 이유로 자살했는지, 우리의 이유와 비교하면 얼마나 하찮은 이유로 자살했는지 우리는 알지만, 우리는 자살하지 않고, 매일 다시 온갖 어리석은 일과 씨름하고, 무의미한 손일을 하고 기억을 부숴서 흩뜨려버리는 불합리한 짓을 하며 하루를 보낸다. 우리는 괴로워하고, 음식을 먹고, 우리 자신을 두려워하며, 그 외엔 아무것도 하지 않는다. 그리고 괴로워하고, 음식을 먹고, 우리 자신을 두려워하는 일이야말로 정말 세상에서 가장 무의미하고, 가장 역겨운 일이지만 우리는 자살하지 않는다. 우리는 자살에 대해 이야기하고, 자살에 대한 생각이 우리의 유일한 생각이지만 자살하지 않는다. 우리가 저녁 식사를 마쳤을 때, 지금 안뜰 한가운데에 움직이지 않고 서 있는 저 영국인이 갑자기 노크도 하지 않고 거실에 들어왔다. 대문이나 현관문은 아직 빗장이나 자물쇠를 잠그지 않았었다. 프란츠와 나는 로트에 대해 이야기하고 있는 중이었다. 로트는 그날 오후에 슈틸프스에 불을 지르겠다고 또다시 우리를 협박했었다. 우리는 그 녀석에게 우리가 경찰에 신고하면 협박을 한 것만으로도 당장 끌려가서 여러 해 동안 감금될 것이라고, 그리고 너는 정신병원에 있을 것인지, 형무소에 있을 것인지, 선택할 수 있다고 말했다. 그는 조용해지더니 슈틸프스에 불을 지르지 않겠다고 약속했다. 우리는 그 녀석을 좋아하고 그가 필요하다. 우리는 그에게 우리와 똑같은 음식을 제공한다. 미치광이를 거리낌 없이, 더욱이 로트처럼 건장한 사람을 먹여주는 곳은 없기 때문에 사실 그에겐 슈틸프스보다 나은 곳이 없다. 슈틸프스에 있지 않았다면 그는 벌써 오래전에 죄수들이나 광인들과 함께 있었을 것이다. 그는 여기에서 가장 중요한 사람이다. 자신도 그 점을 알고 있다. 그리고 그가 슈틸프스에 불을 지르지 않고, 이제까지 그랬던 것처럼 암소들을 식칼로 찌르지 않고, 자전거 바퀴에 바람을 넣는 펌프로 닭에 바람을 넣어서 터뜨리지만 않는다면 그가 미치광이라는 점은 우리에겐 아무 상관이 없다. 로트가 문젯거리라는 것은 우리도 알지만, 우리 자신도 우리에게 문젯거리고, 우리의 문제가 더 큰 문제다. 우리는 로트가 과도한 행동을 하지 못하도록 막는 게 점점 더 어려워진다는 사실에 대해 이야기했다. 여름이면 그는 바지와 셔츠를 입고 알츠 강을 헤엄쳐 건너가서 흠뻑 젖은 채로 여관에 들어가는데, 우리는 그가 여관에 가지 못하도록 막을 게 아니라, 언제든지 골짜기로 내려가서 알츠 강을 건너 여관에 가더라도, 밤늦게라도, 새벽 3시든, 그보다 더 늦게라도 조용히 돌아오라고 해야 한다고 이야기했다. 로트가 없다면 슈틸프스는 완전히 혼란에 빠질 테고, 올가를 돌봐주는 사람이 아무도 없을 것이다. 사실 프란츠와 나는 우리의 누이를 돌보지 않기 때문이다. 우리는 대부분의 시간을 올가를 잊고 지내지만 로트는 그녀에게 필요 이상으로 친절을 베푼다. 그는 착실한 일꾼이고, 친절하고 능숙하게 그를 이끌면, 가장 거칠고 힘들고 보람 없고 상상할 수 없는 일도 만족스럽게 해치운다. 우리도 로트처럼 열심히 일하고 아무리 힘든 일도 마다하지 않기 때문에 로트는 평계를 대지 않는다. 그는 우리를 존중한다. 그의 부모는 일찍 돌아가셨다. 그의 아버지는 목매달아 죽었고, 하나뿐인 그의 형은 2년 전 홍수로 범람한 무르 강을 헤엄쳐 건너겠다고 10실링을 걸고 내기를 했는데, 정말 무르 강에 뛰어들어 익사했다. 로트 가족은 슈타이어마르크 사람들인데, 그 후로 로트는 고향인 슈타이어마르크에 아는 사람이 하나도 없다고 탄식한다. 그의 가장 친한, 유일한 친구는 3월에 달리는 기차에 뛰어들었다. 저 영국인은 사진이 실린 사망통지서를 아주 오랫동안 들여다보았다. 자살한 로트의 친구는 그동안 정신병원에 있었는데, 주말에는 부모를 방문하기 위해 집으로 가는 게 허락되곤 했다. 마지막으로 외출했을 때 그는 정신병원으로 돌아가지 않고 철로 옆의 둑으로 올라갔다. 영국인은 로트의 친구가 정확하게 3월 11일, 바로 자신의 생일날 기차에 몸을 던졌다고 말했다. 로트는 죽은 친구의 옷가지를 물려받았다. 그중에는 발목까지 오는 가죽 바지가 두 벌 있다. 이제 로트는 죽은 친구의 옷만 입고 다닌다. 영국인이 도착했을 때 로트는 곧 자살한 친구의 외출복을 입고 슈틸프스에서 내려가 알츠 강을 건너 여관으로 갔다. 로트가 작별 인사부터 하자, 영국인은 이곳에 오면 늘 그러듯이 그에게 1파운드짜리 지폐를 줬다. 그는 늘 로트에게 1파운드짜리 지폐를 주는데, 그러면 로트는 마구간으로 얼른 나가 닭 세 마리를 잡는다. 오늘 우리는 그 닭을 먹었다. 그는 토요일에 닭을 잡고 우리는 일요일에 그것을 먹는다. 그는 두 팔을 앞으로 뻗어 닭을 한 바퀴 돌리고 목을 벤다. 벌써 외출복을 입은 그는 거실 문 아래에서 영국인에게 닭을 한 마리씩 보여줬다. 그러면서 그는 "닭은 멀쩡해요. 다만 머리가 없을 뿐이죠"라고 말했다. 그는 그 말을 프란츠한테 배웠다. 프란츠는 전에 늘 그 말을 했었는데, 갑자기 그 말이 싫어져서 그만두었다. 그러자 로트가 그 말을 이어받았다. 지금 영국인은 안뜰에서 우리를 기다려야 할지, 안으로 들어와야 할지 모르겠는 모양이다. 그는 아침 식사를 하러 들어오라고 부르기를 기다리고 있는데 아무도 그를 부르지 않는다. 프란츠도 그를 부르지 않고, 나도 그를 부르지 않는다. 창문에 서서 미들랜드를 지켜보면서 나는 이전에 그가 이곳을 방문했던 때를 생각하지 않을 수 없다. 어쩌면 골짜기 아래 여관에서 친구들이 그를 기다리고 있을지 모른다, 그가 떠나려 하고 있다고 나는 생각한다. 어쩌면 알츠 강가의 초라한 숙박 시설 중 한 곳에서 여자가 기다리고 있을지도 모른다. 여자 친구를 밤새 혼자 있게 했을 수도 있는 것이다. 그는 슈틸프스에 그 누구와도 같이 오지 않고 혼자서만 나타나기 때문이다. 그가 슈틸프스에 올라와 있는 동안 아래 여관에서 사람들이 투숙하고 있는 일이 처음은 아니다. 2년 전엔 스웨덴 고고학자들이 아래에서 그를 기다린 적이 있고, 북부 독일인, 이탈리아인 등 그는 여러 나라의 수많은 사람들과 친분을 맺고 있다. 그는 절대로 다른 사람과 함께 슈틸프스에 올라오지 않겠다고 언젠가 내게 고백했었다. 프란츠도 그의 방 창문 앞에서 그를 지켜보고 있을 거라고 나는 생각한다. 올가도 2층에서 그를 내려다보고 있을 테고, 아마 로트도 마구간 창문을 통해 그를 바라보고 있을 것이다. 영국인이 여기에 오면 그는 자신의 불안감을 우리에게 전염시킨다. 우리는 그로부터 자극도 받고 생각해볼 수많은 주제와 새로운 소식을 듣는다. 하지만 그는 우리의 궁핍함이나 비참함을 느끼지 못한다. 오히려 정반대다. 이제까지 그의 방문은 우리에게 많은 생각할 거리를 주었다. 여러 달 동안 생각해볼 문제들이었다. 사실 그는 언제나 적절한 순간에 나타난다. 우리는 이 위에서 완전히 고립되어 살기 때문에 아래에서 일어나는 일에 대해서는 모른다. 사실 나와 프란츠는 벌써 1년 넘게 알츠 강가로 내려가지 않았다. 로트만 아직 세상과 직접적인 접촉을 하고 있다. 하지만 그는 여관에서 늘 저속한 소문들만 갖고 돌아온다. 알츠 강가로 우유를 가져가는 사람은 로트다. 로트는 우리에게 필요한 식료품, 성냥, 설탕, 양념 등을 사 온다. 로트는 골짜기로 내려가서 신문을 읽는다. 우리는 벌써 여러 해 동안 신문을 읽지 않았다. 수십 년간 열심히 읽었지만 어느 순간 신문을 싫어하게 돼서 더 이상 읽지 않기 때문이다. 우리는 로트에게 절대로 신문을 이 위로 가져오지 못하게 했다. 하지만 영국인이 신문을 가져오면 우리는 신문에 굶주린 사람처럼 달려든다. 우리는 라디오도 듣지 않는다. 음악은 즐겨 듣는다. 하지만 우리는 누이 곁에 절대로 가지 않는다. 기껏해야 하루에 한 번, 아침 인사나 밤 인사를 할 때에만 간다. 우리가 이미 모든 것으로부터 얼마나 멀리 떨어져 있는지 영국인이 안다면. 하지만 그에게 진실을 말하는 것, 그가 납득하도록 진실을 말하는 것은 무의미하다. 왜냐하면, 우리의 삶이 단지 동물적인 삶일 뿐이라는 사실을 그에게 고백하는 게 무슨 소용이 있겠는가. 세 사람으로부터 물려받은 엄청난 책들을 한데 모아놓은 도서관, 파두아의 의사였던 증조부의 동생의 책과, 아우크스부르크의 판사였던 외할아버지의 동생의 책, 셰르딩의 방앗간 주인이었던 외삼촌의 책들을 한데 모아놓은 거대한 도서관에 여러 해 전부터 우리 중 누구도 들어가지 않는다. 우리가 독서 자체를 싫어한다는 것을 영국인이 안다면…… 영국인이 오면 우리는 책에 관심이 있는 체한다. 그가 가버리면 우리는 책에 조금도 관심을 갖지 않는다. 우리가 도서관을 자물쇠로 잠가버리고 열쇠를 알츠 강에 던져버린 것을 그가 안다면! 슈틸프스가 우리 성장의 끝이라는 사실을 깨달은 순간부터 그 끝을 앞당기는 일에 모든 것을 걺으로써 우리가 슈틸프스라는 위기를 전화위복의 기회로 삼았다는 것을 그가 안다면…… 우리는 자살하지 않지만 우리의 자연스러운 종말 — 전혀 자연스러운 종말이 아니지만 — 을 앞당기고 있다. 나는 영국인이 슈틸프스에서 아무것도 예감하지 못한다고 생각한다. 하지만 프란츠는 영국인에게 우리의 속마음을 털어놓아서는 안 된다, 우리의 비밀을 털어놓는 순간 우리는 그가 가진 것, 우리에게 헤아릴 수 없이 소중한 것을 파괴하게 되고, 어쩌면 미들랜드까지도 파괴하게 될지 모른다, 그리고 결과는 우리가 두려워하는 무서운 것이 될 거라고 말하는데, 그의 말이 옳다. 영국인은 다시는 슈틸프스에 오지 않을 테고, 그 순간부터 우리는 헛되이 그를 기다리게 될 것이다. 우리가 영국인에게 진실을 말하지 않고 그를 속이지만 이 상황에서는 무엇보다도 거짓말이 꼭 필요하다. 우리는 그가 생각하는 슈틸프스를 그와는 정반대인 우리의 슈틸프스로 만들어서는 안 된다. 프란츠는 내게 너무 많이 말한다고 자주 주의를 준다. 나만큼 한순간 슈틸프스에 대한 모든 것을 말하고 싶은 유혹에 빠지는 사람은 없기 때문이다. 영국인은 나 자신을 가장 털어놓고 싶은 사람이고, 그에게 밝혀서는 안 되지만, 진실을 털어놓고 싶은 첫번째 사람이기 때문이다. 하지만 미들랜드에게 말해도 되거나 말해서는 안 되는 것을 부주의하게 갑자기 말하거나 말하지 않는 사람은 바로 프란츠다. 요컨대 우리가 우리의 상황에 대해 진실을 말하지 않고, 아무에게도, 영국인에게조차 우리의 내면을 들여다보지 못하게 하는 한, 우리는 한 가지 비밀을 지킬 수 있다. 그에 대해 영국인은 계속 말하지만 사실은 그의 추측과도 정반대되는 것이다. 그에 대한 증거는 우리의 죽음일 테고, 우리의 죽음일 수밖에 없으며, 우리는 혼란, 상상할 수 없는 혼돈 외에 아무것도 아니었음이 밝혀질 것이다. 그는 어제 모든 것에 의문을 품으라고 말했다. 모든 게 무의미하다. 저기서 그는 걷고 있다고 생각하며, 또한 얼마나 미친 사람인가, 하고 나는 생각한다. 프란츠와 나와는 나이가 같다는 것 외에 모든 게 정반대인 그는 불안감을 일으키는 사람, 의문을 제기하는 사람이다. 만일 그가 생각한다면, 그도 나처럼, 우리의 내력, 프란츠와 나, 또한 그 역시, 그리고 존재하는 모든 사람의 내력이 과거이며 이미 죽은 것이라고 생각할지도 모른다. 그리고 결국, 현재 존재하는 모든 것, 다시 말해 과거에 있었던 모든 것이 죽었다는 — 현재조차도, 현재는 당연히 죽은 것이니까 — 생각뿐이다. 하지만 우리 모두가 몰두하는 것은, 무엇을 하든 어디에 있든, 어떤 사람이든 또는 어떤 사람이 될 수 있든, 모든 사람이 몰두하는 것은, 달리 무엇이라 부를 수 없이 삶, 존재, 실존이라고 부르는 것에서 오로지 떠나는 것, 사라지는 것, 벗어나는 것뿐이다. 저 영국인만큼 우리에게 낯설고 또한 가까운 사람은 거의 없다. 그는 여러 가지 언어로 생각하고 말하며, 그 언어들을 고도로 음악적·수학적 기술로 구사하기 때문에 우리보다 훨씬 뛰어나다. 어느 한 분야, 어느 한 가지 학문에만 한정했다면 그는 오래전에 그의 이성으로 엄청난 일 — 그는 우리가 그럴 수 있다고 생각하지만 — 을 성취할 수 있었을 것이다. 하지만 한 가지 학문에 한정하는 것, 전문화하는 것은, 아마 그가 그런 것을 몹시 싫어하기 때문이겠지만, 그에겐 불가능하다. 그는 끊임없이 모든 것을 모든 것에 관련짓고, 늘 모든 것에서 모든 것을 추론해야만 하는 사람이다. 아주 자연스럽게 보편성을 추구하도록 훈련된 그의 머릿속에서, 끊임없이 서로 뒤섞인 수천 가지 생각들 중 단 한 가지도 실현하지 못하는 이유는 거기에 기인한다. 그는 저기에서 걸어

다니고 있다. 그는 예전의 정신과학이나 현대의 정신과학이나 똑같이 거름 더미라고, 괴로운 결과들의 불쾌한 원인들이라고 말한다. 저기에서 그는 걸어 다니고 있다. 저 사람에게 우주를 가로지르는 선은 직선이 아니다. 저 사람은 얼마나 자주 내게 상처를 주었고, 나도 얼마나 자주 저 사람에게 상처를 주었던가, 하고 나는 생각한다. 때때로 우리 사이에는 배려하지 않기, 거리낌 없이 모욕하기가 유일한 방책이었기 때문이다. 저 영국인은 어젯밤에 우리 같은 사람들 사이에는 정신적인 친밀감이 있다고 말했다. 정확하게 말하면 그와 나 사이에는 부자연스러운 친밀감, 프란츠와 그 사이에는 매우 자연스러운 친밀감이 있다는 뜻이다. 그는 자세하게 설명했고 우리는 이해했다. 프란츠의 생각이나 의견들은 그의 생각과 의견들과 상반되지만 완전히 자연스럽고, 나의 생각이나 의견들도 그의 생각과 의견들과 역시 상반되지만 부자연스럽다는 것이다. 우리가 미들랜드와 같이 있을 때 매 순간, 프란츠와 내가 하는 모든 말에서 프란츠의 아버지와 나의 아버지가 다른 사람이라는 사실이 확인된다고 한다. 하지만 우리의 어머니가 같다는 점이 결정적일 것이다. 세상에 태어났다는 게, 어디에서든 언제든, 우리에게 재앙이며 가장 끔찍한 일이었던 나쁜 일일 것이다. 그는 우리의 태도에서 끊임없이 혐오감을 감지한다고 한다. 사실 우리는 혐오감으로 가득 차 있다. 사람들이 우리에게 접근하거나 우리와 이야기하려면, 그들이 우리에게 다가오기 전에 극복되어야 하는 것이 바로 이 불행일 것이다. 아무 의혹 없이, 육체적으로든 생각으로든 우리에게 다가온 사람은 이제까지 아무도 없을 것이다. 그리고 언제나 아주 분명한 이 의혹은 해가 갈수록 더 커지고 언젠가, 아마도 머지않아 곧, 우리와 어떤 접촉도 불가능해질 것이다. 완전히 아무와도 접촉하지 않지만 어쩌면 가장 이상적인 상태에서, 우리 자신에게만 재현될 수 있는 이상적인 상태에서, 우리는 언젠가 완전히 방해받지 않고 우리의 목표를 실현할 수 있을 것이라고 그는 말했다. 어제저녁의 수천 가지 생각이 쏟아져 나오는 무분별한 소용돌이를 대화라고 부른다면 틀린 말일 것이다. 어제 우리는 우리의 생각이 전체를 명료하게 파악할수 없다는 것을 깨달았는데, 그의 생각 역시 그렇다는 사실이 우리에게 위안이 됐다. 하지만 어제저녁에 영국인에게는 아직 미래가 있다는 것이 아주 분명해졌고, 프란츠와 내게는 미래가 없다는 것이 다시 완전히 분명해졌다. 우리 중에한 사람이라도, 단 한 번만이라도 슈틸프스에서 내려갈 힘이 있다면, 슈틸프스에 등을 돌리고 세상으로 들어갈 용기가 있다면, 다시는 돌아오지 않을 수 있다면, 하고 나는 생각한다. 그렇게 함으로써 우리에게 의지하고 있는 우리의 누이 올가에게 죄를 저질렀다는, 그녀를 파멸시켰다는 비난을 받는다 할지라도! 내게 불가능하고 내게는 너무 늦은 일이 프란츠에게는 가능하고, 아직 늦지 않았을 수도 있지만, 우리에게는 모든 게 너무 늦었다. 슈틸프스에서 도망가는 게 이젠 불가능하지만, 그래도 아직 가능할 수도 있었던 때가 있었지만, 너무 오래전의 일이어서 그게 언제였는지 전혀 기억할 수조차 없다. 처음엔 우리도, 저 영국인처럼, 슈틸프스가 우리의 구원이며 우리에게 이상적인 곳이라고 믿었었다. 그리고 우리가 슈틸프스는 우리의 구원이 아니며 우리에게 이상적인 곳이 아니며, 이상적인 곳이 될 수 없으며, 오히려 우리의 파멸을 의미한다는 것을 깨달았을 때, 우리는 이미 온몸이 마비된 올가가 죽기를 바랐다. 하지만 그녀는 죽지 않았다. 그녀가 언제 죽을지 아무도 모른다. 그리고 이젠 우리 모두가 이미 완전히 무기력하기 때문에 그녀를 떠난다는 것도 아무 의미가 없다. 모든 게 시간문제인데, 그 문제는 더 이상 우리를 공포에 질리게 하지도 않는다. 우리는 끝장났으며 삶은 우리에게 더 이상 아무 의미도 없다는 것을 알고 있기 때문이다.

비옷

우리 후견인인 인스브루크의 변호사 엔더러로부터 서면으로 다음과 같은 이야기를 들었다.

……20년 동안 나는 매일 정오에 자겐가街에서, 그가 누구인지는 모르는 채로 어떤 사람 옆을 지나가곤 했어. 그 사람 쪽에서도 바로 자겐가에서, 항상 정오에 내가 누군지 모르는 채로 내 옆을 지나가곤 했어…… 그런데 그는 자겐가에 사는 사람이었어! 나는 운터자겐가에 살고 그는 오버자겐가에 살기는 하지만, 우리 두 사람은 자겐가에서 자랐고, 나는 그 사람을 항상 보았지만 그 사람이 누군지, 자겐가에 살고 있는지 몰랐고, 그 사람 또한 나에 대해 아무것도 몰랐던 거야…… 이제 나는 여러 해 전부터 그 사람의 무엇인가가 내 주의를 끌었어야만 했다는 것, 그의 비옷이 눈에 띄었어야만 했다는 생각이 들어…… 누군지 모르는 사람이라고 해도 수년 동안, 수십 년 동안 그 옆을 지나쳤다면, 그 사람의 무언가에 주목해야만 하는데, 아무것에도 주목하지 못하다니, 아무것도 알아채지 못하고 평생 그 사람 옆을 지나칠

수 있다니, 하고 나는 나 자신을 책망했어…… 20년 동안 그
냥 지나치던 사람에게서 무엇인가가, 비옷이든, 다른 무엇
이든 갑자기 주의를 끄는 경우가 있는데, 내겐 갑자기 그 사
람의 비옷이 눈에 띄고, 그와 더불어 그 사람이 자겐가에 살
고 있으며, 그가 특히 질 강가를 자주 산책하곤 한다는 사실
이 떠오른 거야…… 일주일 전에 그 사람은 헤렌가에서 내
게 말을 걸었고 나와 함께 내 변호사 사무실로 올라갔는데,
층계를 올라가는 동안 나는 그 사람을 20년 동안 보아왔으
며, 매일 정오 자겐가에서, 아주 평범하면서도 특이한 모양
의 낡은 비옷을 입고 지나가던 바로 그 노인이라는 게 분명
하게 떠올랐어. 층계를 올라가는 동안 왜 그 사람의 바로 그
비옷이 내 주의를 끌었는지는 확실하지 않았지만, 가까이에
서 보니 그 사람의 비옷이 갑자기 놀랄 만큼 내 주의를 끈
거야…… 하지만 이것은 아주 평범한 비옷인데, 하고 나는
생각했어. 이 산간 지방에서는 수만 명의 사람들이 이 비옷
을 입어. 티롤 사람들 수만 명이 입는 비옷이야…… 어떤 사
람이든, 직업이 무엇이든, 어디 출신이든 상관없이 모두 이
비옷을 입어. 어떤 사람들은 회색, 어떤 사람들은 녹색을 입
지만, 모두 이 비옷을 입기 때문에 골짜기에는 아직도 수많
은 비옷 제조 공장이 번창하고 있으며, 전 세계에 이 비옷이
수출되고 있어. 하지만 나의 새 고객이 입은 비옷에는 무엇
인가 특별한 점이 있었어. 그 비옷은 단춧구멍이 염소 가죽

으로 되어 있었어! 단춧구멍에 염소 가죽을 덧댄 비옷은 내 평생에 단 한 번 본 적이 있는데, 바로 8년 전에 질 강 하류에서 익사한 숙부의 비옷이야…… 나는 그와 함께 사무실로 올라가면서, 이 사람은 익사한 내 숙부의 것과 똑같은 비옷을 입고 있구나, 하고 생각했어…… 갑자기 숙부 보링거의 시체를 질 강에서 인양했던 때가 생각났어. 어떤 사람들은 절망에서 나온 행동이라고 하고, 어떤 사람들은 사고라고 생각했지만, 나는 숙부가 자살하려고 질 강에 투신했다고 확신해. 그 점에 대해 나는 조금도 의심하지 않아. 숙부는 자살한 거야. 그의 삶의 모든 것과, 그의 사업이 처한 모든 상황이 결국에는 그가 자살할 수밖에 없게끔 만들었으리라는 생각이 들어…… 사람들은 유리 공장 위쪽에서 숙부의 시체를 찾았지만, 시체는 프라들 아래쪽으로 떠내려 왔어. 신문들은 온통 이 사건을 보도했어. 그 때문에 우리 가족사가 모두 들추어져 세상에 드러났어. 사업 실패, 목재업 실패, 제재소 실패, 마지막엔 경영 실패, 회사 파산 같은 단어들이 저속한 신문의 헤드라인을 장식했지…… 빌텐에서의 장례식은 굉장했어. 수천 명이 몰려들었던 게 생각나〔엔더러는 이렇게 쓰고 있다〕…… 이상하게도 당신의 비옷이 내 머리에서 떠나지 않는군요. 나는 사무실을 향해 층계를 올라가며 그 사람에게 말했어. 당신의 비옷이 내 머리에서 떠나지 않는군요,라고 나는 여러 번 말했어. 믿을지 안 믿을지

모르겠지만, 당신의 비옷은…… 당신의 비옷과 우리 숙부의
비옷 사이에는 밀접한 연관성이 있습니다, 하고 나는 생각
했지만 말하지는 않았어. 내가 무슨 말을 하는지 이 사람이
어떻게 이해하랴, 하고 생각하고 그에게 사무실로 들어가라
고 권했어. 그 사람이 주저했기 때문에 들어오세요!라고 말
하고 나는 사무실로 들어가서 외투를 벗었어. 그러자 그 사
람이 들어왔어…… 그 사람은 분명히 아래층 문 앞에서 나
를 기다린 모양이었어. 오늘 나는 20분 늦게 왔어. 나는 이
사람이 무슨 일로 온 것일까? 하고 생각했어. 그의 침묵과
비옷이 번갈아 신경 쓰였어. 사무실 안으로 들어서서 불을
켜자 그 비옷의 단춧구멍에 검은색 염소 가죽을 덧댄 게 더
욱 분명하게 잘 보였어. 그리고 나는 새로 온 고객의 비옷이
나의 숙부 보링거의 비옷과 똑같이 아주 단순한 모양으로
재단되어 있는 것을 알아챘어. 나는 그에게 앉으라고 말했
어. 우선 난로에 불을 피워야겠습니다. 비서가 독감에 걸려
서 지금 나 혼자 있습니다. 난로에 불을 피워야 하는데 어제
저녁에 다 준비해놓았기 때문에 하나도 어렵지 않아요, 앉
으세요, 하고 나는 말했어. 그는 의자에 앉았어. 안개 때문
에 날이 흐리군요, 하고 내가 말했어. 사방이 어둡군요, 이
런 계절에는 엄청난 통제력이 필요하죠, 자신을 통제하고
견뎌내야 합니다. 나는 빠른 어조로 말했는데, 동시에 아무
리 중요한 말일지라도 무의미한 말이라고 생각했어. 아침에

늘어놓는 이 불필요하고 무의미한 말들, 하고 나는 생각했어. 모든 게 엄청난 인내력을 시험당하는 거죠, 육체, 이성, 머리, 이성, 육체, 하고 나는 말했어. 내 사무실에 들어서는 사람들은 아주 자연스럽게 외투를 그대로 입고 있는데, 새로 온 이 고객도 비옷을 벗지 않았어. 아래층 문 앞에 있을 때보다 지금 사무실 안에서 그는 더 추워하는 것 같았어. 곧 따뜻해질 겁니다, 하고 내가 말했어. 난로를 피우면 온기가 금방 퍼져요, 나는 미국제 주물 난로의 우수성에 대해, 중앙난방의 불편함에 대해 말했어. 나는 너무 어두워서 사무를 보기가 불편하다, 커튼을 걷어도 소용없고, 전등을 여러 개 켜도 소용없다고 계속 말했어. 이른 아침에 어두운 사무실에서, 비옷으로 몸을 온통 감싼 낯선 사람과 함께 있는 이 상황이 어쩐지 음산한 느낌을 준다고 생각했어. 하긴 한 달만 있으면 동지예요, 하고 나는 말했어. 나는 난로 앞에 서서 이런저런 쓸데없는 말을 늘어놓았지만, 머릿속으로는 오로지 새 고객의 비옷만 생각하고 있었어. 장례식에 수천 명이 모이다니, 이제까지 빌텐에서 그런 일은 없었어. 나는 새 고객이 부동산 중개인이나 토지 거래인인 듯한 인상을 받았어. 그런 사람들이 저런 비옷을 입고, 저런 태도와 저런 얼굴을 하고 있다고 나는 생각했어. 아니면 가축상일지도 모르겠다고 생각하다가 곧 아니다, 부동산 중개인이다,라고 생각했지. 그런 사람들은 비옷을 입고 돌아다니며 가난한

사람 중에서도 가장 가난한 사람처럼 보이지만, 알프스 내
륙 지방의 부동산 시장 전체를 장악하고 있어. 다른 한편으
로 그가 모자를 벗지 않는 것으로 보아 가축상일 수도 있다
는 생각이 들었어. 모자를 그대로 쓰고 있다는 사실이 그가
가축상임을 말해주는 거야. 그의 손은 보지 않았지만 얼굴
은 무척 야위었는데, 가축상들은 변호사 사무실에 들어와도
모자를 벗지 않기 때문에 그것으로 그들이 가축상이라는 것
을 알 수 있어. 그들은 사무실에 들어오면 얼른 의자에 앉고
모자를 그대로 쓰고 있어. 층계를 올라오면서 그가 자기소
개를 했지만 나는 그의 이름을 잊어버렸어. 하지만 그의 이
름이 티롤 지방의 특색을 지닌, 많이 들어본 이름이었다는
생각이 들었어. 그러다가 문득 그의 이름이 후머라는 게 생
각났어. 후머 씨라고 하셨죠? 하고 내가 묻자, 그는 네, 하고
대답했어. 나는 그가 무슨 일로 왔는지 묻고 싶었지만, '무슨
일로 오셨습니까?'라고 묻지 않았을 뿐만 아니라 머릿속으
로도 '무슨 일로 오셨습니까?'라는 문장을 생각하지 않았어.
나는 그냥, 이 변호사 사무실은 인스브루크 전체에서 가장
오래된 곳입니다,라고 말했어. 우리 아버지께서 이 사무실
을 운영하셨죠. 그때는 주로 공증문서를 취급했어요, 이렇
게 오래된 변호사 사무실은 한편으론 장점이 있지만, 다른
한편으론 단점도 있습니다. 그런 말을 하는 도중에 나는 내
가 왜 이런 말을 하는지 알 수 없었고, 이런 말은 무의미하

다는 걸 깨달았지만 곧이어 또 무의미한 말을 했어. 이 변호사 사무실의 위치가 가장 좋습니다,라고 말한 거야. 하지만 이 말과 그에 앞서 한 말은 새 고객에게 눈에 띄는 효과를 주지 못했어. 이런 사람은 틀림없이 중요한 고객이다,라고 나는 생각했어. 그 사람이 끈질기게 침묵했고, 나도 시간이 없어서 — 지난 몇 주 동안 해결하지 못한 서류들이 내 앞에 산더미처럼 쌓여 있었어 — 그가 오랫동안 침묵하도록 내버려 둘 수 없었기 때문에 "사람들은 지역적인 문제로 나를 찾아오는데, 그런 경우에는 도시 문제에 대해 잘 알고 있어야 합니다"라고 말했어. 나는 책상 위를 정리하면서 "서류, 온통 서류뿐이에요"라고 말했어. 아무 생각도 없고, 아무래도 상관없다는 태도에서 계속 이런 말을 하게 돼. 아무 뜻도 없는 문장이나 아무 뜻도 없는 단편적인 몇 마디를 늘어놓게 되는 거지. 하지만 "서류, 온통 서류뿐이에요"라는 말을 후머에게는 처음 했지만, 동시에, 이 사람은 내가 "서류, 온통 서류뿐이에요"라는 말을 이미 수백 번, 수천 번 했다는 것을 알아차렸다는 생각이 들었어. 갑자기 나는 이 모든 상황에 화가 나 시계를 보면서 "본론으로 들어갑시다"라고 말했어. 하지만 그러고도 한참 동안 본론으로 들어가지 않았어. 그 사람은 자기가 지금 내 사무실에 온 이유를 말하지 않고, 내 생각엔 완전히 무의미한 말을 몇 마디 했어. 그러고 나서도 그는 교외의 자기 고향, 아무 접촉도 없이 고립되

어 성장한 것, 서글픈 유년기 등 아무 연관성도 없는 말을
했어. 그리고 자신의 사업 상태, 누이에게 린츠로 가는 기차
표를 사줄 수 없다, 병원에 여러 번 입원했었다, 심각한 내
장 기관 수술을 했다는 말을 하면서 신장(감기 때문에)이니
간(알코올의존증 때문에)이니 하는 단어들을 자꾸 말했어.
그는 평생 질 강가를 이리저리 산책하는 걸 좋아했다고, 인
강이 아니라 질 강이라고 특별히 강조했어. 마지막으로 그
는 인생이 반복의 반복일 뿐이며 단조로움만 아주 빠르게
이어진다고 말했어. 나는 갑자기 내가 미친 사람과 마주 앉
아 있다는 생각이 들었어. 그 사람이 광기에서(또한 티롤에
서) 벗어날 길 없이 티롤의 골짜기와 계곡을 돌아다니는 수
천 명의 미친 사람 중 한 사람이라는 생각이 든 거야. 나는
그에게 무슨 이유로 왔는지 말하는 게 좋겠다고 했어. 그러
자 그는 "나는 자겐가에 있는 수의壽衣 상점의 주인입니다"
라고 말했어. 그는 벌써 두 번이나 내 변호사 사무실 문 앞
에 왔었지만, 알다시피 변호사들은 법원에서 하는 일이 많
기 때문에 사무실에서 그들을 만나기는 어렵다, 그래서 아
래층 문 앞에서 나를 기다렸다,라고 말했어. 사무실 안이 금
방 따뜻해졌지만 그는 점점 더 추운 모양이었어. 그는 점점
더 비옷 속으로 몸을 움츠렸어…… "낡고 두꺼운 벽" 하고
나는 말했어. 나는 '낡고 두꺼운 벽은 따뜻해지지 않는다'라
고 말할 의도였지만 그런 말을 하는 게 무의미하게 생각돼

비옷   157

서 말하지 않고, "낡고 두꺼운 벽"이라고만 말했어. 나는 숙부의 비옷에 단춧구멍이 여섯 개 있었던 게 생각나서 얼른 후머의 비옷에 있는 단춧구멍을 세어보았어. 위에서 아래로, 아래에서 위로, 두 번, 세 번 세어보았어. 후머의 비옷에도 단춧구멍이 여섯 개, 까만 염소 가죽을 덧댄 단춧구멍이 여섯 개 있었어. 그래서 나는 후머의 비옷이 나의 숙부 보링거의 비옷임이 틀림없다고 생각했어…… 하지만 그런 말을 하는 게 어리석은 짓 같아서 말하지 않았어. 곧이어 오버자겐가 이야기가 화제에 올랐고, 나는 비옷에 대한 말을 하게 됐어. "오버자겐가는 홍수가 나면 늘 범람하죠"라고 말한 거야. 후머는 고개를 끄덕이더군. 나는 "그런 비옷처럼 유용한 옷은 없죠. 모든 사람이 그런 비옷을 입는 걸 이해할 수 있습니다. 하지만 당신의 비옷은 독특합니다. 단춧구멍에 염소 가죽을 덧댔어요"라고 말했어. 하지만 후머는 그 말에 아무 반응도 보이지 않았어. 정확히 말하면 내가 기대하는 대로 반응하지 않았어. 그는 자신이 아직까지 변호사를 찾은 적이 없다면서, 내가 처음 만나는 변호사라고 말했어. 그는 다른 사람의 추천을 받은 게 아니라 아무 데나 가려는 생각에서 우연히 내게 온 것이라고 했어. "나는 20년 동안 당신 옆을 지나갔지만 당신이 변호사라는 건 몰랐습니다…… 그냥 이 오래된 변호사 사무실에 가자고 생각했죠"라고 말했어…… 그는 부동산 중개인도 가축상도 아니고 수의 상점의 주인이었어…… 나는 "물론 당신의 상점을 알고 있습니다"
라고 말했지만 그 수의 상점을 안다는 것은 거짓말이었어.
계속 거짓말만 하는군, 하고 나는 생각했어. 그렇지만 그가
어떻게 생각하든 상관없다는 생각도 들었어…… 사람들은
오랫동안 주저하다가 어느 순간 변호사를 찾아간다. 갑자기
달리 어찌할 방법이 없어서, 더 이상 어쩔 수가 없어서 변호
사를 찾아가게 된다…… 어떤 해결책도 없어서 변호사를 찾
아오는 사람들이 나를 가장 우울하게 만든다. 후머도 틀림
없이 그런 사람일 것이라고 나는 생각했어…… 자살을 할
것인지, 변호사를 찾아갈 것인지 선택해야 합니다,라고 후
머는 말했어. 후머가 그 말을 했을 때 나는 그의 상황에 관
심이 갔어(엔더러는 이렇게 쓰고 있다)…… 갑자기 이 충격
적인 사건의 전말이 나의 관심을 끌었어…… 그 사람은 이
제 약간의 흥분도 없이 아주 조용히 말하고 있었어. 나는 주
제를 벗어나지 않고 사실에만 한정해서 말하는 그에게서 절
망한 사람의 가식 없는 단순함을 알아챘어…… 나를 찾아오
는 사람들이 내 마음을 움직이는 경우는 없어. 그러나 이 사
람은 예외였어…… 갑자기 후머는 "당신 옆을 지나가면서
나는 당신의 옷을 보고 당신을 알아보았습니다"라고 말했
어. "나는 얼굴은 보지 않고 옷을 봅니다. 발은 보지만 얼굴
은 보지 않아요." 그는 우선 신발부터 본다고 했어. "그 점에
서 당신과 나는 다르군요" 하고 내가 말했어. "나는 얼른 얼

굴을 봅니다." "난 얼굴은 보지 않아요" 하고 그가 말했어. 그래서 그는 20년 동안 내 얼굴은 보지 않고 옷만 봤다고 했어. 반대로 나는 20년 동안 그의 옷은 보지 않고 얼굴만 봤어. 그래서[엔더러는 이렇게 쓰고 있다] 나는 그의 비옷은 한 번도 보지 않았던 거야…… 그 비옷을 입은 지 얼마나 됐습니까? 하고 내가 갑자기 물었어. 후머는 "여러 해 됐습니다"라고 대답했어. 그는 내가 기대한 것처럼 4년, 또는 5년이나 3년, 8년, 10년, 12년이라고 말하지 않고 "여러 해"라고 말했어. 그것은 틀림없이 굉장히 낡은 비옷이었지만, 그래도 아직 따뜻해 보였어. 정확하게 8년 전에 나의 숙부 보링거는 질 강에 투신했어. 내 생각에 후머의 비옷은 훨씬 오래된 것 같았어. 10년쯤 된 것 같았어. 숙부의 비옷은 새것이었어. 기껏해야 1년쯤 됐을 거야…… 하지만 나는 후머에게 그 비옷이 어디서 났느냐고 묻지 않았어. '그 비옷은 어디서 났습니까? 그 비옷을 어디서 샀습니까?'라고 묻는 게 아주 자연스러웠겠지만 묻지 않았어. 그가 "여러 해"라고 한 말이 오랫동안 귓가에 맴돌았어. 그 말은 나를 불안하게 했어. 그는 자기가 하고 싶은 말을 했겠지만 내겐 "여러 해"라는 말이 계속 귓가에 맴돌았어. 그리고 단춧구멍에는 까만 염소 가죽을 덧댔는데, 하고 나는 생각했어…… 그는 우선 신발을 보고 그다음엔 당연히 바지의 발목 부분을 본다고 말했어. 이런 식으로 나는 얼굴은 결코 보지 않습니다. 그래서 나는 당신의 얼굴을 한 번도 보지 않았습니다. 그의 몸이 앞으로 굽었기 때문에 그럴 것이라고 나는 생각했어. 후머의 상체는 구부정했어. 그는 몸을 비옷 속으로 더욱 움츠렸는데, 살펴보니 그의 척추는 이제껏 본 적이 없을 만큼 심하게 굽어 있었어…… 그는 사람들이 신고 입는 신발과 바지의 품질에 관심이 있다고 말했어. 어떤 양복, 어떤 저고리를 입었는지, 옷감이나 가죽의 경우에도 그는 품질을 알아보는 뛰어난 감각을 갖고 있다는 거야…… 진짜 가죽인가? 송아지 가죽인가, 소가죽인가? 염소 가죽인가? 또는 영국제 천인가? 하고 자문한다고 했어. 얼굴은 절대로 보지 않아요, 라고 말하면서 그는 어깨를 으쓱했는데 그 때문에 더 초라해 보였어. 그는 얼굴은 절대로 보지 않아요, 얼굴은 절대로 보지 않아요, 라고 여러 번 되풀이해 말했어…… 하지만 나는 당신의 얼굴을 아주 잘 알고 있습니다, 라고 말했어〔엔더러는 이렇게 쓰고 있다〕. 나는 곧 무슨 말을 해야 할 필요성, 나 자신에 대해 무슨 말을 해야 할 필요성을 깨달았어. 갑자기 아주 많은 말을 한 후머는 입을 다물었고 내가 말을 시작했어. "나는 당신을 오래전부터 아주 잘 알고 있습니다." 그리고 덧붙여서 나는 쓸데없이 "당신의 얼굴은 아주 이상합니다"라고 말했어. 나는 곧 그 말이 얼마나 불쾌한 말인지 깨달았어. "당신의 얼굴은 아주 이상합니다"와 같은 말을 들으면 상대방이 모욕감을 느끼리라는 것을 생각했어야만 했지.

언제나 신발과 바지의 발목 부분을 보는 당신과는 달리 나는 언제나 곧장 얼굴을 봅니다. 얼굴을 들여다봅니다. 언제나 먼저 얼굴을 보지요, 하고 내가 말했어. 잠시 후에 나는 사람들의 옷에는 관심이 없습니다, 얼굴에만 관심이 있어요,라고 말했어. 그리고 나는 사람들이 어떤 옷을 입었는지에는 관심이 없고 얼굴에만 관심이 있다고 여러 번 되풀이했어…… 사람들의 얼굴을 들여다보면 그들에 대해 아주 많은 것을 알게 됩니다,라고 말했어. 나는 회색 비옷이나 녹색 비옷을 입고 돌아다니는 사람들은 비옷 때문에 서로를 성가시게 만든다고 생각했어. 그리고 나는 갑자기 큰 소리로 그에게 말했어. "그런 비옷은 폭풍우에도 끄떡없겠어요!" 속으로 나는 이 비옷과 관련된 모든 것을 증오한다고 생각하면서 "그런 비옷보다 더 유용한 것은 없죠"라고 다시 한번 말했어. "그리고 그런 비옷을 오래 갖고 있을수록," 사실 나는 '갖고 있다'라고 말했는데 그것은 적절하지 않은 말이야. '갖고 있다'라고 말하는 것은 완전히 적절하지 않은 말이야. 나는 "그런 비옷을 오래 갖고 있을수록 그런 옷을 입는 일에 익숙해지니까 더 좋죠"라고 말했어. 후머의 비옷이 8년 전에 질 강에서 익사한 나의 숙부의 비옷일지도 모른다, 아니, 숙부의 비옷이다,라는 생각은 나를 불안하게 했어. 한편으로는 후머의 운명에 관심이 갔고, 다른 한편으로는 그의 비옷에 관심이 갔는데, 후머의 비옷에 더 관심이 가는지, 후머

의 운명에 더 관심이 가는지는 분명하지 않았어. 하지만 솔
직히 말하자면, 그의 운명보다는 비옷에 더 관심이 갔어. 그
는 이미 자신의 불행에 대해 언급했었어. 그 사람의 불행에
대해서는 그의 비옷보다 점점 관심이 적어졌어. 하지만 나
는 '그 비옷은 어디서 났습니까?'라고 묻지 않았어. 아마도
후머 같은 사람에게는 곧장 질문해야만 할 것이다, 완곡한
질문은 소용없다고 나는 생각했어. 하지만 나는 그에게 묻
지 않았어. 나는 한참 동안 그에게 물어야 할지 말아야 할지
곰곰이 생각했지만 묻지 않았어. 한편으로는 내가 그에게
'그 비옷은 어디서 났습니까?(어디서 샀습니까, 어디서 발견
했습니까? 등)'라고 물으면 후머가 뭐라고 대답할지 궁금하
기도 했고, 다른 한편으로는 그의 대답이 두렵기도 했어. 사
실 나는 어떤 대답이든 간에 두려웠어. 나는(엔더러는 이렇
게 쓰고 있다) 이제 비옷에 대해서는 말하지 말자, 비옷은
잊어버리자, 비옷에 대해서는 더 이상 말하지 말자,라고 생
각했어. 하지만 후머의 비옷에 대해 더 이상 말하지 않고,
그의 비옷을 잊어버리고, 비옷에 대한 생각은 더 이상 하지
말자고 결심하자마자 비옷에 대한 생각만 다시 머릿속에 가
득 찼지. 하지만 나는 그 비옷이 어디서 났는지 후머에게 물
어볼 용기가 나지 않았어. 나는 속으로 계산해보고, 생각해
봤어. 8년 전에, 그래, 8년 전에 숙부 보링거는 비옷을 입고
질 강에 투신했는데, 시체는 비옷이 없는 채로 프라들 아래

쪽으로 떠내려 왔어. 비옷은 없었어, 비옷은 없었어. 나는 후머에게 본론으로 들어갑시다,라거나 그 비옷은 어디서 났습니까?라고 묻는 대신, 무엇보다도 후머의 비옷이 숙부 보링거의 비옷처럼 염소 가죽을 덧댄 단춧구멍이 여섯 개 있다는 사실 때문에 그의 비옷이 의문의 여지없이 숙부의 비옷임에 틀림없다고 추론하면서, "당신은 옷차림으로 사람들을 판단하지만, 나는 얼굴을 보고 사람들을 판단합니다. 사람들을 판단할 때 얼굴을 보고 판단하는 것 외에 다른 방법은 없습니다"라고 말했어…… 사실 내 옷도 변호사의 옷치고는 놀랄 만큼 저급품이지요, 하고 내가 말했어…… 후머의 옷도 저급품이지만, 그것은 지난 20년 동안 차츰 매우 괴로울 정도로 암울해진 그의 삶과 관련이 있다고 그는 말했어. 사실 그의 삶이 암울해진 것은 아들의 결혼과 더불어 시작된 것이 아니라, 훨씬 전부터, 10년이나, 그보다 더 여러해 전부터, 갑자기 관세가 내려가고, 얇은 종이와 오글오글한 종이, 수의를 만드는 원료의 가격이 급격히 하락하면서 시작된 것이라고 그 자신이 말했어. "법정에는 물론 훌륭한 옷을 입고 가야 합니다"라고 나는 말했어〔엔더러는 이렇게 쓰고 있다〕. 그 말을 하기도 전에 나는 어리석은 말이라는 것을 깨달았어. "하지만 나는 법정에도 훌륭한 옷을 입고 가지 않습니다. 잘 입고 가기는 하지만 훌륭한 옷은 아니에요, 둘 사이에는 차이가 있죠" 하고 나는 말했어. 나는 훌륭한

옷이든 아니든, 옷에는 전혀 가치를 두지 않습니다. 옷이라
는 게 뭡니까? 하고 나는 말했어. 나로서도 그 말은 거의 참
을 수 없었지만 이미 그 말을 해버렸어. 나는 내가 옷을 깔
끔하게 입었나? 하고 자문하지 않습니다,라고 나는 말했어.
내 옷이 저급품인가? 이런 질문은 내게 떠오르지도 않습니
다…… 내가 훌륭한 옷을 입지 않는다는 것은, 물론 보기 흉
한 옷을 입는다는 뜻은 아닙니다,라고 나는 말했어. 나는 대
개 옷을 잘 입습니다. 그런데 나는 재단사들을 싫어합니다.
이 말이 당신의 감정을 상하게 하지 않기 바랍니다,라고 나
는 말했어. 내가 재단사들을 싫어한다는 것은 특히 남성복
재단사를 말하는 겁니다,라고 나는 말했지만 내가 왜 특히
남성복 재단사를 싫어한다고 말했는지 모르겠어. 그리고
"나는 큰 상점에 갑니다"라고 말했어. 체격에 달렸지요, 하
고 나는 말했어…… 내가 옷에 큰 가치를, 아무튼 일반적으
로 가치를 두었다면 내게 도움이 됐을는지 의문입니다……
좋은 옷을 입은 남자들이 나쁜 옷을 입은 남자보다 기회가
더 많은지 의문입니다…… 하지만 이런 종류의 질문에 관심
이 없습니다,라고 나는 말했어. 그리고 갑자기 비옷은 어디
에서나 살 수 있죠. 어디에서 싸게 살 수 있는지만 안다
면…… 하고 말했어. 그러자 후머는 어떤 직업을 가졌느냐
에 달렸지요,라고 말했어. 옷에 관해 무관심할 수 있느냐,
아니냐는 어떤 직업을 가졌는가에 달렸습니다…… 나는 "좋

비옷   165

은 옷이란 흔히 아주 단순한 가정에 불과합니다"라고 말했어…… 갑자기 나는 후머에게 그의 문제를 다시 말해달라고 요청했어. 그가 말한 내용을 나는 잘 알고 있었어. 그가 암시한 모든 것과 그가 이미 말한 길거나 아주 짧은 문장들에서 나는 그의 사례, 다시 말해 그 자신의 문제가 무엇인지, 그가 왜 내 사무실에 왔는지 명확하게 머리에 떠올릴 수 있었어. 하지만 고객이 자신의 문제를 한 번 말한 후에 곧이어 다시 한번 말하게 하는 게 내 습관이야. 사정을 반복해서 진술함으로써 문제가 무엇인지 선명하게, 모든 것이 편파적이 아닌 다른 각도에서 드러난다고 나는 말했어. 두번째 진술이 첫번째 진술을 보완함으로써, 다시 말해 문제에 대한 첫번째 진술과 두번째 진술, 또는 묘사를 일치시키려고 시도하다 보면 처음엔 중요하지 않았던 것이 사실은 중요한 것으로, 처음엔 중요했던 것이 갑자기 중요하지 않은 것으로 드러나고, 전체적으로 모든 게 갑자기 완전히 다른 문제로 판명되곤 하거든…… 그래서 나는 처음에 적어놓은 메모에, 이제 후머가 하는 말을 추가하면서 이 사람에게 자신의 문제를 여러 번 말하게 해야지, 평소처럼 두 번이 아니라 세 번, 어쩌면 네 번 말하게 해야지, 하고 생각했어…… 정확한 맥락을 파악하기 위해서였어…… 이제 모든 것을 다시 한번 이야기해볼 필요가 있습니다, 하고 나는〔엔더러는 이렇게 쓰고 있다〕후머에게 말했어. 당신의 문제를 이미 분명하게 알았지만, 아직 완전히 분명하지는 않기 때문입니다…… 이제 후머는 단서가 될 사항들뿐만 아니라 자신의 문제를 논리적으로 설명하고, 중요한 것과 중요하지 않은 것, 문제에 속하는 것과 문제에 속하지 않는 것, 문제를 뒷받침하는 것과 문제를 혼란스럽게 만드는 것을 구별할 수 있게 됐어. 나로서는 오랜 실무 경험을 통해 이런 사람들을 상대하는 훈련을 쌓았기 때문에 그들의 생각과 말투를 잘 알고 있다…… 후머는 자신의 문제가 한편으로는 매우 복잡하고, 다른 한편으로는 그렇지 않다고 말했어. 후머는 오버자겐가에 있는 자기 집에서 일어난 일을 매우 열성적으로 묘사했어. 나는 난로에 석탄을 더 넣어야 했기 때문에 난로 옆에서 그를 관찰했어. 이제 그는 더욱더 비옷으로 무릎을 감싸고 있었어. 난로 옆에서 나는 아주 무례하게, 그 누구도 그렇게 쳐다보아서는 안 될 정도로 날카롭게 그를 관찰하고 있었지만, 그는 바닥을 바라보고 있었기 때문에 알아채지 못했어. 이런 사람들이 왜 바닥을 바라보는지 알 수 없어. 사람을 만나는 게 불안해서 그런지, 아무튼 후머는 내 사무실에서 굉장히 불안해했어. 두려움 때문인지, 비겁해서 그런지, 불안 때문인지, 무슨 범죄적인 의도를 갖고 있기 때문인지 이런 사람들은 늘 바닥을 바라봐. 난로 옆에서 후머를 관찰하려니 그의 비옷이 굉장히 크다는 게 눈에 띄었어. 그리고 그의 투박한 구두, 송아지 가죽으로 만든 유별나게 투박하고 유난히 큰 구두도 눈에 띄었어. 그의 바지는 아랫부분을 넓게 접은 것 등으로 보아 유행이 지난 것 같았고 올이 풀려 있었어. 편직물 바지인 모양이라고 나는 생각했어…… 나는 후머가 무척 추워하는 듯한 태도, 낯선 환경에서 추워 어쩔 줄 몰라 하며 추위로 몸을 떠는 특징적인 태도를 관찰하면서 이런 사람들은 늘 똑같이 거북스러워한다고 생각했어. 그는 비옷의 단추를 모두 채우고 두 손을 가슴에 꼭 대고 있었어…… 이제 나는 그의 문제가 무엇인지 알고 있었어. 나는 그에게 문제가 무엇인지 알지만, 다시 한번 모든 것을 정확하게 설명하고 하나도 빠뜨리지 말고 정확하게 열거해주면, 문제를 더 잘 이해할 수 있을 거라고 말했어. 그리고 매우 효율적인 방식으로 문제에 대처할 수 있도록 모든 상황에 대해 다시 한번 설명해주십시오, 모든 사정을요, 하고 나는 되풀이했어. 이미 말했듯이 층계에서, 그리고 내 사무실에 들어와서도 나는 피상적으로 후머를 부동산 중개인이나 가축상으로 생각했었어. 그러한 착각을 한 나 자신에게 다시 화가 났어. "당신이 수의 상점을 소유하고 있다는 것은" 하고 나는 갑자기 말했어. 그 말을 할 생각이 전혀 없었지만, 갑자기 나는 "물론 알고 있습니다"라고 말했어. 나는 다시 거짓말을 한 거야. 후머는 자겐가의 집들, 특히 오버자겐가의 훨씬 오래된 집들에서는 끊임없이 주의하지 않으면 사람들은 황폐해집니다, 파멸합니다,라고 비장하게 말했어. 갑자기 그는 몸을 똑바로 세우며 비장하게 말했어. 파멸합니다…… 이런 사람들은 처음엔 거북스러워하지만, 곧 망설임을 극복하고 상대방이 듣고자 하는 것보다 훨씬 많은 이야기를 하지. 하지만 후머는 유용한 주제에만 한정했으며, 자신의 유년기, 인조견 재단 기술 등, 처음엔 내가 순전히 쓸데없는 말이라고 생각했던 이야기들도 이젠 중요한 것으로 판명됐어…… 또한 그가 처음 이야기를 시작하자마자 자기 며느리가 마트라이 출신이라고 말한 것도 중요한 사실이었어…… 이런 사람들은 일단 익숙해지면 망설임에서 벗어나고, 단순하지만 신뢰할 수 있는 방법을 갖고 있어서 믿음직스러워지고, 결국엔 완전히 신뢰할 수 있는 사람들이 되곤 하지〔엔더러는 이렇게 쓰고 있다〕. 처음엔 주저하지만 나중엔 두려움 없이 매우 대담해져. 그리고 이제 나는 난로 옆에서 후머 같은 사람을, 불행하게도 내가 전에 늘 그랬듯이, 즉시 일을 처리하거나 금방 입을 다물게 만들거나, 기습적인 질문으로 당황하게 만들거나 하지 않고 — 그렇게 함으로써 나는 늘 모든 일을 망쳐버렸었지 — 오랜 시간을 두고 천천히 편안해지도록 만드는 게 얼마나 유용한지 깨달았어…… 후머는 아주 초라하고 늙고 — 그는 틀림없이 65세나 거의 70세쯤 된 것 같았어 — 아주 가련해 보였으므로 나는 그가 불쌍한 사람이라고 생각했어. 나는 내 사무실에 불쌍한 사람이 왔다고 단번에 확신했던 거야…… 그리고 이

비웃   169

불쌍한 사람을 매우 세심하게 대해야 한다고 생각했어…… 하지만 곧 이제껏 결코 하지 않았던 생각이 나를 괴롭혔고, 다시 후머의 비옷에 대한 생각에 몰두하게 됐어…… 이 사람이 편직물 바지를 입었다면 상의도 편직물 옷을 입었을 것이라고 나는 생각했어. 편직물 옷은 따뜻하고 값도 싸서 사람들이 매우 즐겨 입어. 사실 나는 후머의 옷 냄새로, 그가 편직물 옷을 일습으로 입었으리라고, 편직물 바지, 편직물 상의, 편직물 저고리를 입었으리라고 추측할 수 있었어. 11월 오전에는 전깃불이 가장 흐려. 고산지대의 수자원이 거의 고갈된 데다 공장들이 믿을 수 없이 많기 때문이야. 사무실이 어둑했지만 후머의 바지는 틀림없이 편직물 바지라는 것을 알 수 있었어. 편직물 바지와 편직물 상의, 편직물 저고리는 저 사람에게 아주 잘 어울린다고 나는 생각했어…… 그 위에 비옷이라…… 그리고 머리에는 검은 모자를 쓰고, 털실로 짠 등산용 회색 양말을 신고 있었어…… 내 문제는 매우 복잡하지만 다른 한편으로는 그렇지도 않아요, 라고 그는 다시 말했어. 그리고 그가 이제까지 한 말을 확인하기 위해서 그는 자신의 비극(후머 자신의 표현이야)이 시작된 시점, "내 아들이 스물두 살이 되었을 때"라는 말을 일정한 간격으로 자꾸 되풀이해 말했어. 내 아들이 스물두 살이 되었을 때, 그리고 내 아들이 결혼해서 며느리가 마트라이에서 우리 집으로 왔을 때…… 대여섯 문장, 또는 여덟 문장마다 그는 "내 아들이 스물한 살이 되었을 때"라거나 "며느리가 마트라이에서 우리 집으로 왔을 때"라는 말을 자꾸 되풀이했어. 후머가 하는 모든 말은 완전히 암울하지는 않더라도 우울했는데, 흐린 전등불과 이 계절의 날씨가 그런 느낌을 더욱 강하게 만들었어. 갑자기 그는 당신은 나에 대해 아무것도 모르기 때문에, 그리고 우리가 20년 동안 서로를 지나쳐 갔기 때문에……라고 말했어. 그 말은 한참 동안 허공에 맴돌았어. 그러다가 그가 다시 말했어. 하지만 당신이 내 상점을 안다면…… 그래서 나는〔엔더러는 이렇게 쓰고 있다〕당신의 상점에 들어간 적은 없습니다, 사실 나는 자겐가에 있는 수의 상점을 압니다, 하지만 그 상점에 들어가 본 적은 없습니다, 하고 말했어. 나는 그 점에 대해서 후머에게 분명히 해두고 싶었어. 후머는 40년 전에 나의 아버지가 그 상점을 내게 물려주었습니다, 그리고 나서 상점은 오르막길로 접어들었고, 나는 내리막길로 접어들었죠,라고 말했어. 이 말도 후머는 이미 여러 번 했어. 상점은 점점 더 잘되어가고 나는 점점 더 나빠졌죠, 하고 후머는 말했어. 문제는 그가 아들에게 수의 만드는 법을 가르쳐주면서 시작되었대. 수의를 만드는 방법은 고도의 재단 기술인데, 이제 내가〔엔더러는 이렇게 쓰고 있다〕알게 되었듯이 실제로 매우 섬세한 손기술이야. 후머의 조부가 후머의 아버지에게, 후머의 아버지가 후머에게 가르쳤듯이 후머는 그의 아들에게 가르친 거야. 그들은 열일곱 살에, 그의 아들도 열일곱 살에, 아버지의 상점에서, 티롤에 단 하나뿐인 수의 상점에서 이 기술을 완전히 습득했대. 수의 상점이 티롤에 단 하나밖에 없는지는 아무도 모른다고 의문을 가질 수도 있겠지〔엔더러는 이렇게 쓰고 있다〕. 하지만 사실 후머 수의 상점은 이미 80년 동안 오버자겐가에 있었대. 그리고 입관 비용이 얼마나 비싼지 — 특히 이곳 티롤에서는 가장 비싸 — 를 안다면 이런 상점이 좋은 사업이라는 것을 짐작할 수 있어. 후머도 그 점을 숨기지 않았어. 그가 하는 이야기를 듣고 있노라면 '참 좋은 사업이구나!' 하고 줄곧 생각하게 됐어. 그리고 후머에게 일어난 일에서, 그의 상점이 한창 번창하던 때에 그가 갑자기 더 이상 참을 수 없게 된 그 사건에서, 특히 그 점이 중요한 역할을 하고 있어. 후머는, 우리는 수출을 위한 물건까지 만들었답니다,라고 말했어. '수출'이라는 단어를 말할 때 후머의 목소리는 자신이 없었어. 후머가 이미 말했듯이, 나는 내가 살아가야만 하는 상황을 더 이상 참고 견딜 수 없어서 당신을 찾아왔습니다, 이렇게 잘나가는 상점의 주인인 내가 편직물 바지와 편직물 저고리를 입고 다니는 것만 봐도 짐작하는 바가 있을 겁니다,라고 말했어. 상점 주인이 편직물 바지와 편직물 저고리를 입고 이렇게 투박한 구두를 신고 있다니…… 그것은 내게 여러 가지 생각이 들게 만들었어〔엔더러는 이렇게 쓰고 있다〕. 후머는 당신은 내 아들을 모르지만 아마 자주 보았을 겁니다, 어쩌면 나보다 내 아들을 더 자주 보았을 겁니다, 내 아들은 늘오버자겐가를 돌아다닌답니다, 키가 크고 화려한 옷을 입고있죠,라고 말했어. 그러고 나서, 여러 해 전부터 내 아들은'회색 곰'에 다닙니다, 그게 무슨 뜻인지 아시겠어요! 마트라이 출신인 며느리가 내 아들을 거기로 데리고 갔답니다, 나자신은 가장 소박한 음식점으로 만족해야만 하는데 아들은매일 '회색 곰'에 가서 많은 돈을 씁니다! 게다가 또 다른 음식점에도 가고, 시립극장에도 자주 간답니다. 도대체 그놈이 무슨 생각을 하는지 모르겠어요! 하고 말했어. 하지만 문제는 내 아들이 매우 불행한 결혼을 했다는 것입니다, 게다가 아주 나쁜 시기에 했어요, 아들은 시인하지 않지만 나는잘 알고 있어요, 이 결혼은 불행합니다, 다만 아들이 시인을하지 않는 거죠, 내 아들은 불행해요, 그 여자가 아들의 인생을 망쳤어요, 하고 후머는 말했어. 게다가 후머의 아들은오래전부터 '회색 곰'에는 더 이상 가지 않고 이젠 '황제의왕관'에 간다고 했어. 생각해보세요, 하고 후머가 말했어.'황제의 왕관'에 간다니까요! 당신 자신도, 후머가 내게 말했어. 내가 알고 있듯이 당신도 '회색 곰'에 자주 가니까 틀림없이 내 아들을 알 겁니다, 이미 말했듯이 키가 유난히 크고화려한 옷을 입고 눈에 띄는 모습이죠, 하고 후머가 말했어.사실 나는 '회색 곰'에 자주 가는데 후머가 그걸 어떻게 알았는지 이상했어. 너희도 알고 있듯이〔엔더러는 우리에게 이렇게 쓰고 있다〕, 나는 매주 토요일과 일요일에 '회색 곰'에 가는데 거기가 가장 좋은 음식점이기 때문이야. 하지만 물론 '회색 곰'에서도 먹을 수 없는 음식이 나올 때도 있어〔엔더러는 이렇게 쓰고 있다〕. 후머는 며느리가 머리를 굉장히 길게 길렀는데 늘 머리를 빗지 않는다고 말했어. 며느리는 늘 머리를 빗지 않아요, 나는 머리를 빗지 않는 사람보다 더 싫은 게 없는데 말입니다, 하지만 며느리가 머리를 빗지 않는다는 사실만으로 내가 그녀를 싫어하는 것은 아닙니다, 그 여자는 최하층 계급 출신입니다, 그녀의 아버지는 지금도 마트라이에서 페인트공으로 일하고, 그녀의 어머니는 청소부로 생계를 돕고 있어요, 하고 후머는 말했어. 그의 말투는 온통 경멸로 가득 차 있었어〔엔더러는 이렇게 쓰고 있다〕. 이미 말했듯이 오래전부터 두 사람은 '황제의 왕관'에 다니고 있습니다. '황제의 왕관'에서는 모든 게 '회색 곰'보다 두 배 더 비쌉니다, 내 돈으로 지불하는 거죠, 하고 후머는 말했어. 장사보다는 즐기는 일에만 전념하니까 머지않아 모두 다 써버릴 겁니다, 내 상점 같은 그런 상점을 망쳐놓다니, 내가 아직 그 상점의 주인인데! 하고 후머는 소리쳤어. 아직 내 상점이라고요! 그는 아들의 행동엔 어리석음과 아버지에 대한 증오가 상당 부분 있다고 했어. 나는 분명히 들었어. "아버지에 대한 증오"라고 후머는 말했어. 그리고 나서, 재봉틀이 열여섯 개 있습니다, 변호사님, 생각해보세요, 지금 벌써 재봉틀이 열여섯 개밖에 없다고요, 하고 말했어. 나는〔엔더러는 이렇게 쓰고 있다〕열여섯 개의 재봉틀에 열여섯 명이 앉아 있군, 하고 생각했어. 우리는 주문 계약을 토대로 물건을 만듭니다, 하고 후머는 말했어. 포어아를베르크와 잘츠부르크로도 납품하고, 최근엔 바이에른에도 납품합니다, 바이에른에서는 수의가 여기보다 두 배 더 비싸답니다, 하고 후머는 말했어. 거기에서는 높은 관세를 낼 능력이 있으므로 40여 개의 장의사가 오버자겐가에 있는 후머의 작업장에서 만든 수의를 구입한대〔엔더러는 이렇게 쓰고 있다〕. 내가 수십 년 동안 쌓아 올린 것을 내 아들이 천한 그의 아내와 함께 곧 망쳐놓을 겁니다, 그런데 '황제의 왕관'에 간다니까요! 하고 후머는 말했어. 그러고 나서 후머는 계속했어. "나에 관한 정황은 다음과 같습니다." 후머는 내 사무실에 머문 짧은 시간 동안에 ─ 그리고 그가 생전 처음으로 찾아온 변호사가 나라는 말이 정말이라면〔엔더러는 이렇게 쓰고 있다〕, 나는 그의 말을 의심하지 않아. 그는 진실을 말하고 있으며 매우 주의 깊게 경청하고 있었어. 나는 그가 모든 말을 듣고 있으며, 내가 말하지 않은 것까지도 듣고 있다는 인상을 받았어 ─ 벌써 법률 용어에 익숙해져서 이젠 법률 용어로 말하고 있어. 그는 "나의 정황은 다음과 같습니다"라고 말한 거야. 당신도 알다시피 ─ 그가 이미 여

러 번 말했기 때문에 사실 나는 알고 있었어 — 30년 동안
나는 1층에서 조용히 평화롭게 살았습니다. 자겐가의 상점
옆에 주택이 있는데, 태어나서부터 줄곧 1층에서 살았습니
다, 하고 그는 격렬하게 말했어. 여러 번 다시 강조해서 "나
는 처음부터 1층에서 살았습니다"라고 말하면서 그는 갑자
기 처음으로 비옷에 손을 꼭 대고 있지 않고 손짓을 하면서
점점 더 격렬하게 말하고, 상당히 긴 다리를 앞으로 뻗었어.
후머는 상당히 긴 다리를 천천히 앞으로 뻗었어. 그는 이제
자겐가에 있는 집의 1층에서 살던 때에 대해 말하기 시작하
면서, 적어도 한 시간 동안 경직되어 있던 길고 야윈 몸을
폈어. 정말 후머는 벌써 한 시간 넘게 내 사무실에 앉아 있
었어. 내가 오늘 오전에는 사무실을 열지 않는다는 사실을
잊어버리고 그를 사무실로 들어오게 했기 때문에 그가 여기
앉아 있을 수 있다는 게 갑자기 생각나더군. 오늘은 휴무라
는 사실을 생각하지 못한 거야! 나는 그가 아래층 현관문 앞
에 서 있는 태도로 보아 틀림없이 나를 기다린 것이라고 생
각하고, 이 사람은 무엇인가 중요한 일 때문에 왔다고 생각
하고, 그것이 의미가 있는 일인지, 유익한 일인지 생각해보
지도 않고 그에게 나와 함께 내 사무실로 올라가자고 한 거
야. 월요일은 휴무라는 게 생각나서〔엔더러는 이렇게 쓰고
있다〕, 나는 갑자기 후머에게 "월요일은 휴무입니다!"라고
말했지만, 그는 그 말에 아무 반응도 보이지 않았어. 그는

이제 갑자기 척추를 똑바로 펴고 몸을 곧추세우고 앉아 자기 집 1층에 대해 이야기했어. "매우 아름다운 집이에요, 변호사님" 하고 그는 말했어. 이렇게 넓은 1층에서 자란 사람은 — 그는 이제 다시 본래의 태도로 돌아왔어〔엔더러는 이렇게 쓰고 있다〕— 이렇게 완전히 적합한 집에서 하루아침에 나갈 수는 없습니다. 그는 아주 어렸을 때부터 그 집의 모든 것에 익숙해졌고, 그 집의 모든 것이 그에게 가장 친숙하다는 거야. 1층에서 사는 데 익숙해진 사람을 수십 년 후에 갑자기, 게다가 아주 빤히 들여다보이는 구실로 1층에서 쫓아낼 수는 없습니다, 내 말을 믿어주세요, 하고 후머가 말했어, 그보다 더 끔찍한 일은 없습니다. 1층에서 날 내쫓았어요. 하루아침에 말이죠. 후머에게 2층으로 이사하라고 했다는 거야〔엔더러는 이렇게 쓰고 있다〕. 후머는 계속했어. 이 모든 수작의 배후에는 마트라이에서 온 며느리가 있습니다, 내 아들은, 변호사님, 나를 내쫓지 않을 테니까요, 그 앤 너무 나약해서 그런 짓은 못 합니다, 내 아들은 그런 짓은 안 합니다. 하지만 아들들도 결혼하면 곧 그들의 아내들처럼 몰인정해지고, 내 며느리 같은 여자와 결혼하는 것은 사업의 실패, 파산을 뜻하죠. 상점을 넓힌다는 구실로(옷감 창고를 두 배로 넓힌다나요!) 내 아들이 내게 1층을 비우고 2층으로 이사하라고 하더군요. 하지만 더 큰 옷감 창고를 만들지도 않았어요, 하고 후머가 말했어. 차츰 나는 아들이 옷감 창고를 만들지 않는다는 것을 깨닫고 아들에게 나는 네가 더 큰 옷감 창고를 만들 계획이라고 해서 1층에서 2층으로 이사한 것이라고 말했더니, 아들 말이 수의 상점 옆에 관棺을 파는 매장을 새로 열 생각이라고 하더군요. 그 앤 벌써 영업허가 신청을 했는데 주 정부에서 시간을 끈다고 말했어요. 하지만 결국 나는 아들이 관 판매장 개설 허가 신청 따윈 하지도 않았다는 것을 알게 됐습니다. 거짓말을 한 거죠! 하고 후머는 말했어. 처음엔 옷감 창고를 더 크게 짓는다고 하고, 그다음엔 관 판매장을 개설한다고 하더니, 그다음엔 새로 재봉사 여섯 명이 들어올 자리가 필요하다고 하더군요! 하지만 그것도 거짓말이었어요, 지금까지 나는 새로 온 재봉사 여섯 명은 보지도 못했거든요, 오히려 2년 전까지만 해도 재봉사가 열여덟 명 있었는데 지금은 열여섯 명밖에 없다니까요. 그런데 갑자기, 하고 후머가 말했어. 우리는 수의 상점만 운영해서는 살 수 없다는 거예요, '황제의 왕관'에 식사를 하러 가는 사람이, 그것도 혼자 가는 게 아니라 둘이 가서 수천 실링을 쓰는 사람이 그런 말을 하다니! 며느리를 그의 집안에 들여놓아야 했던 순간부터 아들은 온통 거짓말만 한다는 거였어. 내 며느리 같은 사람에겐 대항할 수 없습니다, 하고 후머는 말했어, 모든 게 점점 더 악화되기만 하죠. 하지만 후머는 사실 1층에서 나가기를 거부할 수도 있었어〔엔더러는 이렇게 쓰고 있다〕. 하지만 후머 같은 사람에겐 그런 것을 거부할 힘이 없지. 사실 누구나 다 그런 힘이 없을 거야. 아무튼 상점의 주인은 나라고요! 하고 후머가 말했어. 하지만 아들이 결혼을 하면 아버지는 자신의 집에서도 더 이상 제 뜻대로 할 수가 없지. 그는 자신이 1층에서 나가 2층으로 이사함으로써 점점 더 진행된 재앙의 전체 규모(후머의 표현이야)를 그땐 알지 못했었대. 정말 지쳤어요, 하고 후머가 말했어. 나는 2층으로 올라갔습니다. 며칠 동안 나는 2층으로 올라가지 않겠다고 결심했지만 결국 2층으로 올라갔습니다. 그리고 2층으로 올라가자, 모든 게 거짓말이라는 것을, 내가 어설픈 거짓말에 걸려들었다는 것을 깨달았습니다. 그들은 내게 2층으로 이사하라고 권한 게 아니라 나를 내쫓은 겁니다. 정말 말 그대로 내쫓은 거예요, 하고 후머는 여러 번 되풀이했어. 힘들기는 했지만 차츰 그는 2층에 익숙해질 수 있었대. 그리고 후머는 비옷의 단추를 끄르기 시작했어. 사무실 안이 이젠 따뜻한 정도가 아니라 무척 더웠어. 그가 비옷의 단추를 끄르는 동안 나는 비옷 안쪽에 있는 큼직한 재단사의 문장을 발견했어. 그것은 내가 기억하는 숙부의 비옷에 있던 문장과 같은 것이었어. 혹시 내가 착각한 것일까?〔엔더러는 이렇게 쓰고 있다.〕혹시 같은 문장이 아닌 것이 아닐까? 하고 생각하는데 이미 그 문장을 더 이상 볼 수 없었어. 후머가 갑자기 재단사의 문장이 보이지 않게 비옷을 왼쪽 어깨와 오른쪽 어깨가 아래로 가게 접었기 때문이야. 사실 후머는 2층의 장점을 발견했대. 당신도 알다시피, 후머가 말했어. 이런 집들은 모두, 특히 자겐가의 집들의 1층은 습도가 높지만 2층은 건조합니다. 그는 곧 류머티즘(그는 류머티즘이라고 하지 않고 류머티스티즘이라고 말했어)의 상태가 나아진 것을 확인할 수 있었대. 그는 그것이 1층에서 2층으로 이사한 것의 한 가지 장점이라고 확신했대. 처음 며칠이 지나자 곧 허리 통증이 나았어요, 하고 후머가 말했어. 하지만 나는 그들이(내 아이들이) 그 점을 이용하지 못하게 하기 위해서 아무 말도 하지 않았습니다. 내가 아주 작은 장점만 말하더라도 그들은 곧 그것을 이용할 테니까요. 갑자기 나는 더 빨리 걸을 수 있게 됐고 몸을 앞으로, 손이 바닥까지 닿게 굽힐 수도 있게 됐습니다. 수십 년 동안 나는 몸을 바닥까지 닿게 굽힐 수 없었답니다. 그는 2층에서 전반적으로 거의 통증 없이 더 많이 움직일 수 있게 돼서 기뻤대. 하지만 나는 그에 대해 아무 말도 하지 않았습니다, 하고 후머는 말했어. 또한 그는 2층이 더 밝다는 것도 알게 됐어. 전기도 아낄 수 있고, 공기도 더 맑고 산소가 더 많았으며, 소음도 적었대. 하지만 영업 상태와 아래층 상점에서 진행되는 음모를 1층에서 살 때처럼 쉽게 감독할 수 없다는 사실이 그를 괴롭혔다더군. 2층에서 살면서 나는 상점에서 완전히 소외됐습니다. 아들과 며느리는 내가 언제라도 감독하기 위해 2층에서 상점으로 내려갈 수 없으리라는 것을 계산했던 거죠. 그들은 내가 잘 움직이지 못한다는 것, 가파른 층계를 오르내리기 힘들다는 것을 모두 계산한 거예요. 모든 걸 계산한 거예요, 기만과 계산이죠, 하고 그는 말했어. 2층에서 나는 고립됐습니다, 2층에서는 상점 문의 벨소리도 들리지 않았습니다, 하고 후머는 말했어. 그래서 나의 의심은 더 커졌죠. 2층에 앉아 있는 내게 방해받지 않고 아래층에서 사기극이 진행될 수 있었습니다. 그리고 아래층에서 사기극이 어떻게 진행될 수 있었는지에 대해서는 내가 가져온 서류들을 보면 아실 겁니다. 내 아들은 아내의 무서운 영향력 아래에서 갑자기 무엇이든지 할 수 있게 됐습니다. 모든 게 거짓말 뒤에 숨어 있습니다, 엄청난 비밀 작전이에요, 하고 후머는 말했어. 그건 그렇고 아무튼 그는 처음의 어려움을 극복하고 2층에서 사는 새로운 상황에 곧 익숙해졌어. 하지만 그가 내게 이미 말해서 나도 오래전에 알게 됐듯이〔엔더러는 이렇게 쓰고 있다〕석 달 후에 그는 2층에서 다시 3층으로 이사하라는 권유를 받았어. 갑자기 나는 2층에서도 살지 못하고 3층으로 이사해야만 했습니다, 하고 후머는 말했어. 온통 나에 대한 증오뿐입니다, 내 아들의 증오, 내 며느리의 증오. 질 강가를 산책하는 것만 빼고 모든 게 나에 대한 증오뿐이에요. 내가 아직 이렇게 살아 있는데 말이죠. 아이가 태어난다나요. 내가 그 무엇보다도 두려워했던 게 바로 그것이랍니다, 변호사님,

하고 후머는 말했어. 아이에 대한 이야기가 나오면, 아이가 태어나면, 부부는 쉽게 헤어지지 못합니다. 내 며느리는 계산이 아주 빠른 사람이기 때문에, 아이가 없어도 물론 헤어지지 못합니다, 하고 후머는 말했어. 아이가 태어나면 그들은 지금 사는 집이 너무 비좁다고 하더군요. 처음엔 옷감 창고를 만든다고 하고, 그다음엔 관 판매장을 만든다고 하더니 이젠 아이가 태어날 거라고 하더군요. 옷감 창고와 관 판매장은 거짓말이었지만, 아이가 태어난다는 말은 믿지 않을 수 없었습니다. 밤새도록 한숨도 못 잤어요, 하고 후머는 말했어, 아이, 아이가 태어난다. 하지만 나는 오래 버티지 않고 그날 바로 3층으로 이사했습니다, 층계가 비좁아 가구들을 2층에서 3층으로 옮기는 데 힘들었지만 그들은 모든 가구를 3층으로 옮겼습니다. 나는 아이가 태어난다는 사실을 한순간도 의심하지 않았습니다, 하고 후머는 말했다, 믿을 수밖에 없었지요, 어느 순간에 내가 정말로 보았듯이 아이는 태어났습니다, 아이는 이미 태어난 겁니다. 너무 괴로울 정도로 불합리하군요, 하고 내가〔엔더러는 이렇게 쓰고 있다〕말했어. 그러자 후머는, 손자가 태어났지만, 손자 때문에 내가 왜 3층으로 이사해야 하는지 물론 이해할 수 없었습니다, 하고 말했어. 하지만 결국 3층에서 살아야 한다는 사실을 받아들였습니다. 왜 그래야 하는지 알 수 없었지만, 변호사님, 내가 희생한 거죠. 3층은 2층보다 더 건조하고 공기도 더 맑고 소음도 거의 들리지 않았습니다. 하지만 내 아들과 며느리의 음모를 알게 된 후에도 여전히, 다시 말해 지금도, 나로서는 전보다 훨씬 더 강렬하게 아래층 상점 일에 관심이 가지만, 아래층 상점과 관련된 모든 일이 이젠 3층에 있는 내게서 멀어졌습니다. 아래층으로 내려가는 것도 너무 힘들고, 내려갔다 다시 올라오고, 또 내려갔다 다시 올라오는 것도 너무 주의를 끄는 일이고, 특히 증오에 찬 그들의 눈총을 받으면서 말이에요! 그래서 나는 거의 상점엔 가지 않았습니다. 하지만 그들의 사기극에 대한 증거를 더 많이 잡으려고, 위조된 서류를 복사하려고 급히, 아주 조심스럽게 잠시 내려갔었지요, 아들과 며느리도 오래전부터 내가 의심한다는 것을 알아채고 나를 경계하고 있었기 때문에 그들의 눈에 띄지 않고 상점에 들어가기는 아주 어려웠죠. 밤이면 나는 오로지 이 서류들만 연구했습니다, 하고 후머는 말했어, 그들이 나를 3층에 조용히 내버려 두었기 때문에 아무 방해도 받지 않고 이 서류들을 볼 수 있었어요, 그것도 분명 한 가지 장점입니다, 하고 후머는 말했어. 그러더니 갑자기 "모든 게 가짜예요! 순전히 가짜예요! 회계장부가 전부 위조됐어요! 그것도 흔히 생각하듯이 세무서를 속이기 위해서가 아니라 나를 속이기 위해 위조한 거예요!" 하고 소리쳤어. 이제 나로서는 당신에게 부탁하는 수밖에 다른 도리가 없습니다, 하고 후머는 내게〔엔더러는 이렇게 쓰고 있다〕

말했어. 이 모든 것을 법정에 가져가야 합니다, 하고 그가
말했어. 전부 법정에 가져가야 합니다, 친아버지를 이렇게
속이는데 더 이상 고려할 게 뭐가 있습니까! 물론 나는 3층
이 아주 이상적이라고 생각하지만 아무 말도 하지 않았습니
다. 그는 아무 말도 하지 않고 그동안 터득한 요령으로 희생
자인 체했대. 3층을 오르내리는 번거로움과 심한 괴로움도
감수했대. 알다시피, 자겐가에는 엘리베이터가 없습니다,
하고 후머는 말했어. 나는 오랜 친구들을 3층으로 초대했습
니다, 하고 그는 말했어. 친구들은 아들과 며느리가 그를 속
인다는 — 지금 내 책상 위에 놓인 수많은 증거로 보아 그것
은 명백해 — 의혹뿐만 아니라, 이 모든 문제를 가지고 변
호사를 찾아가 소송을 제기하려는 그의 계획을 지지했다는
군. 나는 조심하기 위해서이기도 하고, 또 자겐가의 상점에
대한 애정 때문에 여러 해 동안 이런 의혹에 대해 한마디도
말하지 않았습니다. 그러더니 그는 갑자기 소리쳤어. "상점
에 대한 나의 애정은 그 누구도 빼앗아가지 못했습니다!"
그러고 나서 후머는 의자에 앉아 비옷으로 몸을 단단히 감
쌌어. 이젠 재단사의 문장을 더 이상 보지 못하겠군, 하고
나는 생각했어〔엔더러는 이렇게 쓰고 있다〕. 그의 태도로
보아 그는 비옷을 벗기는커녕 이제부터는 비옷으로 몸을 점
점 더 감쌀 것 같았어. 그러면서 후머는 비옷에서 끈으로 묶
은 꾸러미를 꺼내 내 책상 위에 놓았어. 여기 더 많은 증거

와 간접 증거들이 있습니다, 하고 그는 말했어. 이제 주의
해서 들어보세요, 하고 후머는 처음으로 다음과 같은 사실
을 내게 털어놓았어. 일주일 전에 갑자기 나한테 3층에서
도 나가라고, 4층으로 이사하라고 하더군요. 내가 옷감과
판지板紙에 대한 광고지를 읽고 있는데 내 아들이 그런 이상
한 제안을 하더군요. 아들이 내게 3층에서 나가라고 요구할
때, 물론 아들의 파렴치한 입을 통해서였지만, 사실은 며느
리의 요구라는 것을 나는 한순간도 의심하지 않았습니다,
하고 후머는 말했어. 나는 그래, 하고 말했지요. 그러면서
후머는 흥분하지 않고 침착하려고 애썼대. 그래, 3층에서도
나가 4층으로 가란 말이지! 그는 4층으로, 4층으로, 하고 여
러 번 되풀이했대. 그동안 아이가 두 명 더 태어났는데, 이
제 네번째 아이가 태어난다는 겁니다…… 넷째 아이라니,
터무니없지 않습니까? 하고 후머는 내게 말했어〔엔더러는
이렇게 쓰고 있다〕. 터무니없고 또한 멍청하지 않습니까?
하고 후머는 여러 번 되풀이했어. 완전히 멍청하지 않습니
까? 넷째 아이라니, 그건 범죄입니다! 하고 후머는 말했어.
수억 명의 사람들로 넘쳐나는 이 시대에 넷째 아이라니? 하
고 나는 말했습니다, 하고 후머는 말했어. 그는 여러 번 큰
소리로 외쳤대. 넷째 아이! 넷째 아이! 넷째 아이! 그다음엔
다섯째 아이! 여섯째 아이! 일곱째 아이! 여덟째 아이! 그렇게
계속되겠군! 그렇게 계속되겠어! 그는 "계속해서 태어나겠

비옷   185

지! 계속!" 하고 여러 번 말했대. 아래층에서 며느리가 "4층으로 가지 않을 거면 양로원으로 가라 그래요!" 하고 말하는 게 들리더군요. 아래층에서 며느리의 말이 들려오더라고요, 하고 후머는 말했어. 그러자 아들이 "4층으로 가세요!" 하고 말하더군요. 그래서 후머는 자제심을 잃고 목청껏 외쳤다는 거야. 넷째 아이! 넷째 아이! 4층으로 가라고! 4층으로 가라고! 넷째 아이! 다섯째 아이! 그러다가 나중에는 아이들! 아이들! 아이들! 하고 완전히 지칠 때까지 소리쳤대. 후머는 아들은 나를 이해하지 못한다, 그는 더 이상 나를 이해하지 못한다, 그리고 이 여자가 내 아들을 어떻게 만들어놓은 거지, 하고 생각하지 않을 수 없었습니다, 하고 말했어. 그리고 후머는 자리에서 일어나 사무실 안을 이리저리 걸어 다니기 시작했어. 이따금 내 책상 위에 놓인, 그가 가져온 서류들을 가리키며 말했어. 모든 게 다 범죄예요, 모든 게 철저하게 범죄라고요. 모든 것을 법정에 가져가야 해요! 물러설 수 없어요, 물러설 수 없어요. 그리고 후머는 안 돼, 4층엔 안 가겠어, 4층은 안 되겠어. 절대로! 사람이 살 수 없는 그런 골방으론 안 가겠어! 그 어두운 은신처 같은 방구석으론 안 가겠다고 나는 갑자기 말했습니다,라고 말했어. 그리고 그는 밖으로 나가, 질 강가로 가서 몇 시간을 거닐었대. 그리고 집으로 돌아가보니 아들이 벌써 내 물건들 대부분을 4층으로, 다시 말해 지붕 밑 다락방으로 옮겨놓았더군요. 나

는 아들이 내 물건을 거의 다 4층으로 옮겨놓았다는 것을
금방 알아챘습니다. 전부 다 올려다 놓았더라고요. 그리고
아들과 며느리는 내 가구들도 3층에서 4층으로 옮기기 시작
하더군요. 당신도 자겐가에 사니까, 하고 후머는 내게 말했
어〔엔더러는 이렇게 쓰고 있다〕. 자겐가 집들의 4층이라는
게 어떻게 생겼는지 아실 겁니다, 자겐가 모든 집들의 4층
은 사람이 살 곳이 못 됩니다. 그는 "사람이 살기엔 완전히
부적합하다"라는 말을 여러 번 되풀이했어. 그들은 살 만하
게 꾸며놓겠다고 하더군요, 하고 후머는 말했어. 그리고 모
든 일을 즉시 처리했습니다, 모든 걸 곧. 가구들과 아버지를
얼른 다락방으로 옮겨놓았습니다, 변호사님, 하고 후머는
말했어. 급한 대로 그들은 다락방에 병풍 두 개를 갖다놓고
는 다락방도 살 만하다고 나를 설득하려 했습니다. 추워지
기 전에, 눈이 내리기 전에, 겨울을 날 수 있게 이 위에 모든
걸 갖추어놓겠다고 아들이 말하더군요, 그러면 다락방에도
난방을 할 수 있을 거라고 아들이 말하더군요. 생각해보세
요, 아들과 며느리가 내 가구들을 다락방으로 옮겨놓는 동
안 나는 실어증에 걸린 것처럼 말을 할 수가 없더군요, 하고
후머는 말했어. 말을 하려 해도 할 수가 없는 거예요, 나는
비옷으로 몸을 감싼 채 그냥 서서 아무 말도 할 수 없었습니
다, 갑자기 아무 말도 할 수 없다니! 하고 후머는 말했어. 나
는 어렸을 때부터 늘 다락방의 끔찍하고 역겨운 냄새를 싫

비옷   187

어했습니다, 하고 후머는 말했어. 온통 곰팡이투성이였어
요, 온통 먼지와 곰팡이투성이였습니다. 내 아들은 방을 고
치겠다는 말만 계속하더군요. 방을 고치겠다, 난방을 할 수
있게 하겠다는 말만 자꾸 하더라고요. 마침내 그들은 모든
가구를 다락방에 옮겨놓고 침대도 정리해줬습니다, 나는 꼼
짝도 못 하고 쳐다보고만 있어야 했습니다, 그들을 쫓아낼
수도 없었어요, 한 발자국도 움직일 수 없고 한마디도 할 수
없었죠, 하고 후머는 말했어. 다락방을 고치는 동안 할에 사
는 내 누이에게 가 있으라고 그들이 말하더군요, 그동안 할
에 가 계세요, 하고 아들이 말하더군요, 하고 후머는 말했
어. 하지만 나는 할에는 안 가겠다, 할에는 안 가겠다, 할에
는 안 가겠다고 생각했습니다. 그는 계속 할에는 안 가겠다
고 생각했대. 그리고 갑자기, 소송을 해야지! 변호사를 찾아
가서 소송을 해야지! 하고 생각했다는군. 그리고 그는 집 밖
으로 나와 자겐가를 끝까지 걸어가서 갠스바허가의 어느 여
관에 들어갔다가 질 강가까지 가서 다시 돌아오기를 여러
번 반복한 다음, 인 강가에 갔다 다시 돌아와서 갠스바허가
의 여관에서 밤을 보냈다는 거야. 그는 여기 헤렌가에 두 번
이나 와서 나를 기다렸대. 이 변호사에게 가야지, 하고 그는
생각했대. 이유는 몰랐지만 이 변호사에게 가야지, 엔더러
씨에게 가야지, 하고 자꾸만 생각했다는 거야. 며칠 동안 나
는 이 모든 서류를 몸에 지니고 있었습니다, 이 증거들을 비

옷 속에 늘 감추고 다녔어요, 하고 말했어. 그러더니 그는 이 서류들이 충분치 않으면 어떡하죠! 하고 말했어. 그래서 나는〔엔더러는 이렇게 쓰고 있다〕물론 이 서류들로 모든 것을 이론의 여지 없이 아주 분명하게 알 수 있습니다, 하고 말했어. 소송을 하자, 소송을 하자, 내 아들과 며느리를 고소하자, 하고 그는 자꾸 혼잣말을 했대. 그러더니 그는 갑자기 일어나서 가버렸어. 후머 씨! 하고 나는 그를 불렀어, 그에게 위임장에 서명하라고 하는 것을 잊었기 때문에 나는 그를 불렀어. 후머 씨! 하지만 그는 벌써 아래층으로 가버렸어. 나는 다시 오겠지, 하고 생각하고 몇 주 동안 방치해두었던 일을 처리하기 시작했어. 하지만 그러는 동안에도 나는 후머에 대한 생각만 했어. 한편으로는 소매 상인들이 일상다반사로 저지르는 여러 가지 부정과 범죄가 있고, 다른 한편으로는 후머에 대한 부당한 행위들이 있다고 나는 생각했어. 그리고 후머에게 비옷이 어디에서 났는지 묻지 않은 게 점점 더 화가 났어. 꼭 물어볼 생각이었는데도 잊어버린 거야. 재단사의 문장이 증거라고 나는 생각했어. 후머는 뭐라고 했었지? 오랫동안 나는 당신의 사무실 문 앞에 서서 당신을 기다렸습니다, 하고 후머는 말했어. 그의 말이 아직도 귀에 들리는 것 같아. 변호사 엔더러, 벨을 누를까 말까, 하고 생각했다고 그는 말했어. 벨을 누르지 말자고 생각하다가도 다시 벨을 누르자고 생각하기도 하고, 꼭 엔더러에게 가야지, 하고 자꾸 생각했다고 말했었어. 이게 현명한 일일까? 아니면 현명한 일이 아닐까? 하고 망설였지만 결국 벨을 눌렀습니다…… 그런데 당신이 갑자기 내 앞에 서 있었으므로 당신과 함께 사무실로 올라와야 했습니다…… 내 아들을 상대로 소송을 해야지! 하고 후머는 말했었어. 사람들은 처음엔 암시만 하다가, 결국엔 모든 것을 다 말한다고 나는 생각해[엔더러는 이렇게 쓰고 있다]. 늘 똑같아, 진실을 말하지만 또한 진실이 아니야…… 나는 당신에게 오지 말았어야 했습니다, 이 상황에서는, 하고 후머가 여러 번 말했던 게 기억나[엔더러는 이렇게 쓰고 있다]. 공개적으로 알려서는 안 됩니다! 후머는 무슨 일이든 공개적으로 알리는 것보다 더 끔찍한 일은 없다고 생각하기 때문이라고 했어. 하지만 그는 물러나지 않겠다, 이젠 무슨 일이든 다 하겠다, 아무것도 개의치 않고, 아무것도 억제하지 않고, 그 무엇도 두려워하지 않고 물러서지 않겠다고도 말했어…… 당신에게 성가신 부탁을 하지 말았어야 하는데, 하고 말하기도 하고, 다른 한편으로는 공개적으로 알려야 합니다, 하고 말하기도 했어…… 절망에 빠진 늙은이를 어떻게 도울 수 있겠습니까, 하고 말하다가, 또 내 문제는 한편으론 아마 가장 하찮은 일일 테고, 다른 한편으론 나를 죽일 수도 있는 문제입니다,라고 말하기도 했어. 사람들이 무엇을 시작하든, 무슨 일을 하든, 무엇을 전개하려 하든, 모두 잘못된 것입니다, 그리고 곰곰이 생각해보면 인생이라는 게 모두 잘 못된 것입니다…… 이 모든 일을 에피소드로 생각하세요, 하고 후머는 말했어, 당신과는 아무 상관도 없는 에피소드로 생각하세요…… 20년 동안 우리는 서로 지나쳐 갔지만 서로를 알지 못했습니다. 그런데 이제 우리는 서로 알게 됐군요…… 하지만 나는 결코 단념하지 않겠습니다, 하고 그는 여러 번 말했어. 절대로 물러서지 않겠습니다, 하고 아주 단호하게 여러 번 말했어…… 그는 공개적으로 알리는 것은 가장 끔찍한 일입니다, 하고 말하더니 곧 다시, 하지만 나는 결코 단념하지 않겠습니다!라고 말했어〔이렇게 쓴 다음 엔더러는 우리에게 지난 화요일자 『티롤 소식』지에 실린 기사를 환기시켰다. 지난 금요일에 상인 H.가 자겐가의 4층에서 투신했다는 내용이었다〕. 기사를 읽자마자 나는 이건 후머다,라고 생각했어. 그래서 조사해보았더니 정말 후머가 지난주 금요일에 자기 집 다락방 창문에서 투신했다는 사실을 알게 됐어. 신문에는 그가 즉사했다고 씌어 있어. 하지만 신문 기사를 읽은 후에 내 마음이 편치 않았던 것은〔엔더러는 이 사실을 우리에게 알리는 게 자신의 의무라고 했다〕 후머 때문이 아니라 — 모든 점으로 보아 예사롭지 않고 몹시 굴욕스러운 삶이기는 하지만, 사실은 결국 아주 평범한 사람의 매우 평범한 삶에 대한 이야기야 — 후머가 입고 있던 비옷 때문이야. 이미 오후 4시였지만, 그래서 이미 어두웠지만, 알다시피 11월엔 낮이 짧아서 사실 낮이라고 할 수도 없지만, 나는 옷을 입고, 오버자겐가로 가서 후머 수의 상점으로 들어가서, 곧 내가 누구인지 말하고, 고인의 비옷 때문에 왔다고 말했어. 고인의 비옷은, 나는 물론 자살한 사람이라고 말하지 않고 고인이라고 말했어, 고인의 비옷은 8년 전에 질 강에서 익사한 나의 숙부 보렁거의 비옷이라고 말했어. 고인의 비옷이 내 숙부의 비옷이라는 것을 우연히 알게 됐다고 말했어. 후머가 내 사무실에 찾아왔던 이야기는 하지 않았어. 그 모든 일이 나로서는 이미 끝났다고 생각했기 때문이야. 상점에 있던 젊은 남자는 고인의 아들이 분명했는데, 그의 아버지의 비옷, 즉 내 숙부 보렁거의 비옷과 관련된 사정을 잘 아는 듯한 태도였어. 그는 네, 그 비옷은 여러 해 전에 질 강으로 떠내려 왔어요, 하고 말했어. 그래서 나는〔엔더러는 이렇게 쓰고 있다〕 내가 알고 있기로 당신의 아버지는 매일 질 강가를 산책했었지요, 하고 말했어. 젊은이는 네, 하고 말하더니 옷걸이에서 비옷을 집어 들어, 선뜻 고인의 비옷을 내게 넘겨주었어……

오르틀러에서
— 고마고이에서 온 소식

10월 중순에 우리는 고마고이*를 떠나 35년 전 부모님이 유산으로 남긴, 오르틀러 산맥** 아래 둥근 평지 모양의 작은 방목지에 벽돌로 지은 산막으로 향했습니다. 우리는 산 위의 둥근 평지에서 아무 방해도 받지 않고 완전히 둘이서만, 우리의 경험과 관념과, 48세인 나와 51세인 형에게 이제는 아무 상관도 없는 세계에 대한 생각에 몰두하며 2~3년 동안 함께 지낼 계획이었습니다. 우리는 우리의 계획을 완전히 비밀로 하기로 했습니다. 그에 대해 경솔하게 미리 발설하여 위험에 처하지 않기 위해, 또한 사람들이 우리를 바보로 여기는 것을 원치 않았기에 아무에게도 말하지 않기로 한 것입니다. 1,800미터 고지에 있는 방목지에 대해 우리가 알고 있는 것이나 기억하는 것에 따르면, 그곳은 모든 점에서 우리의 계획에 매우 적합한 곳이라고 생각됐습니다. 존경하

* 남 티롤의 작은 마을.
** 알프스 산맥의 높은 봉우리.

는 선생님, 둥근 평지에 있는 목장을 다시 경영하려는 한 가지 이유는 — 궁극적인 이유는 아니지만 — 사람들이 없는, 그래서 아무 방해도 없는 고산 지방에서 매우 소박하게 살려는 생각에서였습니다. 장비를 잘 갖추고 적어도 일주일에서 열흘가량 지낼 수 있는 식량을 배낭에 넣고(우리는 11월 초에 산막에 들어가기에 앞서 우선 둥근 평지의 목장을 실제로 살펴보고, 살 만한 곳인지 면밀히 검토해볼 생각이었습니다) 우리는 새벽 4시경에 고마고이를 떠났습니다. 밤하늘은 맑아서 램프가 필요 없었습니다. 우리는 말없이, 오직 우리를 사로잡고 있는 매우 매혹적인 생각, 한편으로는 고용계약이나 연구가 없다는 생각과 다른 한편으로는 우리의 멋진 계획을 계속 떠올리며 빠른 걸음으로 앞으로 나아갔습니다. 그러나 존경하는 선생님, 오로지 우리의 계획과 목적지인 둥근 평지의 산막에 대해 생각하고 있었지만 우리 두 사람은 침묵에 익숙하지 않다는 게 곧 밝혀졌고, 갑자기 전혀 다른 문제에 대한 여러 이야기를 하다 보니 침묵을 깨뜨려야만 했습니다. 그리고 우리는 갑자기 놀랍게도 우리 삶의 주제, 그보다는 존재의 주제에 대한 대화 — 처음에는 당황스러웠지만 곧 매우 활발하게, 더욱이 우리에게 가증스러운 즐거움까지 주는 대화에 빠져들었습니다. 존경하는 선생님, 분명히 더 악화되고 있는 내 형의 병과, 병의 악화로 야기된 나 자신의 변화와도 매우 밀접히 관련되어 있는 우리 대화의 단편적인 성격 때문에 대화는 아마도 나 자신이 아닌 다른 사람의 분석이 필요하고, 당신 또한 관심을 가질 것입니다. 당신은 형의 매니저일 뿐만 아니라, 다른 어떤 사람보다도 형과 오랫동안 친분을 유지해왔습니다. 우리는 어느새 고마고이와 멀리 떨어진 곳에서 갑자기 다음과 같은 대화를 나눴습니다. 당신도 알다시피 내 형은 평생 곡예만 했는데, 나는 형이 곡예를 할 때 그것이 목숨이 위태로울 만큼 위험한 것이라고 생각하지 않을 수 없었고, 반대로 형은 내가 연구(대기층에 대한)를 하는 동안 내 연구가 목숨이 위태로울 만큼 위험한 것이라고 생각하지 않을 수 없었을 거야. 그래서 형은 곡예를 하고 나는 대기층에 대한 연구를 하면서 우리 두 사람은 평생 동안 늘 목숨이 위태로운 위험에 처해 있었던 거야, 하고 형에게 말했습니다. 하지만 우리는 우리가 어떻게 곡예나 대기층에 대한 연구를 하게 되었는지, 내가 어떻게 곡예(마루와 밧줄 위에서)를 하게 되었고 너는 어떻게 대기층에 대한 연구를 하게 되었는지, 그리고 우리가 우리의 곡예와 연구를 어떻게 더욱 완벽하게 만들었는지 자문해보지 않아, 하고 형이 말했습니다. 내가 대기층에 대한 연구를 해내지 못하리라고 생각했지만 결국 해냈듯이, 형도 처음엔 자신이 곡예를 해내지 못하리라, 어떤 곡예도 하지 못하리라고 생각했지만 결국 해냈다고 말했습니다. 내가 늘 다른 연구(결국 똑같은 연구지만), 좀더 복잡한 연구, 늘 훨씬 더 복잡한 연구(그래도 늘 대기층에 대한 똑같은 연구)를 해냈듯이 형도 언제나 좀더 복잡한 곡예를 해야지! 하고 생각해야만 했고 늘 좀더 복잡한 곡예를 하는 데 성공했다고 말했습니다. 처음엔 첫번째 곡예, 그다음에 두번째 곡예, 그다음엔 세번째 곡예, 네번째 곡예, 다섯번째 곡예, 그런 식으로. 나는 늘 곡예에 더 많은 노력을 기울여야겠다고 생각했어,라고 형이 말했는데, 나도 대기층에 관한 연구에 더 노력을 기울여야지, 하고 나 자신에게 자꾸 다짐했다고 생각했습니다. 우리는 이제 트라포이어 시냇물을 건넜습니다. 나는 끊임없는 노력을 기울여서 곡예를 하는 데 성공했어, 하고 형은 말했습니다. 그래서 마침내 가장 복잡한 곡예를 하는 데 성공했지. 너는 내 곡예가 점점 더 복잡해지는 걸 보았지만 내게 말하지 않았지, 내게 그 점을 환기시키지 말아야지, 네가 관찰한 것을 말하지 말고, 아무것도 알려주지 말아야지 하고 생각했던 거야, 내가 대기층에 대한 너의 연구가 복잡해지는 걸 점점 더 큰 관심을 갖고, 더욱 주의 깊고 더욱 불안하게 지켜보았지만 네게 말하지 않았듯이 말이야, 하고 형은 말했습니다. 처음에 나는 곡예를 하나 해야지! 그다음엔 더 복잡한 곡예! 그다음엔 훨씬 더 복잡한 곡예! 그다음엔, 이젠 가장 복잡한 곡예를 해야지! 하고 머릿속으로 생각했어,라고 형은 말했습니다. 너의 연구는 수천, 수만 가지 부호와 숫자로 점점 더 복잡해졌고 그 때문에 나도 점점 더 복잡한 곡예를 했어. 대기층에 대한 내 연구와 형의 곡예 사이에는 매우 밀접한 관련이 있다고 형은 말했습니다. 언젠가 그걸 꼭 분석해봐야 하는데 산막에서 보낼 시간이야말로 그 일을 하기에 가장 적합한 시간이라고 형은 말했습니다. 우리는 물론 산막에서 명상만 하거나 늘 명상에만 전념할 수는 없지만, 그래도 우리 생각들 중 중요하다고 여겨지는 여러 가지 문제를 산막에서 종이에 꼭 써보고 싶다고 그는 말했습니다. 둥근 평지에 있는 산막을 글 쓰는 일에 남용하지 않기로 우리는 결심했지만, 그래도 나는 당연히 종이를 가져왔어, 하고 형은 말했습니다. 대기층에 관한 너의 연구를 끊임없이 관찰하고 연구한 덕분에 나는 차츰, 특히 취리히에서 지내던 시절에 네가 대기층에 관한 연구를 완벽하게 해낸 정도로, 너와 같은 시기에 완벽한 곡예에 도달했어, 어느 정도의 완벽함이지만, 하고 말하더니 형은 곧이어, 더 빨리 걷자, 산막으로 가는 길은 매우 멀어, 둥근 평지로 올라가는 길은 가장 괴롭고 힘들어,라고 말했던 게 기억납니다. 팔, 다리, 머리를 특정한 방식으로 움직이고 통제하고, 이 특정한 방식으로 앞으로 빨리 움직이는 신체 리듬으로 우리는 더 빨리 걸을 수 있고 더 빨리 앞으로 나아갈 수 있어, 하고 형은 말했습니다. 형은 그 말을 우리 아버지와 똑같은 어조로 말했는데, 전에 우리가 오르틀러로 올라갈 때마다 오르틀러로 올라가는 걸 싫어하는 우리를 재촉

하기 위해 아버지가 늘 하던 말입니다. 네가 나를 날카롭게, 끊임없이 날카롭게 관찰하고, 나도 너를 똑같이 끊임없이 날카롭게 관찰하고, 우리가 서로를 늘 끊임없이 날카롭게, 나의 곡예와 너의 연구를 점점 더 날카롭게, 점점 더 가차없이 날카롭게 관찰해서, 상대가 무엇을 하는지, 어떻게 하는지, 늘 무엇과 어떻게를 미칠 지경이 될 때까지 관찰함으로써 우리는 평생 서로를 훈련시킨 거라고 나는 늘 생각했어,라고 형은 말했습니다. 모든 것은 관찰 기술의 문제고, 관찰 기술에서는 관찰 기술의 냉혹함이 문제고, 관찰 기술의 냉혹함에서는 절대적인 정신 구조가 문제야. 우리는 결국 우리의 곡예와 연구에 대해서만 관심을 갖고 있었기 때문에 주위 사람들과 잘 지내는 게 지독하게도 불가능하게 되었고, 그 때문에 주위 사람들은 완전한 무관심을 보임으로써 우리에게 벌을 주었지, 하고 형은 말했습니다. 주위 사람들은 우리가 그들에게 아무 관심도 갖지 않은 순간에 우리를 간단히 무시했어, 당연한 일이지, 하고 그는 말했습니다. 그런 상황을 참고 견디는 것은 완전히 견딜 수 없을 정도였고, 우리는 계속 죽음을 시도하거나 죽음에의 계속적인 유혹, 또는 죽음에의 계속적인 소망을 느끼는 데에 아주 익숙해졌지, 하고 그는 말했습니다. 형은 언제나 곡예를 하기 전과 곡예를 한 후에 규칙적으로 호흡했지, 하고 나는 말했습니다. 호흡이 가장 중요한 거야, 하고 형은 말했습니다.

호흡을 제어하면 모든 것을 제어할 수 있어. 그는 호흡법을 배운 것을 후회하지 않는다고 말했습니다. 호흡법 학습은 그가 인정하는 유일한 학습이었습니다. 머리, 생각, 육체를 호흡으로 제어해야 하며, 호흡을 제어하는 것을 모든 기술 중에서 가장 아름다운 기술로 계발해야 한다고 그는 말했습니다. 처음에 나는 호흡을 제어하지 못해서 곡예를 제어하지 못한다고 생각했어, 처음에 나는 곡예에 알맞은 방식으로 호흡을 하지 못해서 곡예를 할 수 없었어. 하고자 하는 곡예에 알맞게 호흡을 할 수 있어야만 하듯이 하고자 하는 연구, 하고 있는 정신적인 작업도 그에 알맞은 호흡을 할 수 있어야만 해, 하고 형은 말했습니다. 호흡이 전부야, 호흡만큼 중요한 것은 없어, 육체와 두뇌는 오직 호흡으로 제어돼, 하고 형은 말했습니다. 처음에 형은 곡예에 알맞은 호흡을 할 수 없어서 곡예를 할 수 없었지만 나중엔 곡예에 알맞은 호흡을 할 수 있었지, 하고 내가 말하자, 형은 하지만 수년, 수십 년 동안의 훈련 과정인 곡예를 하지 못하다가 곡예에 알맞은 호흡을 할 수 있어서 곡예를 할 수 있게 되더라도 그것을 공연하지는 못해! 왜냐하면 공연 기술이야말로 모든 기술 중에서 가장 어려운 기술이기 때문이야. 곡예에 통달했지만 공연할 수 없는 것보다 더 우울하고, 더 실망스럽고, 더 무서운 상황은 없지, 하고 말했습니다. 내가 쓴 작은 논문의 제목이 왜 '곡예와 공연 기술'인지 그것으로 설명되지,

그것은 내가 평생 몰두해온 주제야, 너도 알다시피, 내가 끊임없이 몰두했고, 앞으로도 계속 몰두하게 될 주제야. 물론 가장 까다로운 주제지, 이른바 예술계라는 곳에서만 이 주제를 두려워하는 것은 아니야. 온 세상이 두려워하는 주제가 아니라면 무슨 주제와 씨름을 하겠니, 하고 형은 말했습니다. 그는 공연 기술의 주제가 그에 관한 세분화된 모든 소주제들과 더불어 가장 중요한 주제라고 거침없이 주장한다고 했습니다. 예를 들어 공연 기술이 없으면 내가 하는 곡예가 무엇이며, 공연* 기술이 없으면 모든 철학, 모든 수학, 모든 자연과학, 모든 학문, 인간성 전체, 인류 전체가 무엇이 겠니? 하고 형은 말했습니다. 나는 늘 나를 사로잡는 특정한 문제로 이 논문을 시작했어, 그리고 완벽한 단계에 이를 때까지 전개했어, 그것은 동시에 그 논문이 해체되고 분해되는 단계였지, 하고 말했습니다. 그런 방식으로 이 주제에 관한 100여 개의 논문에서 가장 훌륭하고 가장 놀랍고 이제까지 들어보지도 못한 결론들이 도출됐어. 물론 몇 개의 메모지는 아직 남아 있어, 몇 개의 메모, 주제의 단편들. 논문이란 결국 파기되기 위해 있는 거야, 공연 기술에 관한 논문도 마찬가지야. 모든 논문의 동기, 주제에 대한 의심, 알겠니, 모든 것을 의심하고, 모든 것을 어둠에서 끄집어내어 조사

* 'Vortrag'은 공연, 강연, 전달 등을 뜻한다.

하고는 없애버리는 거야. 모든 것을. 예외 없이. 논문들은 없애버리기 위한 것이야. 난점難點은 모든 것이 언제나 똑같은 머리에서 나오고, 생각 속에 있는 모든 것이 같은 머리, 같은 뇌에서 나오고, 또한 유일한, 언제나 동일하고 유일한 육체로 행한다는 점이야. 정신의 산물이든 육체의 산물이든, 다시 말해 나의 곡예나 너의 연구, 나의 육체의 작품이나 너의 정신의 작품, 마루와 밧줄 위에서 하는 나의 육체의 작품과 대기층에 대한 너의 정신의 작품, 당장 자살하지 않고 정신의 산물이나 육체의 산물을 보여주거나 발표하는 것, 이 끔찍하게 수치스러운 과정을 자살하지 않고 견뎌내는 것, 자신이 누구인지를 보여주는 것, 자신이 무엇인지를 발표하는 것, 공연의 지옥과 발표의 지옥을 지나가는 것, 이 지옥을 지나갈 수 있는 것, 공연의 지옥과 발표의 지옥을 지나가야만 하는 것, 이 가장 끔찍한 지옥을 가차 없이 지나가는 게 어려운 점이야, 하고 형은 말했습니다. 파이에르휘테 산봉우리가 보였습니다. 형은 이제 완전히 지친 상태였지만 "속도를 늦추지 마, 우리는 위로 올라가니까, 속도를 늦추지 마" 하고 말했습니다. 그것은 우리 아버지가 하던 말인데 형은 늘 똑같이 흉내 내곤 했습니다. "우리는 올라가니까 속도를 늦추지 말아, 우리는 지금 올라가고 있으니까 속도를 늦추지 마." 그러고 나서 또 아버지처럼 "차가운 공기! 차가운 공기!"라는 말도 했습니다. 형은 늘 형의 곡예를 두려워했지, 하고 내가 말했습니다. 곡예를 하기 전과 곡예를 한 후에. 곡예를 하는 동안에는 두려워하지 않았어. 형은 곡예 공포가 있어, 하고 나는 말했습니다. 그리고 너는 너의 연구를 두려워하지, 너의 연구 결과에 대해, 하고 형은 말했습니다. 우린 늘 두려워하지, 너는 학문 공포, 나는 곡예 공포. 형은 그 표현이 마음에 들었는지 그 말을 두 번, 세 번 되풀이했습니다. 그러는 동안 우리는 다시 편안하게 숨을 쉴 수 있어서 정말 더 빨리 앞으로 나아갔습니다. 우리는 벌써 오랫동안 산을 오르고 있었습니다. 곡예에 대한 공포는 없어, 곡예 자체에 대한 공포는 없어. 하지만 너의 공포는 늘 끊임없는 공포야, 하고 형은 말했습니다. 하지만 나는 형에 대해서도 불안해, 형이 곡예를 하는 동안 말이야, 하고 나는 말했습니다. 곡예를 하는 동안 갑자기 곡예를 성공적으로 해내지 못하면 어떡하나 하는 두려움은 없었어, 그런 생각은 하지 않았기 때문이야, 그런 생각은 할 수 없었기 때문이야, 나는 곡예를 해냈고, 곡예를 하는 동안에도 나는 결코 불안하지 않았어, 하지만 너는 내가 곡예를 할 때마다 늘 불안해했지. 형은 숲속에서, 자신은 갑자기 곡예 외에는 아무것도 할 수 없게 되었다고 말했습니다. 그래서 나도 어느 순간 갑자기 아무것도 할 수 없고 오로지 대기층에 대한 연구만 하게 되었다고 말했습니다. 그리고 내가 오랜 연구 계획을 머릿속에 갖고 있다고 해도 그것을 설명할 수 있는 방식으로 머릿속에 갖고 있는 게 아니라면 무슨 의미가 있을까, 그런 이유에서 그것이 암시로 남아 있다면 그게 무슨 의미가 있겠어. 그 순간 나는 생각하는 연습을 계속해야만 하고, 그 생각들을 연습해야 할 뿐만 아니라, 그 생각들을 언제라도 말할 수 있는 연습을 계속해야만 한다는 사실을 다시 깨달았습니다. 왜냐하면 말하지 않은 생각은 아무것도 아니기 때문입니다. 형과는 아무 관련이 없었지만, 나는 갑자기 "말하지 않은 생각은 아무것도 아니야" 하고 말했습니다. 그러자 형은 말하지 않은 생각이야말로 가장 중요한 생각이야, 역사가 그것을 증명하고 있어,라고 말했습니다. 왜냐하면 말로 표현한 생각은 모든 경우에 의미가 약화된 생각이거든, 말하지 않은 생각들이 가장 영향력이 큰 생각들이야. 가장 파괴적인 생각들이라는 것을 인정한다 하더라도. 하지만 그에 대해 더 자세히 논하지 않겠다고, 이런 주제를 논하는 것은 자신에게는 불가능하다고 말했습니다. 이유가 뭔데? 그러자 형은 대답이 아닌 대답을 했습니다. 날이 맑을 때엔 여기서 쾨니히 봉우리가 보여, 하지만 오늘은 안 보이는구나, 하고 말했습니다. 이런 반응과 이런 문장은 다른 무엇보다도 형의 성격을 잘 나타냅니다. 갑자기 나의 내면의 모든 것이 곡예에 집중됐기 때문에 내 인생의 대부분 동안 나는 가장 절망적인 인간이었지, 하고 형은 말했습니다. 형은 곡예만을 위해 살아, 정확히 말하면 형은 곡예 자체야, 모든 게 곡예, 곡예뿐이야, 온 세상이 곡예지, 하고 나는 속으로 계속 생각했습니다. 나는 형이 추락하지 않기만을, 형이 사고로 죽지 않기만을, 얼마나 오랜 세월 동안 그런 생각만 했는지 몰라, 하고 말했습니다. 그리고 형은 추락하지 않았고, 사고로 죽지도 않았어, 이제 둥근 평지로 올라가자, 산막으로 올라가자, 하고 나는 말했습니다. 목적지에 도착하는 순간은 언제나 가장 우스꽝스러워, 하고 형은 말했습니다. 우리가 둥근 평지로 올라가기로 결심하고, 산막에 가보기로 결심하고, 도대체 고마고이로 다시 돌아갈 생각을 하다니! 하고 형은 말했습니다. 우리는 전보를 주고받고, 고마고이에서 만났고, 나의 곡예와 대기층에 대한 너의 연구를 중단하기로 결정했고, 갑자기 미친 계획을 세웠고, 이 미친 계획을 실행하려고 했고, 우리 계획을 실행하고 있어, 둥근 평지로, 산막으로 점점 더 위로 올라가고 있어, 갑작스러운 상황의 변화야, 하고 형은 말했습니다. 갑자기 다시 은둔과 고립 속에서 함께 있고 싶은 욕구가 생겼어, ─마치 거기에 모든 것에 대한 답이 있다는 듯이 ─ 여러 가지 방해 때문에 수십 년 동안 함께 지내지 못한 우리는 아무 방해도 없는 상태를 바라게 됐고, 게다가 맑은 공기 속에서, 가장 높은 산 위에서 지내고 싶은 거야, 하고 내가 말했습니다. 집을 버리고, 사람들을 버리고, 도시를 버리고, 계획을 포기하고, 모든 것을 포기하고. 형의 곡예가 끝나면 나는 숨을 길게 내쉬었어, 하고 나는 말했습니다. 그러자 형은, 두려움이 없는 상태가 나는 두려워. 네가 대기층에 대해 연구를 하고 있으면 나는 동생이 대기층에 대해 연구하고 있구나, 하고 생각했고, 내가 곡예를 연습하고 공연하면 너는 형이 곡예를 연습하고 공연하는구나, 하고 생각했지만 우리는 아무 말도 안 했어, 하고 말했습니다. 그리고 우리가 어느 술집에 들어가면, 예를 들어 핑게라 같은 데에 들어가면, 하지만 지금은 핑게라에 들어가지 말자, 지금은 핑게라에 가면 안 돼, 절대로 핑게라에 가지 않아, 우리는 핑게라를 지나쳤어, 한편으로 나는 핑게라에 들어가고 싶기도 하고, 다른 한편으로는 이렇게 이른 새벽에 술집에 들어가는 것은 나한테나 우리 두 사람에게 해로운 영향을 줄 거야, 새벽에 독주를 한두 잔 마시면 굉장히 해롭지. 우리가 핑게라를 지나쳐 가는 동안 형은 말했습니다. 예를 들어 핑게라 같은 데에 들어가서 차츰 몸이 따뜻해지면 너는 얼른 "구석에 앉아, 구석에 앉아" 하고 말했어, 그게 네 습관이었지, "등 뒤에 아무도 없어야 돼" 그게 네 소원이었어, 기억하니? 하고 말했습니다. 우리는 이미 핑게라를 뒤로하고 숲속으로, 어둠 속으로 점점 더 높이 앞으로 나아갔습니다. 형은 잠시 멈춰 서서 말했습니다. 네가 대학에 가려는 생각을 하다니! 그래서 나는, 형도 예술대학에 가려고 했었잖아! 하고 말했습니다. 그리고 우리는 계속해서 더 빨리 걸어갔습니다. 처음에는 배낭이 방해가 됐지만 이제는

방해되지 않았습니다. 그리고 넌 신발을 살 때 신발을 사야
할지 내게 묻곤 했어. 이거 알맞은 신발이야? 하고 물었어.
저고리를 살 때는 이거 알맞은 저고리야? 하고 묻고. 대학에
가려 하다니 무슨 미친 짓이냐, 하고 형이 말해서 나는, 예
술대학에 가는 건 어리석은 짓이고 시간 낭비야, 하고 말했
습니다. 병 중에서도 가장 위험하고 만성적인 병이야. 지속
적인 감염이지, 끊임없는 육체적 감염, 전염, 하고 형은 말
했습니다. 한편으론 우리 어머니의 질병들, 다른 한편으론
우리 아버지의 질병들, 그리고 또 우리 어머니와 아버지가
함께 갖고 있는 질병들. 아직 연구되지 않은 아주 새로운 질
병들. 모든 의사가 큰 관심을 갖지. 권태. 혐오. 아주 일찍 홀
로 내버려지고 파멸했어, 하고 내가 말했습니다. 항의 한번
못했지. 그다음엔 곡예, 그리고 너의 연구, 번갈아 곡예에
더 많은 관심을 갖기도 하고, 학문에 더 많은 관심을 갖기도
하고, 하지만 비할 데 없이 점점 더 강렬한 관심을 가졌지.
우리는 홀로 버려지고 두려웠기 때문에 곡예와 학문 연구를
한 거야. 아무 도움도, 격려도 없이. 우연히 박수갈채를 받
은 적도 없었지, 우리가 아무 욕망도 갖지 않았던 것이 우리
를 도와준 거야. 그 외엔 아무것도 없었어, 하고 형은 말했
습니다. 그리고 그에 대해 생각하지 않는 기술. 너의 좌우명
은 정확성, 더욱 정밀함, 흔들리지 않음, 날카로운 정신. 나
의 좌우명은 효과적인 표현, 세련화 가능성, 공연하기. 주위

사람들에 대한 우리 두 사람의 끊임없는 경멸. 방어하고 거부하고 단절하기, 하고 형은 말했습니다. 언제나 계속해서, 어떤 상황에서든, 어떤 날씨든, 어떤 일이 있더라도. 기억하니? 바젤에서 나는 두려웠고 성공하지 못했지, 빈에서도 나는 두려웠고, 취리히에서도, 상트발렌틴에서도. 나는 두려웠고 성공하지 못했어. 어떤 때는 사람들이 너무 많았고, 어떤 때는 사람들이 너무 적었어. 어떤 때는 너무 많은 관심을 끌었고, 어떤 때는 아무 관심도 받지 못했어. 어떤 때는 너무 소란스러웠고, 어떤 때는 너무 조용했어. 너무 초조한 적도 있었고, 연습을 너무 많이 한 적도 있었어. "더 빨리 걸어라, 얘들아, 줄덴 시냇물을 건너라, 더 빨리, 얘들아, 줄덴 시냇물을 건너라" 하고 형은 말했습니다. 우리 아버지의 말투와 똑같았습니다. 우리의 생각을 말하자면, 아버지는 가장 몰인정한 사람이었습니다. 그것은 다른 이야기입니다. 아버지는 왜 언제나 펑게라에서 형의 따귀를 때렸지? 하고 나는 말했습니다. "더 빨리, 얘들아, 줄덴 시냇물을 건너라, 더 빨리, 얘들아, 줄덴 시냇물을 건너라." 아버지의 말을 듣는 것 같았습니다. 아버지한테 따귀를 맞는 것보다 어머니에게 따귀를 맞는 게 더 나았어. 형은 말했습니다. 두 분이 돌아가신 후에야 우리는 우리의 능력에 따라, 우리의 욕구에 따라 우리를 계발할 수 있었지. 두 분이 돌아가신 후에야 우리는 자신의 의지로 우리 자신의 삶을 살아갈 수 있는 용기가 생졌어, 부모님이 안 계시자 우리는 자유로워졌지. 너그러움도 없고, 관대함도 없고, 거짓도 허용되지 않고. 부모님의 영향 아래 나는 쇠약해지고 내 안엔 차츰 무력감만 쌓였지, 하고 형은 말했습니다. 아버지가 "더 빨리, 애들아, 줄덴 시냇물을 건너라, 더 빨리, 애들아, 줄덴 시냇물을 건너라" 하고 말하던 게 아직도 들리는 것 같지 않니? 하고 형은 말했습니다. 어떤 거짓도 허용하지 않고, 아무것도 용서하지 않았지. 두 분은 몰인정했고 우리는 쉽게 상처받았지, 하고 형은 말했습니다. 아무것도 용서하지 않았지. 두 분의 비열함, 하고 형은 말했습니다. "더 빨리, 애들아, 줄덴 시냇물을 건너라." 너그러움이라곤 없었지. 벌로 둥근 평지에 올라가야 하고, 하고 이제 형은 말했습니다, 벌로 둥근 평지까지 올라가고, 벌로 둥근 평지에서 내려오고, 벌로 줄덴 골짜기를 지나가야 하고, 벌로 고마고이까지 가야 하고, 벌로 집에 가야 하고, 모든 게 벌이었어. 우리의 삶도 형벌이었어. 우리의 유년기도 형벌이고. 모든 게 형벌이었어. 갑자기 타바레타 산등성이가 나타났습니다. 그리고 계속 숲을 지나갔습니다. 기억하니? 책들. 서류들. 기록들. 부모. 유년기 그리고 그 밖의 모든 것들. 고립 과정. 절망의 단편들. 우리가 비옷을 입고 베를린에 나타났던 일. 기억하니? 20년 동안 신발은 너무 작고 머리는 너무 크고. 그 문제는 언제나 풀리지 않는 문제였지. 하지만 계속, 앞으로 나아갔지. 우리가 어디를 가든

모두 우리를 모욕했지. 나는 질문하지만 아무도 대답하지
않아. 틀린 악기를 배우고, 틀린 발동작, 완전히 틀린 춤동
작, 하고 형은 말했습니다. 바짓단의 올이 다 풀린 바지를
입고 도르트문트 거리에서 2년 동안 지냈지. 우리는 도움을
기대했지만 아무 도움도 받지 못했지. 우리는 대답을 기대
했지만 아무 대답도 듣지 못했지. 편지도 없고. 아무것도 없
었어. 부퍼탈, 그 더러움! 하고 형은 말했습니다. 2년 동안
너는 아무 말도 하지 않았어, 2년 동안. 2년 동안 함께 있었
지만 아무 말도 안 했어. 기억하니? 갑자기 너는 '머리'라는
단어를 말했지. 완전한 암흑. "재앙이 닥칠 거야" 하고 너는
말했어, 자꾸만 "재앙이 닥칠 거야"라고, "반드시 재앙이 닥
칠 거야"라고 계속 말했지. 기억하니? 연애 관계도 있었지만
초조하지는 않았어, 곧 끝났고, 아무것도 아니었어. 처음엔
신발이 망가지고, 그다음엔 머리가 망가지고. 갑자기 네 머
리가 부서지는 거지. 처음에 너는 머리가 부서지는 것을 듣
지 못해, 하고 형은 말했습니다. 네 머리가 별안간 부서지지
만 너는 듣지 않아. 불면증과 불쾌감이 번갈아 계속돼. 무의
미한 여러 여행들, 쓸모없는 청원서들, 여러 번의 탈출 시
도. 귀향은 생각할 수 없었어. 고마고이도 생각할 수 없고.
자격이 없어, 하고 형은 말했습니다. 기억하니? 너는 웅변에
재능이 있었어, 나는 정치적으로 무기력했고, 너는 광신적
이었고, 나는 정치적으로 쓸모없었고. 기억하니? 형은 이제

"기억하니?"라는 말을 여러 번 되풀이했습니다. 혁명적인 정치변혁이 일어났고. 우리는 서로 의견이 달랐지. 그리고 슈룬스 근처의 마우라허 별장에 은둔했어. 신문만 읽었지. 모든 것을 신문에서 읽었어, 삶 전체, 모든 것을 신문에서 읽었어. 매일 신문이 산더미처럼 쌓였지. 기억하니? 너는 갑자기 네 생일을 다시 기억했어. 교육, 상상, 이해하니, 하고 형은 말했습니다. 우리가 절대음감이 없었더라면! 하고 형은 말했습니다. 매일 나는 "난 절대음감이 있다"라고 혼잣말을 해, 매일 난 절대음감이 있다, 난 절대음감이 있다, 난 절대음감이 있다! 나의 곡예는 바로 음악적인 곡예야. 음악. 하지만 또한 우리의 절대음감이 우리를 망쳤어. 그러고 나서 형은 오버투른이 아니라 운터투른 방향으로 접어들자, 부모님과 함께 갈 때처럼 오버투른 방향으로 가지 말고 운터투른 방향으로 가자, 하고 말했습니다. 처음엔 부서진 악기, 그다음엔 부서진 머리. 기억하니? 우리가 그렇게 참을성이 많지 않았더라면! 나는 자주 그 말을 했어. 우리가 그렇게 참을성이 많지 않았더라면! 그리고 그것을 말하는 이 고도의 기술, 하고 형은 말했습니다. 기억하니? 침입자들에 대한 공포, 신문에 대한 공포, 운집한 사람들에 대한 공포. 추락하려면 물에 빠져야만 해. 내가 형의 손을 잡고 줄뎬 시냇물을 건넜을 때 형은 끊임없이 삶에 대한 염증을 갖고 있었어, 하고 내가 말했습니다. 형의 몸속 전체에. 흰 종이에 '시대착오'라는 단어와 '공모'라는 단어를 끊임없이 썼지. 기억하니? '우리는 부모님과 함께 오르틀러에 가기를 좋아한다'라는 문장을 흰 종이에 1,000번 썼지. 기억하니? '복종'이라는 단어를 2,000번 썼지. 우리는 사람들을 두려워했기 때문에 많은 사람들과 함께 있었어. 부모님을 두려워했기 때문에 항상 부모님과 함께 있었어. 도시를 증오했기 때문에 도시로 갔지. 오르틀러를 싫어했기 때문에 오르틀러에 올라갔어. 나는 곡예를 싫어하기 때문에 곡예를 했고, 너는 학문을 싫어하기 때문에 학문 연구를 하지. 넌 대기층과 관련된 모든 것, 그에 관해 쓰인 모든 것을 혐오하기 때문에 대기층에 대한 연구를 하지, 하고 형은 말했습니다. 결국 지쳤어, 피로뿐이야, 그리고 시간표에 따라 정시에 출발하는 기차에 대한 공포. 정신적 공포. 그리고 극도의 무자비함, 극도의 무자비함, 하고 형은 말했습니다. 갑자기 차가운 물만 사용했기 때문에 너는 허리 통증이 생겼어. 잠잘 때 너는 다리를 쪼그리고 있었지, 경련이 날 정도로 쪼그리고 있었어. '삶에 대한 관심을 잃었는데도 내 삶이 계속된다면 나는 죽은 것과 조금도 다르지 않아.' 편지가 왔으면! 하고 계속 바랐지만 편지는 안 왔어. 편지 한 통만 왔으면! 하고 바랐지만, 아니 한 통도 안 왔어! 기억하니? 겉으로는 평온했지만 속으로는 불안했어, 내면의 평안은 결코 없었지. 우리는 부모님이 돌아가신 후에도 늘 같은 옷을 입었어. 늘 그 옷을 싫어했기 때문이야, 늘 같은 옷, 검은 바지, 검은 저고리, 늘 같은 검은 모자를 머리에 쓰고 있었지. 챙이 넓은 모자, 하고 형은 말했습니다. 그리고 늘 같은 신발을 신고. 곡예에 대해 생각할 때 나는 밥 먹는 것도 잊어버리지. 너도 연구할 때는 밥 먹는 것도 잊어버리지. 그러고 나서 라간다 여관 옆에서 자연을 들이마시지, 갑자기 다시 자연을 한껏 들이마시고 학문을 내뱉지, 모든 것을 내뱉어, 모든 것을. 쓰레기를 내뱉어. 모든 사건은 언제나 고전적인 사건이야. 기억하니? 삶은 나이가 들면서, 그리고 세월이 흐르면서, 학문에 대한 신뢰와 더불어 죽음의 습관을 만들지. 기억하니? 생각은 죽음이야, 하고 형은 말했습니다. 그러고 나서, 고립 때문에 사람들 속으로 가야만 한다고, 곡예를 해야만 한다고, 학문 연구를 해야만 한다고 생각했지. 고립 때문에 격언들이 만들어지고. 고립 때문에 책임질 능력이 없어지고. 그리고 고립 때문에 계속 고립 속에 있게 되지. 복잡한 게 싫증 나서 단순화를 추구하고, 단순화가 싫증 나서 복잡화를 추구하고. 조잡한 게 싫어서 세련됨을 추구하고, 세련된 게 싫어서 조잡하게 하고. 정확성, 하고 형은 말했습니다. 당연히 늘 광기에 대한 의심이 들지, 하고 형은 말했습니다. 사람들은 자신들의 단순화의 방법으로 우리에게 다가온다고 믿었지만 그렇지 않아! 그 때문에, 모든 것 때문에 사람들은 세월이 가면서 우리에게서 점점 더 멀어졌고, 우리가 물러선 게 아니야, 우리가 아니라, 사람들이 멀어져갔어, 그것은 차이가 있어, 사람들이 이제 우리를 비난하는 건 사실이야. 하지만 우리는 더 이상 우리를 사람들에게 내맡기지 않아, 우리는 더 이상 우리의 인격과 우리의 머리와 우리의 삶을 내맡기는 기회를 주지 않아. 우리는 더 이상 사람들이 우리에게 다가오게 하지 않아. 습관으로서의 삶, 습관으로서의 깨어 있음, 그뿐이야. 사실 나의 곡예는 오래전에 나를 죽였어, 대기층에 대한 너의 연구가 오래전에 너를 죽였듯이, 하고 형은 말했습니다. 이 곡예 중 하나, 가장 어려운 곡예, 하고 형은 말했습니다. 무엇인지는 모르지만, 네 연구 주제 가운데 하나. 곡예에 대한 관심 때문에 곡예를 그만둘 수 없기 때문에, 끝낼 수 없기 때문에, 하고 형은 말했습니다. 나를 죽인 것은 가장 완벽한 곡예야, 너를 죽인 것은 가장 집중된 생각이야, 하고 형은 말했습니다. 곡예는 살아남고 곡예를 하는 사람은 죽는 거야, 하고 형은 말했습니다. 당신은 내 형의 말투를 잘 알고 있으니 형의 말투의 특징을 자세히 설명하지 않아도 되겠지요. 그리고 당신은 나의 말투, 다시 말해 내가 형의 말을 어떻게 주의 깊게 듣는지도 잘 알고 있습니다. 나는 형의 병을 잘 알기 때문에, 눈에 띄지 않는 그 병의 아주 미세한 증상까지도 잘 알기 때문에 형의 말투를 잘 압니다. 그리고 당신도 알다시피 나는 평생 형의 병에 주의를 집중했으며, 내 삶의 대부분 동안, 아주 오랜 기간, 형의 병 때문에 나 자신을 포기했습니다. 나에 관한 모든 것은 뒤로 미루고 형에 관한 모든 것을 언제나 가장 중요하게 생각했습니다. 모든 것을 언제나 우리의 공동생활에 중점을 두고, 나의 이유나 동기가 아니라, 모든 일에서 우리 두 사람의 이유와 동기를 생각했습니다. 아마도 형은 더 이상 무대에 서지 않을 겁니다. 나는 형이 더 이상 무대에 서지 않기를 바라고, 고마고이에 머물기를 바랍니다. 모든 점을 고려했을 때, 형은 이제 무대에 서지 않을 겁니다. 내가 당신에게 주의를 환기시킬 필요도 없이, 아마 당신도 최근에 형의 곡예 솜씨가 예전보다 못해졌음을 확인할 수 있었을 겁니다. 형의 곡예는 이미 오래전부터 그가 이전에 보여주었던 완벽한 곡예가 아닙니다. 이미 오래전부터 그의 곡예는 이전에 우리를 깜짝 놀라게 했던 그런 곡예가 아닙니다. 그의 곡예는 부정확하지는 않지만 더 이상 완벽한 곡예는 아닙니다. 이미 오래전부터 그에겐 완벽한 곡예가 불가능해졌습니다. 내 생각엔 그의 솜씨에 대해서만 의심할 게 아니라 그의 병이 악화되어서이기도 하다는 것을 당신은 고려해야만 할 것입니다. 그리고 형이 전에 하던 노력을, 우리가 잘 알고 있듯이, 그 엄청난 노력을 계속하는 것도 불가능합니다. 너무도 오랫동안 형은 그의 곡예에 필요한 것보다 훨씬 더, 너무나 엄청난 노력을 했지만, 이제 그는 그만큼 노력을 기울이지 않습니다. 내 생각에 형은 포기하지는 않겠지만 솜씨는 줄었습니다. 그래서 나는 형 자신을 위해서나, 나 자신을 위해서나, 당신을 위해서나, 모두를 위해서 그가 더 이상 무대에 서지 않기를 바랍니다. 그리고 한동안, 내 생각엔 2~3년이 아니라, 그냥 한동안 형이 고마고이에서 머물기를 바랍니다. 왜 둥근 평지에 있는 산막에서 머물지 않는지에 대해서는 나중에 설명하겠습니다. 산을 오르는 우리의 걸음은 차츰 느려졌습니다. 사실 우리는 둥근 평지로 올라가는 길처럼 가장 어렵고 주도면밀한 요령이 필요한 곳을, 힘을 아끼며 능률적으로 올라가는 요령을 터득하지 못했습니다. 우리는 오르틀러든 둥근 평지든, 아무튼 줄덴 계곡 등반을 감행할 능력이 없었습니다. 우리의 발걸음이 느려진 것은 아마 우리가 나누는 대화 — 대화도 아니지만 — 때문이기도 했을 겁니다. 하지만 결코 감상적은 아니라고, 그런 인상을 주더라도, 나는 말하고 싶습니다. 우리가 감상적인 것을 거부한다는 것이 바로 우리가 아는 모든 사람들, 우리와 같은 연배의, 비슷한 성격의 사람들로부터 우리를 구별 짓는 점입니다. 단지, 가끔 우리가 암시하는 것이 감상적으로 보여도 그렇지 않습니다, 그렇지 않았습니다. '유년기'라는 단어는 이미 먼 과거에 속하는 다른 단어들과 마찬가지로 그런 느낌이 들게 합니다. 얼마나 많은 풍경인가! 얼마나 많은 정신병인가! 하고 갑자기 형이 말했습니다. 내 생각엔 풍경이 다시 나타나면 그것으로 충분합니다. 풍경이 자꾸 나타나는 것이 가장 무서운 일입니다. 형은 다시 얼마나 많은 풍경인가! 하고 말했습니다. 그러고 나서 죽을 지경이라고 말해도 아무소용 없어. "계속 걸어! 어서!" 하고 아버지의 말투로 말했습니다. 또 "계속 올라가! 어서 올라가!" 하고 아버지의 말투로 말했습니다. 당신은 목소리를 흉내 내는 형의 재주를 잘 아실 겁니다. 라간다 여관 앞을 지나가면서 형은 라간다에 들어가지 말자, 라간다엔 들어가지 말자, 너무도 많은 기억이 있어, 하고 말했습니다. 왜 곡예를 하느냐고? 하고 그가 갑자기 물었습니다. 왜 곡예를 하느냐고? 그런 질문은 할 필요도 없어, 하고 그는 말했습니다. 처음엔 혀를 내미는 것으로 충분하지. 물구나무를 서거나. 하지만 곧 혀를 내밀거나 물구나무를 서는 것만으로는 더 이상 충분치 않아. 끊임없는 정신적 작업과 끊임없는 육체노동이야, 하고 그는 말했습니다. 그게 가장 두려운 문제야. 모자를 거꾸로 쓰는 것으로는 더 이상 충분치 않고, 왼쪽 신발을 오른쪽 발에 신고, 반대로 오른쪽 신발을 왼쪽 발에 신지. 회의가 생기고. 견딜 수 없게 되지. 다른 곡예, 더 복잡한 곡예가 필요해, 하고 그가 말했습니다. 늘 같은 곡예지만 늘 다른 곡예, 늘 같은 작업이지만 늘 다른 작업을 해야 하는 게 문제야. 동작을 정교하게 하면서 절망도 정교해지지, 하고 그가 말했습니다. 실현 불가능한 요구들. 지킬 수 없는 계약들. 점점 더 어두워지는 어둠 속에서 여전히 많은 것을 보고, 더 잘 보고, 더 많은 것을 보고, 모든 것을 보는 게 어려운 문제야. 참을 수 없는 고통을 참을 수 없는 고통으로 느끼지 않기. 모욕을 모욕으로 느끼지 않기. 형은 내가 라간다로 들어가려는 줄 알고 라간다에 들어가지 마, 하고 말했습니다. 사실 우리는 부모님과 늘 라간다에 들어갔었습니다. 하지만 무엇보다도 라간다가 지난 20~30년 동안 조금도 변하지 않았으리라는 추측 때문에 우리는 라간다에 들어가지 않았습니다. "위로 올라가! 더 높이!" 하고 형이 말했습니다. 당신은 형의 목소리와 말투를 잘 아시죠. 공기가 희박해지지만, 점점 더 희박해지는 공기를 점점 더 희박해지는 공기로 느끼지 말아야 해, 하고 그가 말했습니다. 방법은 생각하기 쉬워, 모든 게 다르다고 생각하면 돼. 그리고 저고리 칼라를 올리면, 뒤통수가 그렇게 춥지 않아, 하고 그가 갑자기 말했습니다. 하지만 우리 두 사람은 춥기는커녕 급히 산을 오르는 바람에 오히려 몹시 더웠습니다. 어디에도 가입하지 않고, 아무것도 없어, 교회에도 가지 않고, 아무것도 없어, 하고 그가 말했습니다. 하지만 너무 오랫동안 고립되어 있는 것은 치명적이야, 하고 그가 갑자기 말했습니다. 너무 오랫동안 아무도 없는 곳에 있는 것은 치명적이야, 하고 그가 말했습니다. 산막은 치명적이야, 하고 그가 말했습니다. 계속 연습해야 해, 연습뿐이야. 로짐 시냇물을 건너며 그가 말했습니다. 이 지점에서 나는 더 이상 앞으로 나아가지 않으려 했지. 기억하니? 우리 두 사람은 몹시 피곤했습니다. 신발도 젖고 발도 젖고 완전히 지친 상태였습니다. 우리는 둥근 평지를 두려워했어, 하고 그가 말했습니다, 기억하니? 하지만 우리 부모님은 아주 무자비했지. 거짓말하지 마, 거짓말하지 마, 하고 사정을 봐주지도 않았지. "계속 걸어! 계속 걸어!" 하고 형이 아버지의 말투로 말했습니다. 그러고 나서 "계속 걸어, 이놈들아! 계속 걸어!" 하고 어머니의 말투로 말했습니다. 그 말이 들리니? 하고 형이 말했습니다. 부모님이 우리에게 명령하고 있어, 부모님이 우리에게 죽을 지경으로 다시 명령하고 있어. 더 이상 걷지 못할까 봐 우리가 얼마나 두려워했는지, 하고 그가 말했습니다. 기억하니? 벌 받을까 봐 두려워서 우리는 계속 걸어갔지. "암벽으로 올라가!" 하고 부모님이 명령했어. "둥근 평지로 올라가! 산막으로 올라가!" 기억하니? 아버지는 돌아보며 우리를 감시했지. 아버지로부터 100걸음 이상 뒤처지면 어떻게 되는지 우리는 알고 있었어. 사흘 동안 감금당했지. 기억하니? 하고 형이 말했습니다. 머리를 얻어맞고. 기억하니? 라조이 주변의 모든 것을 우리는 잘 알고 있었습니다. 나무, 시냇물, 모든 것. 공기의 상태가 변했고, 따라서 지면의 상태도 변했지만, 존경하는 선생님, 우리가 잘 아는 세부적인 것들이 점점 더 많이 떠올랐습니다. 눈에 띄지 않는 사물들, 나무뿌리들, 바위들, 어느 것 하나 변하지 않았습니다. 그리고 이런 사물들, 이 나무뿌리들, 바위들은 우리 부모님의 징벌 위협과 연관되어 있는 것입니다. 복종, 하고 형이 말했습니다. 감펜호펜을 지날 때면 벌써 우리는 갑자기 탈진할까 봐 불안했고 벌을 받을까 봐 두려워했지. 우리는 오르틀러 아래에서 탈진해서 기절할 지경이었고, 오르틀러에 오를 때마다 그 결과로 정신장애를 일으켰어, 하고 그는 말했습니다. 산을 좋아해서 등산에 익숙한 아버지는 무자비하고, 어머니는 그대로 따라 했지. 하지만 그 당시 벌써 나는 곡예와 술책을 생각했지, 하고 형은 말했습니다. 줄덴 계곡을 지나가는 것은 억압보다 더 괴로운 것이었어. 그들은 걷는 속도가 무척 빨랐고 우리는 쓰러질 지경이었지, 하고 그가 말했습니다. 기억하니? 그리고 점점 더 높은 산, 점점 더 오르기 힘든 봉우리로 올라가야만 했어. 기억하니? "모든 것은 올바른 호흡의 문제야" 하고 아버지가 말했지. 출발하고 걸어가고 탈진할 때까지 행군해야 했지. 우리는 배낭을 증오했고 배낭 안에 있는 모든 것을 증오했고 등산화를 증오했어, 하고 그가 말했습니다. 우리는 배낭을 증오하면서도 배낭을 메고 둥근 평지로 올라가고 있어, 하고 그가 말했습니다. 우리는 오르틀러를 증오하면서 오르틀러로 가고 있고. 우리는 우리가 하고 있는 일을 증오하고 있어, 하고 그가 말했습니다. 별안간, 그것도 가장 음울한 계절에 왜 오르틀러로 가는지 우리에겐 갑자기 다시 그 이유가 불분명해졌습니다. 우리 부모님은 우리에게 둥근 평지에 있는 산막을 물려주었습니다. 하지만 오르틀러와 둥근 평지에 대한 증오, 산막에 대한 증오, 오르틀러와 둥근 평지, 산막과 관련된 모든 것에 대한 증오 때문에 우리는, 30년까지는 아니더라도, 20년 이상 줄텐 계곡에 가지 않았고, 수십 년 동안 대도시에서 살았기 때문에 고마고이에 가지 않았고, 산막에 대해서는 결코 생각도 하지 않았고, 산막이 있는 둥근 평지로 올라가지도 않았습니다. 그런데 지금 우리는 둥근 평지로 올라가고 있는 것입니다. 우리 자신도 그 이유를 점점 의아하게 생각하던 중 줄텐 계곡 끝에 이르렀을 때, 우리가 왜 둥근 평지로 가는지 알 수 없게 되었습니다. 하지만 우리는 그에 대해 말하지 않았습니다. 우리는 점점 더 위로 올라가기만 할 뿐 그런 이야기는 하지 않았습니다. 우리는 우리가 의문을 품고 있다고 생각했지만, 우리가 의문을 품고 있다는 말을 입 밖으로 내지는 않았습니다. 우리 두 사람은 아마 이렇게 생각한 것 같습니다. 당신도 알다시피 우리의 직업은 매우 다르지만, 우리의 직업 때문에 몹시 피곤해서 갑자기 산 아래 고마고이의 마르텔 여관에서 며칠 동안만 묵으려고 했는데, 단지 며칠만 쉬고 다시 돌아가려고, 단지 며칠 동안만 쉬고 다시 고마고이를 떠나려고 했는데, 존경하는 선생님, 정말 우리는 이틀 전만 해도 고마고이에서 며칠 동안만 머물 생각이었는데, 갑자기 둥근 평지에서 좀더 오랫동안, 산막에서 2~3년 동안 지낼 생각을 하게 되었습니다. 갑자기 다시 모든 게 의심스러워지는 한편, 그러니까 존경하는 선생님, 어제저녁에 우리는 2~3년 동안 둥근 평지의 산막에서 지내려는 우리의 결심이 확고하다고 믿었는데, 그렇게 갑자기 모든 게 달라져서, 어제저녁에만 해도 새벽에 곧 줄텐 계곡을 지나 산 위로 올라가서 둥근 평지에서 2~3년 동안 머물려고 우선 산막을 살펴볼 생각을 했는데, 우리는 갑작스러운 이 생각에, 당신은 아마 나의형만 그랬으리라고 생각할지도 모르지만, 형뿐만 아니라 나도, 우리 두 사람 모두 갑작스러운 이 생각에 완전히 사로잡혀 잠도 못 자고 오직 오르틀러와 우리의 계획만을 생각하고, 저녁에 그 생각이 떠오르자 곧 이른 새벽에 산을 오르기시작한 것입니다. 아마도 모레쯤이면 당신에게 우편으로 배달될 이 편지에 대강 쓰인 이야기를 당신은 의문스러운 정도가 아니라 그 이상이라고 생각하겠지만, 또한 틀림없이매우 우스꽝스럽게 생각하겠지만, 사실은 다음과 같습니다. 여러 시간 동안 고마고이를 이리저리 돌아다니다가 갑자기우리는 오르틀러 아래 둥근 평지에 있는 산막이 우리의 목적에 유용하리라, 한동안, 되풀이하건대, 2~3년 동안 유용하리라는 생각을 하게 됐습니다. 그런데 산을 3분의 2쯤 올라갔을 때 갑자기 우리는 의문을 갖게 된 것입니다. 하지만우리는 산을 올라오느라고 지쳐서 이런 의문이 든 것이라고 생각했고, 그러자 갑자기 아무 의심도 들지 않게 됐습니다.

그리고 훨씬 더 열심히 산을 올라갔습니다. 이제 우리는 목적지까지 한 시간 정도 남겨놓고 있었습니다. 그 시간 동안 나의 형은 다음과 같은 말을 했습니다. 이제 나는 그가 한 말을 완전히 그대로는 아니더라도 거의 정확하게 기록하겠습니다. 우리는 라간다(앞에서 언급한 여관)로 내려가려는 생각을 하지 않기 때문에 라간다로 내려가지 않아. 우리가 줄덴으로 들어가려는 생각을 하지 않기 때문에 줄덴으로 들어가지 않듯이. 또는 우리는 라간다로 내려간다고 생각하면서도 라간다로 내려가지 않아, 그리고 줄덴으로 들어간다고 생각하면서도 줄덴으로 들어가지 않아. 우리는 라간다로 내려간다고 생각하면서도 라간다로 내려가자고 말하지 않아. 그리고 우리는 줄덴으로 들어가자고 말하지 않아도 줄덴으로 들어간다고 생각하고 또 듣지. 우리는 라간다로 내려가지 않는다는 것을 알기 때문에 라간다로 내려가지 않는다는 것을 알아. 우리는 라간다로 내려갈 수도 있어, 줄덴으로 들어갈 수도 있듯이. 하지만 우리는 라간다로 내려가지 않고 줄덴으로 들어가지도 않아. 우리가 라간다로 내려간다고 생각하는 동안, 우리는 우리의 생각을 생각하듯이 우리가 걸어가고 있는 것도 생각하지. 우리는 라간다로 내려가지 않고 줄덴으로 들어가지 않는데도 줄덴으로 들어가지 않기를 바라고, 라간다로 내려가지 않기를 바라기 때문에 줄덴으로 들어가지 않아. 우리가 걸어가는 동안, 생각하는 동안, 우리는 라간다로 내려가지 않고 줄덴으로 들어가지 않는다고 생각하면서 동시에 우리는 라간다로 내려가지 않고 줄덴으로 들어가지 않아. 우리가 줄덴으로 들어가지 않고 라간다로 내려가지 않는 동안 우리는 다리로 걸어가고 머리로 생각하지. 그런데 우리에게 갑자기 다리가 없다면, 갑자기 머리가 없다면, 하고 그가 말했습니다, 그리고 다리가 없기 때문에 갑자기 더 이상 걸어갈 수 없다 하더라도 우리 두 사람에게 아직 머리는 있어. 우리가 의지력을 배가한다면, 다시 한번 우리의 의지력을 배가한다면, 그리고 다시 한번 의지력을 최대한으로 발휘한다면, 등등 하고 그가 말했습니다. 존경하는 선생님, 나는 우리가 이미 둥근 평지에 도착했다면! 산막에 도착했다면! 하고 바랐습니다. 나의 형은 당신도 잘 아는 말투로, 다만 훨씬 더 숨 가쁘게 말했습니다. 어쩌면 이 상황에서도, 이렇게 높은 곳에서도, 더 빨리 올라갈 수 있도록 우리는 보폭을 더 넓게 해서 걸을 수 있을지도 몰라. 우선 더 빨리 걷지 않고 보폭만 넓히든가, 아니면 보폭은 넓히지 않고 속도를 더 빨리하든가. 보폭을 넓히느냐, 속도를 더 빨리하느냐. 너는 더 빨리 걷지 않고 보폭만 넓히는 한편, 나는 보폭은 넓히지 않고 더 빨리 걷든가, 아니면 그 반대로 하든가, 그래서 우리가 나란히 걸을 수 있게 말이야, 하고 그가 말했습니다. 우선 보폭은 넓히고 더 빨리 걷지 않을 것인지, 우선 더 빨리 걷고 보폭은 넓히지 않을지 한번 잘 생각해봐야 해. 아니면 우리 둘 다 동시에 보폭을 넓힐지, 아니면 동시에 더 빨리 걸을지, 아니면 둘 다 동시에 더 빨리 걷고 보폭도 더 넓힐지 말이야. '모든 게 머리에서 나온다!'라는 것을 우리가 분명히 알게 된 순간부터 우리는 점점 더 고립됐고 점점 더 추워졌지, 기억하니? 하고 그가 물었습니다. 기억 안 나, 하고 내가 말했습니다. 언제나 다른 방법, 언제나 다른 사람들, 언제나 다른 무대들, 언제나 다른 상황, 기억하니? 기억 안 나, 하고 내가 말했습니다. 학교를 빼먹고. 역사를 싫어했지, 하고 그가 말했습니다. 우리에게 큰 맥락이 분명할 때엔, 개별적인 사건이나 개별적인 인물은 분명치 않고, 개별적인 사건과 개별적인 인물이 분명할 때엔 큰 맥락들은 불분명했지. 추위로 따스함을 만들 수는 없어, 하고 그가 말했습니다. 정신력을 배가해야 해. 보폭을 넓히고 정신력을 배가해야 해. 어떤 호의도 없어, 전혀. 아무 질문도 없어, 아무것도. 서류도 없어, 결코. 돈 계산, 계약, 아무것도 없어. 그러고 나서, 우리가 이제까지보다 더 멀리 간다면, 우리가 가장 멀리 갔다고 생각하는 곳까지 간다면, 그리고 우리의 노력을, 다시 한번 가장 극단적인 노력을 기울이고, 우리가 이미 여러 번 그랬듯이 적어도 우리의 의지력을 배가한다면, 그것은 우리가 알고 있듯이 우선 우리의 직접적인 정신력을 배가하고, 따라서 우리 머리의 동기動機 에너지를 배가하는 것인데, 그렇게 하면 우리는 더 멀리 가는 것을 기대할 수 있어. 그리고 그렇게 함으로써 동시에 우리의 의지력을 배가하고, 그것은 무슨 뜻이냐 하면, 우리가 이미 예전부터 우리의 능력이라고 인식했던 능력들을, 끊임없이 우리의 능력을 억압하면서 살지 않아도 되는 거야. 단지 불안하게 될까 봐 불안하고, 우리가 점점 더 큰 의지력으로 걸어감으로써, 그리고 점점 더 큰 의지력으로 생각함으로써, 그리고 우리는 그냥 걸어가고 그냥 생각하기 때문에 걸어가면서 우리 자신에게 왜, 어떻게, 실제로 어디로 가는지 묻지 않고, 생각하는 동안 왜냐고 묻지 않고, 우리가 알고 있듯이 살아오는 동안 우리의 습관이 되었기 때문에 걸어가고 생각하는 거야. 존경하는 선생님, 형은 갑자기 이렇게 말했습니다. 우리는 우리의 머리가 텅 빌까 봐 두렵고, 머리가 텅 빔으로써 풍경이 텅 빌까 봐 두렵고, 우리 머리가 너무 예민해서 두려워. 무엇에 의해 우리가 생각하고 무엇에 의해 걸어가는지, 우리의 걷는 속도와 생각의 속도를 더 빨리해야 할지, 늦춰야 할지 우리는 몰라, 그만두자, 하고 그가 말했습니다. 갑자기 그는 그만두자, 그만두자, 그만두자, 하고 여러 번 말했습니다. 우리는 걸어갈 때 걷는 것에 대해 어떻게 생각해야 할지 모르고, 생각할 때 생각에 대해 어떻게 생각해야 할지 모르고, 생각할 때 걷는 것에 대해 어떻게 생각해야 할지 모르니까. 우리의 기술을 어떻게 통달해야 할지 도대체 아무것도 몰라. 하지만 우리는 그것에 대해 이야기할 용기도 없어. 그다음엔 아무 말도 하지 않았습니다, 존경하는 선생님. 우리는 이제 산막에 도착했습니다, 존경하는 선생님, 하지만 산막엔 무질서하게 흩어진 돌무더기만 남았더군요. 몸을 피할 공간이 아무 데도 없었습니다. 돌무더기와 그 밑에 산막의 토대만 남아 있었습니다. 모든 게 허물어졌습니다, 모든 게. 급한 대로 나는 부서진 벽돌과 나뭇조각들을 주워 모아서 우리가 들어갈 수 있는 공간을 만들었습니다, 죽고 싶지 않았기 때문에. 우리는 너무 지쳐서 그날로 다시 산을 내려갈 수는 없었습니다. 하지만 그다음 날 우리는 줄덴 계곡에 도착할 수 있었습니다. 라간다 여관에서 나는 형을 위해 잠자리를 마련할 수 있었습니다. 그리고 나는 도움을 청하기 위해 우선 줄덴으로 갔다가 다시 고마고이로 가야 했습니다. 오늘 아침부터 나의 형은 인스브루크 근교 뷕센하우젠에 있는 정신병원에 있습니다. 형이 언젠가 다시 무대에 설 수 있으리라고는 생각하지 않습니다.

옮긴이의 말
환상이 없는 삶, 환상이 없는 문학

토마스 베른하르트는 1957년에 첫 시집을 발표한 이후 해마다 소설과 희곡을 여러 편씩 발표해 많은 작품을 남겼고, 비평가들의 찬사와 더불어 중요한 문학상들을 수상했다.

베른하르트의 초기 산문에는 자연의 아름다움이나 따뜻한 정서가 표현되어 있기도 하지만, 얼마 지나지 않아 서정성은 모두 사라지고 불합리한 세계, 자연의 무자비함, 부조리한 인간 조건, 야만스럽고 냉혹한 인간성을 묘사하기 시작한다.

성장기에 체험한 가까운 사람들의 죽음과 그 자신이 직면했던 죽음은 그의 의식과 정서에 짙은 그림자를 드리워 그는 '삶은 죽음의 심연' 또는 '삶은 죽음의 학교'라고 언명하게 된다(카프카의 '삶은 죽음의 도제 수업'과 쌍둥이 표현이다). 그의 작품의 인물들에겐 죽음의 불가피성이 깊이 각인되어 모두 질병으로 죽어가거나 자살하거나 살인하거나 살해당한다. 그의 작품에는 줄거리나 플롯 없이 다만 누군가의 죽음만 주어져 있고, 그가 죽기까지의 정신적 혼란의 과정이 서술되어 있을 뿐이다. 그의 문장은 이 죽음과 광기에 대한 긴장을 고조시키기 위해 병렬과 대비로 과장하고 반복하고 빠른 속도로 패러독스를 계속하고 형용사와 부사는 언제나 최상급으로 사용한다. 그는 독일어 문장의 특징을 십분 발휘해 끝없이 이어지는 종속문의 사슬 속에 수많은 쉼표와 느낌표, 쌍점 등을 흩뿌려놓고 동의어를 끝없이 반복하고, 때로는 구句나 절節뿐만 아니라 문장 전체를 반복하기도 한다. 주인공의 정신이 비정상적인 상태임을 나타내는 이러한 광적인 문장은 읽는 사람의 머릿속까지 혼란의 소용돌이에 휘말리게 만든다.

토마스 베른하르트의 절망적이고 부조리하고 황당하고 음습한 작품 세계는 독자를 괴롭히고 불안하게 한다. 그러나 비평가 페터 함Peter Hamm의 말대로 "토마스 베른하르트의 세계는 한번 접하고 나면 도저히 피할 수 없다."

두 명의 교사

두 사람이 산책을 하면서 나누는 대화의 구조를 띠고 있지만, 베른하르트의 작품 대부분이 독백으로 이루어져 있듯이 여기서도 한 사람이 자신의 불면증에 대한 보고를 하고 있다. "인간의 비참함에 대한 표현"밖에 할 수 없는 대화는 어느 경우에도 불가능하기 때문에 한 사람의 부조리한 독백만 이어지고 청자의 이해 여부도 알 수 없다. 불면증의

원인도 모호한 채로 남아 있다. 베른하르트의 작품에 불면
증은 질병, 고통, 광기의 기호로서 자주 등장한다. 밤마다
창밖에서 울부짖는 짐승이 무엇이었는지 밝혀지지 않고,
그곳을 떠나왔어도 여전히 불면증에서 벗어나지 못한다.
그래서 그를 잠 못 들게 하는 짐승은 개인사적 오욕이나 사
회적·역사적 사건의 상징으로 해석되기도 한다.

이 작품에서 눈에 띄는 것은 교사들이 학생들에 대한
가르침이나 애정을 전혀 언급하지 않는다는 점이다. 베른하
르트가 나치 시대에 경험한 학교에서의 무자비한 훈육과 집
단 억압 등을 엿볼 수 있다.

모자

이 작품에서도 예외 없이 두통과 정신착란과 어둠과 공
포와 완벽하게 텅 빈 절망의 모티프가 소설 전체를 짓누르
고 있다. 오랫동안 정신병에 시달리고 있는 화자는 텅 빈 집
과 어둠을 견디지 못하고 매일 집 밖으로 뛰어나간다. 어느
날 그는 길에서 모자를 하나 줍는다. 그는 그 모자를 버릴
수도 지닐 수도 없어 주인을 찾아 나선다. 그러나 그는 모자
의 주인을 찾을 수 없다. 그가 물으러 다니는 사람마다 모두
그와 똑같은 모자를 이미 갖고 있기 때문이다. 그는 지쳐서
집으로 돌아와 그 자신이 이 모자를 쓰고 그 과정에 대한 글
을 쓴다. 이 소설은 베른하르트의 작품이 공통적으로 담고

있는 여러 가지 테마를 동시에 담고 있다. 서두의 형과 아우의 정신 상태의 대비, 텅 빈 집의 어둠에 대한 공포, 그 자신에게서 벗어나 자살하려는 욕구, 그리고 누구의 것인지 모르는 물건(모자). 베른하르트의 작품에서 모자나 옷이 정체성이나 역할을 나타내는 기호로 사용되는 경우가 자주 있다. 비평가 옌스 티스마Jens Tismar는 모자를 사회에서의 작가의 역할에 대한 비유로 보고 있다. 마을 사람들은 저마다의 역할에 맞는 모자를 쓰고 있다. 서두에서 화자는 그의 주위에 항상 깔려 있는 어둠의 성격과 원인을 탐구하려 한다. 풍경과 결합되어 있는 이 어둠은 화자의 신경조직을 파괴한다. 화자는 연구를 끝마치지 못하고 광기는 더욱 심해지지만, 사회와 시대의 어둠에 천착하는 것이 작가의 역할이다.

희극입니까? 비극입니까?

누구인지 밝히지는 않지만, 어떤 여자를 죽이고 옥살이를 하고 나온 미치광이가 자신이 죽인 여자의 옷을 기억처럼, 형벌처럼 뒤집어쓰고 겨울 거리를 돌아다닌다. 그는 다른 사람과의 소통을 원하고 자신의 과거를 고백하고 싶어하지만, 자신을 혐오하는 사람에게 알 수 없는 말을 던진 다음 곧 상대를 저주하듯 쫓아버린다. 저마다 자신의 의식의 감옥에서 나오려 하지 않기 때문에 소통은 불가능하다. 살인자의 삶이 비극인지 희극인지 알 수 없지만, 그 자신은 연극을 혐오하는 화자를 제대로 관찰하면 극장에서 상연되는 연극이 비극인지 희극인지 알 수 있다고 말한다. 삶이 곧 연극이라는 오래된 비유대로 극장 안에서나 극장 밖에서나 연극이 상연되고 있다. 그리고 삶은, 세계는, 희극이라고 끝맺고 있다.

야우레크

채석장과 돌무더기로 연상되는 가장 유명한 예는 시시포스나 강제수용소에서의 중노동이다. 기괴한 자연에 갇힌, 완전히 폐쇄된 마을에서 똑같이 기계 같은 모습으로 되어가는 사람들의 삶이 묘사되어 있다. 음울하고 황폐한 자연은 인간의 의식을 지배하고 인간의 본질까지 결정한다. 이곳 사람들은 소통은커녕 최소한의 인간적인 접촉도 없이 서로 상처만 준다. 주인공의 어머니에게 일어난, 생각할 수 있는 최악의 사건은 근친상간일 텐데, 베른하르트 작품에는 근친상간 모티프가 자주 나타난다. 부모와의 애증 관계와 그에겐 이부형제만 있는 점 등에서 심리학적 원인을 찾을 수도 있겠으나 가장 가깝고 가장 금기시되는 관계를 통해 죄악과 결부된 의식의 지옥을 표현하려는 것일까. 주인공은 채석장으로 올 때 결심한 계획을 실행하지도 못하고, 그곳을 떠나지도 못한다. 그래서 채석장에서의 체류는 종신형이다. 소통 단절과 비인간적인 음울한 관계 속에서 계속 살아가야만 하는 그는 전반적인 무력감에 빠져 우스갯소리만 만들어낸다. 세상은 모든 게 우스꽝스러울 뿐, 그리고 우스갯소리를 하는 동안 그는 잠시 다른 사람들의 주의를 끌 수 있다. 유머는 소외에서 벗어나게 해주고 잠시 서로 소통할 수 있게 해준다. 독자에게는 그의 불행의 원인, 복수의 대상이 모두 수수께끼다. 소설의 끝부분에서 그나마 이 미제 사건은 주인공의 의식에서 벗어나 있다. 그의 삶의 목표였던 복수극은 아무도 웃지 않는 코미디에 자리를 내주었다.

프랑스 대사관 문정관

베른하르트의 작품에는 숲에서 길을 잃거나 나무뿌리에 걸려 넘어지거나 나무에 목을 매는 등, 숲의 혼란이 내면의 혼란의 상징으로 자주 나온다. 숲에서 길을 잃고 헤매는 사람, 숲에서 자살하는 사람이 등장하는 『바텐』이나 「수목한계선에서」가 그 예다. 숲에서 방향을 잃고 의식의 방향도 잃고, 방향 상실의 결과 자살하는 사람들의 상황이 베른하르트 산문의 중심 테마다. 프랑스 대사관 문정관도 숲에서 죽음을 맞이하는데, 사실 그가 자살했는지 살해당했는지는 분명하지 않다. 이 작품에서는 모든 게 단지 암시되어 있기만 해서 독자로서는 상당히 당황스럽다. 그가 어떤 사람인지 그의 고민이 무엇이었는지도 알 수 없고, 삼촌과 그가 나눈 대화도 예술과 정치에 대한 이야기였다는 언급만 있을 뿐, 구체적인 내용은 알 수 없다. 놀라운 지적 수준을 가진 이 프랑스인의 정체도 완전히 어둠에 묻혀 있는 데다, 그 자신도 이 어둠에 압도되어, 필연적인 동기를 알 수 없는 결말을 맞는다. 주인공이나 독자나 숲의 어둠, 존재의 암흑 속에서 길을 잃고 헤매고 있다.

   인스브루크 상인 아들의 범죄

   베른하르트의 작품에는 망가진 세계와 구속된 인간의 비유로 늘 병자나 장애인이 나타난다. 질병과 고통 때문에 남다른 예민한 지각과 세상의 가장 내밀한 본질을 인식할 수 있는 더 큰 인식능력과 더 깊은 세계고世界苦를 갖게 된 그들의 사고와 언어는 죽음에의 동경으로 가득 차 있다. 거기에 더해 게오르크의 경우에는 부모와 형제들의 학대와 유년기의 지옥이 그를 더욱 불행하게 만든다. 게오르크가 상점을 물려받아 경영하기를 바라던 가족은 병약하고 예술이나 학문에 관심을 가진 그를 용서할 수 없어, 그를 가두고 때리고 저주한다. 베른하르트는 무자비한 부모, 형제간의 범죄적인 파괴 본능, 술책과 허위, 악의에 찬 가족 등 끔찍한 혈족의 역사를 자주 묘사한다. 부모의 학대는 세계에 대한 공포를 낳고, 부모에 대한 환멸은 세계에 대한 환멸이 되고, 유년기의 기억은 죽음의 원인이 된다. 역시 비극적인 유년기의 기억을 가진 화자와 게오르크는 빈에서 만나 그들의 잃어버린 유년기를 되새긴다. 그들의 이야기 속 빈은 유배지이며 거대한 묘지다. 게오르크는 유년기의 기억에서 끝내 벗어나지 못하고 자살하지만, 가족들은 그의 슬픈 운명을 범죄로 단죄한다. 예술가를 이해하지 못하는 비열하고 천박한 상인 가족들은 그를 범죄자로 생각한다. 이 점에서 이 작품은 예술가 소설이기도 하다.

목수

베른하르트는 무지하고 조야한 시골 사람의 이유 없는 범죄와 석방된 죄수의 난감한 상황을 다룬 작품을 여러 편 썼다. 법원 출입 기자로서의 경험과 시골 마을에서 흔히 떠도는 소문을 작품화한 것으로 보인다. 무정한 부모와 야만적이고 냉혹한 환경에서 성장한 목수는 자연이나 사회로부터 호의를 받아본 적이 없을뿐더러 삶에서 따스함이라곤 경험해본 적이 없다. 철저하게 불행한 사람도 유년기에는 아름다운 느낌을 주는 작은 추억이라도 있는 법이건만 그의 유년기 회상에는 곧 끔찍한 기억이 오버랩된다. 그는 처음에는 난폭하고 공격적인 성격의 범죄자로 묘사되지만 사실은 비정하고 굴욕스러운 상황의 희생자이며, 삶의 조건 자체가 범죄자가 될 수밖에 없는 사람으로 밝혀진다. 자신에게 가해지는 이유 없는 공격에 대해 그 역시 이유 없는 공격으로 응수한 것이다. 변호사는 세상 자체가 난폭하고 비열하기 때문에 범죄자는 환경의 산물이라고 생각한다. 목수는 명철한 판단력은 없지만, 그래도 자신을 성찰할 능력은 있는 사람이라서 자신의 불행에 대해 생각해보기도 한다. 그러나 잔인한 삶에 대한 절망은 그에게 어떠한 환상도 착각도 품게 하지 않는다. 베른하르트는 모든 작품에서 어떤 결말도 제시하지 않는다. 우리는 목수가 그 후 어떻게 살아가는지 알지 못한다. 단지 사회적 소외 속에서, 절망 속에서, 어쩌면 여전히 폭력의 악순환 속에서 살아가리라는 예감만 할 수 있을 뿐이다.

슈틸프스의 미들랜드

베른하르트는 누대에 걸쳐 이어져온 대농장이 붕괴되어가는 과정을 자주 다룬다. 시대의 변화로 농장 경영이 불가능해지는 조건이 내부에서, 외부에서 침입한다. 그리고 이미 시대착오적인 사업이 되어버린 농장 경영을 포기하려는 아들과 대지주인 아버지와의 갈등이 주제인 작품도 여러 편 있다. 비평가들은 거대한 소유지와 재산을 오스트리아의 전통이나 서양의 유산으로 해석한다. 무너진 오스트리아 전통을 물려받은 자녀들은 그 무게에 짓눌려 파멸된 상태로 계속 살아간다. 거대한 왕국이었던 소유지는 이미 과거의 영광을 잃었고, 물려받은 소유지는 아들들의 삶의 조건이 된다. 부패한 유산의 무게 때문에 상속인의 삶은 불가능해진다. 슈틸프스의 상속인들은 이미 복구할 수 없게 되어버린 농장을 복구하지 않은 상태로, 일상을 살아간다. 그들은 고의적으로 예술적 유산인 가구와 그림이 썩어가도록 방치하고, 지적 유산인 도서관은 폐쇄하고 열쇠를 강물에 던져버린다. 그곳에 해마다 찾아오는 영국인은 슈틸프스에서 세상을 변화시키겠다고 한다. 그러나 어떻게 변화시킬 것인지, 그 변화는 어떤 형태가 되어야 하는지는 말하지 않고 상투적인 문구만 나열한다. 예술·철학·정치에 대한 그의 비판은 지루한 전시적 묘사에 불과하다. 비평가들의 지적대로 지나친 글치레와 매너리즘은 오히려 비판의 가치를 떨어뜨린다. 그러나 어차피 화자는 전달 가능성을 불신하고 있다. 영국인도 외부적으로나 내면적으로나 황무지에서 살고 있는 슈틸프스의 거주자들을 오해하고 있다. 일할 필요 없는 지적인 냉소주의자인 영국인이나, 죽도록 일하는 주인공들, 양쪽 다 질병처럼 의식意識을 앓고 있으며, 파멸된 상태로 끔찍한 일상을 이어가고 있다. 갖가지 자살 방법이 나열되고, 절망과 무력감에서, 자신들도 웃기는커녕 지겨워하는 음산한 유머를 되풀이하고 있다. 휠체어에 앉아 있는 누이동생은 형제들의 삶마저 구속하고 있다. 그들은 누이 때문에 다른 곳으로 가지도 못하고 삶을 떠나지도 못한다. 그들은 삶이라는 종신형을 살고 있다. 그들의 삶은 자살이나 죽음으로 끝나지 않지만, 고통의 끝이 영원히 동일하게 반복되는 미래로 연기되기에 더욱 절망적이다.

　비옷

　이제까지는 부모를 두려워하는 아들의 이야기가 자주
등장한 반면, 이번에는 아들을 두려워하는 아버지의 이야기
다. 아버지가 아들을 어떻게 대했는지는 묘사되어 있지 않
지만, 서로를 파괴하는 가족 관계인 것만은 분명하고, 아들
은 기만과 술책으로 아버지를 소외시키고 학대한다. 오스트
리아의 전통과 누대의 작업을 해체하고 파괴하는 아들, 해
체와 파괴를 두려워하는 부모 세대, 부모와 자식의 소통 불
가능이 주제다. 이 작품은 베른하르트의 문체 구성적 특징
인, 겹친 화자 때문에 끝없는 종속문이 이어져 문장이 더욱
복잡하다. 그리고 화자와 청자의 직업적 관계만 제시되어
있어 인간적인 관계는 독자가 추측하는 수밖에 없다. 베른
하르트는 오스트리아의 전통에 대한 파괴적인 분노 때문에
고향 티롤에 대한 분노와 증오를 자주 표현한다. 여기서는
아름답기로 이름난 티롤 지방의 계곡에 미치광이들이 돌아
다닌다고 저주하고 있다. 베른하르트의 작품에는 자살자의
유물을 갖고 죽은 자의 운명을 되풀이하는 인물이 자주 등
장하는데, 이 작품에서도 투신자살한 사람의 유물인, 강에
서 주워 올린 비옷이 그 옷을 입은 사람에게 운명이 되었다.

오르틀러에서

　예술가와 과학자인 두 형제는 서로의 작업을 관찰하고 격려해왔으나 중년의 나이가 된 형은 예술적 위기에 처해 있다. 그들은 휴식을 취할 목적으로 부모의 유산인 오르틀러 농장으로 향한다. 이야기는 오르틀러로 올라가는 동안 일어나는 사건과 대화로 구성되어 있다. 올라갈수록 그들은 점점 더 유년기의 기억에 압도되는데, 어김없이 나타나는 유년기의 외상外傷 ── 죽음과 광기의 원인이 되는 유년기가 언급되고 형의 곡예에 대한 기억이 재현된다. 형은 부모의 억압에 대한 저항으로 곡예와 술책을 생각했다. 그는 곡예에서 가장 중요한 것은 호흡 조절이라고 말한다. 곡예가 죽음의 심연 위에서의 밧줄 타기라면 호흡은 곧 삶을 의미한다. 처음에는 호흡을 잘 통제해서 고도의 곡예를 완성했지만, 예술 창조에 관해서 그는 자신의 이상을 결정적으로 밀고 나아갈수록 필연적으로 패배하며, 동일한 것의 영원한 반복에 사로잡힌다는 것을 깨달았다. 더 이상 곡예를 할 수 없게 된 그는 산속에 파묻히려 했지만, 목적지는 그렇게도 증오하던 곳이다. 오르틀러는 부모의 무자비함에 쫓기던 유년기의 기억과 삶에 대한 비탄과 원한을 되짚는 도정이며, 그곳이 치명적인 장소임을 형제는 알고 있었다. 어둡고 음울한 날씨가 베른하르트 인물들의 신경조직을 파괴하듯이, 오르틀러로 가는 숲은 사람을 미치게 만드는 풍경이다. 베른하르트의 풍경은 늘 개인사적·사회적 오욕, 정신병과 결부되어 있다. 형제는 온갖 불행을 상기시키는 곳을 마지막 도피처로 찾았다. 그러나 오두막은 무너져 흩어진 돌무더기만 남아 있다. 앞으로 나아가는 길이나 돌아가는 길 모두 봉쇄되어 있다. 형은 광기에 빠진다. 그러나 처음부터 형의 파멸은 예정되어 있었다.

베른하르트는 노발리스와 카프카의 관념적인 아들로 간주된다. 그러나 그의 선배들과 달리 베른하르트는 어둠과 죽음을 예찬하거나, 구원의 빛을 찾아 헤매지 않는다. 또한 베케트와도 자주 비교되지만 베른하르트는 아무것도 기다리지 않는다. 베른하르트는 애초부터 어떤 기대도 환상도 갖고 있지 않다. 삶에 환상이 없기 때문에 그의 문학에도 환상이 없다. 벌어진 상처를 다시 파헤치는 철저하고 지독한 마조히즘만 있을 뿐이다. '삶이란 결국 모두 미치고야 말 절망인데도 미래라는 과대망상 때문에 죽지도 못하는 사람들'은 자신의 감옥 속에서 더듬대고 있을 뿐, 존재론적인 질문들엔 당연히 답이 없다. 같은 주제, 같은 질문의 부조리한 반복만 불가피하다.

베른하르트는 '나는 작가가 아니라 글을 쓰는 사람'이라고 피력한 바 있다. 요양소에서 질식 직전에 살기를 결심하고 숨을 내쉬었듯이, 그러고 나서 글을 쓰기 시작했듯이, 그의 글쓰기는 자연(질병, 장애, 죽음)에 유린당하고 죽음에 조롱당하고 인간들 사이의 억압으로 인해 더욱 참혹한 지옥에서 질식해가는 사람의 숨쉬기다.

작가 연보

1931 2월 9일 네덜란드 헤이를런에서 출생. 아버지 알로이
      스 추커슈태터는 목수였고, 어머니는 작가 요하네스 프
      로임비힐러의 딸이었다. 결혼하지 않은 상태에서 임신
      한 어머니는 1930년 여름, 고향을 떠나 네덜란드로 가
      서 하녀로 일하면서 베른하르트를 낳았다. 1931년 가
      을, 어머니는 아이를 빈에 살고 있던 부모에게 맡기고
      자신은 네덜란드에서 계속 일했다.

1935 외조부모는 베른하르트를 데리고 오스트리아 제키르
      헨으로 이사. 베른하르트는 제키르헨에서 지낸 시기를
      가장 행복했던 시기, '낙원'으로 회고한다.

1937 이발사인 에밀 파브얀과 결혼한 어머니가 1937년 말,
      아이를 데리고 독일 바이에른의 트라운슈타인으로 이
      사. 1938년 외조부모도 근처인 에텐도르프로 이사.

1940 알코올 의존증에 빠진 생부가 베를린에서 자살. 베른하
      르트는 생부를 만난 적이 없고, 이 사실은 후에 밝혀짐.

1942 어머니와 좋은 관계를 유지하지 못한 베른하르트는 튀

링겐 잘펠트의 학교로 보내짐.

1943 가을, 잘츠부르크의 실업학교에 다님.

1944 잘츠부르크에 대규모 폭격이 있은 후 베른하르트는 연말에 트라운슈타인으로 돌아옴. 전쟁 중의 궁핍한 생활속에서도 외할아버지는 책을 출판하여 돈이 생기면 손자에게 바이올린 수업과 그림 수업을 받게 함.

1945 9월, 잘츠부르크로 돌아옴. 인문계 고등학교에 다님.

1946 어머니와 계부와 그들의 두 아이 페터, 수잔네와 외삼촌, 외조부모와 함께 잘츠부르크에 있는 방 두 칸짜리집으로 이사.

1947 열여섯 살인 베른하르트는 4월에 인문계 고등학교를 그만두고 잘츠부르크 빈민가의 지하실에 있는 식료품상점에서 점원 실습 시작. 음악 수업 계속.

1949 전후의 궁핍한 생활과 오랜 감기로 1월 가슴막염에 걸리고 후에 폐결핵으로 발전. 1951년 1월까지 결핵 요양소에서 지냄. 이곳에서 그는 집중적인 독서와 습작을 시작함. 요양소에 있던 환자인 지휘자 루돌프 브랜들레에게 음악 수업을 받음.

      2월 11일 외할아버지가 신장병으로 사망.

1950 여름, 『잘츠부르크 신문』에 첫 단편들을 가명으로 기고. 어머니 사망. 그라펜호프 요양소에서 35년 연상인 헤드비히 슈타비아니체크를 알게 됨. 그녀는 1984년

죽을 때까지 베른하르트의 인생의 동반자가 됨. 빈에 살고 있던 그녀를 통해 신인 작가인 베른하르트는 빈의 예술가들을 알게 됨. 또한 그녀와 함께 1952년 베니스, 1953년 유고슬라비아, 1956년 시칠리아 여행. 베른하르트는 후에 어느 인터뷰에서 그녀에게서 모든 것을 배웠다고 술회.

1952 저널리스트 카를 추크마이어의 소개로 잘츠부르크의 사회당 기관지 『민주국민일보』에 정기적으로 지역 문화계 소식과 법정 기사를 기고. 창작과 성악 수업 계속.

1955 잘츠부르크 주립극장에 대한 기사 때문에 명예훼손으로 기소당함. 신문 기사를 쓰는 일 외에 1957년 여름까지 잘츠부르크의 모차르테움에서 연기와 연출 수업.

1956 빈의 문학잡지 『현재의 소리』에 「돼지 치는 사람Der Schweinehüter」 발표.

1957 베르톨트 브레히트와 앙토냉 아르토에 대한 비교 논문으로 모차르테움 졸업. 첫 시집 『지상에서, 그리고 지옥에서』 출간.

1958 시집 『죽음의 순간』 『무쇠 같은 달빛 아래에서』 출간.

1959 발레 극본 「황무지의 장미」 발표.

1960 케른텐에서 초현실적인 단막극 여러 편 공연. 영국 체류.

1962 시집 『미친 사람들, 갇힌 사람들』 출간.

1963	폴란드 여행. 봄에 소설『결빙*Frost*』발표. 신문들로부터 중요한 문학적 사건이라는 평을 받음.
1964	소설『암라스*Amras*』발표. 베른하르트는 자신의 작품 중에서 이 소설을 가장 소중하게 생각함. 율리우스 캄페 상 수상.
1965	소설『결빙』으로 브레멘 문학상 수상.
1967	소설『혼란*Verstörung*』발표. 여름 폐 수술로 오랫동안 입원.『단편집*Prosa*』출간. 독일 산업협회 문학상 수상.
1968	오스트리아 국가상 수상. 소설『운게나흐*Ungenach*』발표. 안톤 빌트간스 상 수상. 린츠 주립극장에서『암라스』를 발레로 각색 공연.
1969	소설『바텐*Watten*』, 단편집『사건들*Ereignisse*』『수목 한계선에서*An der Baumgrenze*』발표.
1970	함부르크 극단에서 연극「보리스를 위한 잔치」공연. 소설『석회 공장*Das Kalkwerk*』출간. 게오르크 뷔히너 상 수상.
1971	유고슬라비아로 낭독 여행. 소설『걷기*Gehen*』『슈틸프스의 미들랜드*Midland in Stilfs*』발표.
1972	잘츠부르크 극단에서「방관자와 미치광이」공연. 그릴파르처 상 수상. 프란츠 테오도어 조코르 상 수상. 아돌프 그림메 상 수상.
1973	1969년에 발표한 소설「쿨터러Der Kulterer」영화화.

1974   빈의 부르크 극장에서 연극 「사냥 클럽」 공연. 잘츠부
       르크 극단에서 「습관의 힘」 공연. 빈의 부르크 극단에
       서 「대통령」 공연. 하노버 극작가 상 수상.

1975   5부작 자서전의 첫째 권 『원인 *Die Ursache*』 발표.

1976   빈에서 연극 「유명인들」 공연. 자서전의 둘째 권 『지하
       실 *Der Keller*』 발표. 오스트리아 재무부의 문학상 수상.
       연극 「미네티」 공연.

1978   연극 「임마누엘 칸트」 공연. 자서전 셋째 권 『호흡 *Der
       Atem*』, 단편집 『성대 모사꾼 *Der Stimmenimitator*』, 소설
       『네 *Ja*』 발표. 베른하르트는 폐 질환과 심장 질환으로
       자신에게 시간이 많지 않다는 것을 깨닫고 창작에 이상
       적인 기후라고 생각한 유고슬라비아 해안과 마요르카,
       스페인, 포르투갈 등지에서 겨울을 보내며 창작에 진력
       한다.

1979   연극 「세계 개혁자」 「은퇴를 앞두고」 공연. 독일 문학
       아카데미 탈퇴.

1980   소설 『싸구려 급식자들 *Die Billigesser*』 발표.

1981   자서전 넷째 권 『추위 *Die Kälte*』, 소설 『봉우리마다 고
       요함 *Über allen Gipfeln ist Ruh*』, 희곡 『목적지에서 *Am Ziel*』
       발표.

1982   자서전 다섯째 권 『한 아이 *Ein Kind*』, 소설 『콘크리트
       Beton』 『비트겐슈타인의 조카 *Wittgensteins Neffe*』 발표.

1983 연극「겉모습은 믿을 수 없다」공연.

1984 소설『벌목 _Holzfällen_』발표. 잘츠부르크의 예술계 인사
들을 조롱한 이 소설에서 중심인물의 모델인 작곡가 게
르히르드 람퍼스베르크Gerhard Lampersberg가 명예훼손
으로 베른하르트를 고소. 베른하르트는 자신의 작품들
을 오스트리아에서 판매하지 못하도록 법적인 조치를
취함. 가을에 마드리드에 체류.

1985 람퍼스베르크 고소 취하. 잘츠부르크에서 연극「연출
가」공연.

1986 베를린 실러 극장에서「한마디로 복잡하다」공연. 소설
『소멸 _Auslöschung_』발표.

1988 11월 심장 발작 후에 스페인 해변에 머물다가 다시 오
스트리아 그문덴에 있는 자신의 집으로 돌아옴.

1989 2월 12일 아침 사망. 그의 사망 소식은 장례식 후에 공
표됨.